理查
身高：約185公分
義大利人，隸屬西方教廷，將騎士守則銘記在心的忠心神聖騎士。

2
打殭屍
illust. Hibiki-響
Psychatog awaken
靈能覺醒
－傻了吧，爺會飛－

Contents

第一章　就問你怕不怕　004

第二章　大鵝戰熊貓　033

第三章　打拍小天才　068

第四章　長靈白山　115

第五章　真•白骨精　151

第六章　小三送驚喜　185

第七章　它成精了　215

第八章　打飛機嗎？　256

第一章　就問你怕不怕

在複賽開始前的一天半時間中，不光是風鳴找到了自己能穿的衣服和適合的武器，他發現同行的小夥伴們都一個個很有心機地換掉了身上的裝備——

圖途的兔子耳朵上掛著一個輕巧又時尚的耳機，熊霸一身能凸顯身上肌肉和陽剛氣概的特製黑T恤，楊伯勞換了新的金框眼鏡……就連不能上場、只能圍觀的風勃也特地剪了一個帥氣的造型，臉上竟然還貼了一個龍城靈能學校的校徽。高中部連老師加學生總共十七個人，各個都特別精神煥然一新的樣子。

啊，除了蔡濤。

蔡濤穿上了以前家裡的老阿姨幫他認真訂製的格鬥西裝，算是學生中衣服最貴的人之一。照理說，他應該顯得非常有精神，甚至帥氣，可這個菜刀精還是抿著嘴，一臉嚴肅深沉的樣子，但大家早已習慣了蔡濤的樣子，也沒覺得有什麼不同。只有風勃時不時地皺眉看向蔡濤，像是在思索什麼。

「喲，你這個心機鵝！你這件上衣是從哪來的？看起來像是特別訂製的天使偽裝者啊！」

圖途一邊排隊入場一邊打量風鳴的上衣，「還騷氣地在衣服上繡羽毛！還用金線！你不是和我一樣缺錢嗎？這衣服一看就不是便宜貨，是從哪裡來的？該不會是你那個遠房大表哥買給你的吧？」

風鳴一巴掌把他推開：「這是老子憑自己魅力得到的衣服，你就羨慕吧。老子打算入場之後就成為比賽焦點，然後從頭厲害到尾，成為新一代靈能偶像。」

圖途做了個嘔吐的動作。

旁邊的石破天盯著風鳴這件衣服的後背，風鳴特地要祝麻衣加上的「偽裝翅膀」看了好一會兒，才有點牙疼地道：「你有多喜歡翅膀啊？平常穿穿天使偽裝者也就算了，都要比賽了，你後背還要揹著這種小裝飾？」

風鳴嘴角一抽。以為他想嗎？二翅膀現在穿普通的衣服根本遮不住，不弄偽裝者，難不成要告訴所有人他不只覺醒了一對翅膀，還是四翼大天使嗎？

弄不好會被當成畸形鵜，送到研究院吧。

「個人愛好。放心吧兄弟，就算揹著這種裝飾，我也能戰無不勝，成為第一的。」

石破天呵呵兩聲：「上次是找不到攻擊你的方法，但這一次，別說是天鵝了，就是鳳凰我都能打下來。」

風鳴揚了揚眉毛：「真巧，這一次就算是你把全身包成石球，我也能一劍捅碎了你。」著急了，直接當空打下一道閃電也不是不可以。

眼看兩個並列第一似乎要槓上了，鹿邑和三班的周老師各自揪著一個學生到旁邊，然後二班的宋老師負責轉移注意力。

「好了，你們兩個最後能不能遇到還說不準呢。複賽總共六百六十人，遇到什麼樣的對手都是隨機的。只不過，第一輪比賽同一個學校的選手不會被安排在一起，之前傳給你們的比賽冊都沒看嗎？

還有，注意你們臉上的表情，不要這麼僵硬，要微笑懂嗎？微笑！等等我們就要集體入場了，到那個時候整個大賽都是全靈網直播，如果你們想要成為全國網友的笑料或者吐槽對象，又或者表情包，那就使勁地耍寶，我只告訴你們，現在觀看直播的用戶已經有五億了，而境外翻牆來看比賽的至少也有八九千萬，你們自己看著辦啊。」

宋老師這話一出，原本還在互相討論、嬉鬧的學生們集體震驚了，就連平常最放得開的圖途都忍不住緊張地開始拍腳，大家在第一時間都面露微笑，站得筆直。

在他們即將入場，風勃和其他三個能來圍觀的學生要去龍城學校觀眾席的時候，風勃扯了一下自己堂弟的假翅膀。

風鳴瞬間回頭：「幹嘛？」

風勃嚴肅認真臉：「這是全靈網直播，你真的不把這翅膀摘下來嗎？我媽肯定已經叫了一大堆人來家裡看你比賽。」

風鳴瞬間覺得胃都痛了。「……沒事，說不定我能引領一個新潮流呢。」

風勃：「……」好吧，你高興就好。

他又轉頭看了一眼還繃著臉的蔡濤，「你也放鬆放鬆，可別當著那麼多人的面瘋狂砍人，不然肯定會被罵。」

蔡濤抿了抿唇，沒回答。

外面的大賽會場上響起了一陣激昂的樂曲聲，伴隨著「有請參賽者入場」的聲音，風鳴深吸一口氣，和圖途他們一同走進了大賽賽場。

當燦爛的陽光照在臉上的時候，風鳴看清了他們所在的賽場樣子，簡直不敢相信在川城的靈能學校後面會有這麼大一個比賽賽場。賽場只比龍城的體育場小那麼一點，卻比體育場要高級先進太多。

四面長寬都三十公尺的雷射光屏在賽場的東西南北方顯現，上面清晰地映出賽場中央的參賽者的畫面。

賽場的正東方是豪華又十分有威嚴的九座評委席。那裡坐著九位在關鍵時刻判定比賽勝負的大賽評委，每一位評委都是靈網排行榜上赫赫有名，實力和眼光並存的人物。

然後，風鳴在那九位評委左三的位置，看見了笑得一臉燦爛肆意的青龍組后隊長。此時，覆蓋全場的鏡頭剛好掃到評委席后隊長的臉上，四個雷射大螢幕上就映出了這個人輪廓分明、英俊野性的臉。

「喲。各位小朋友們，比賽加油喔。」

頓時會場的觀眾席就爆發了堪比演唱會粉絲一般的狂熱尖叫，可見這位青龍組的隊長在民間的聲望和人氣有多高。

風鳴都忍不住掏了掏耳朵，幸好昨天沒答應和這傢伙再一起出去逛，不然跟他一起上熱搜的話，他怕會得被粉絲們查得很徹底。

然後評委席正中央的白鬍子老者就笑了起來，他伸手拿過麥克風輕輕拍了兩下。

「喂喂？嗯，各位觀眾朋友們安靜一下。雖然后隊長確實很帥，不過比賽還是要繼續進行下去。」

台下就響起了一陣善意的哄笑聲。

「在下是川城靈能者學校的校長木蒼，也是這次全國靈能者學校大賽的評委之一。這次比賽意在為國家發掘和培養出更多更優秀的靈能者人才，無論你能不能在這次比賽中取得最終的勝利，但相信我，只要你展示出你的優點，不管是堅韌不拔的性格還是勇於爭鋒的勇氣，又或者是別具一格的戰鬥方法。只要你展示出來，我們都會看在眼中。

我們不會放過任何一個可造之材，而能走到複賽，就表明在場的各位都是優秀的人才了。所以孩子們，不要有壓力。在這次比賽中，只要對得起你自己，不讓自己後悔就沒有白來。

另外，整個賽場中我們安排了二百六十位靈能者裁判，平均每一個比賽臺上都會有四位裁判在場，保證戰鬥雙方的生命安全和緊急治療。」

這位白髮白鬚的校長看著下方的賽場，眼中忽然露出幾分銳利之色。

「所以，戰鬥吧，靈能者們！下一代國家的昌盛平安，就在你們的身上！！」

當木蒼校長說完這句話的時候，在比賽場上忽然緩緩地升起四十個用於比賽的戰鬥臺。

這場面比龍城學校操場的戰鬥臺升起時壯觀多了，風鳴和石破天他們都忍不住微微張大嘴巴。

而在戰鬥臺升起的同時，四面超大雷射螢幕上也開始把高中組的六百六十個參賽者編號進行隨機戰鬥匹配，當戰鬥臺完全升起時，風鳴等參賽學生們手上的比賽腕錶也同時震動，上面標注著他們要去幾號比賽臺、第幾場出賽。

風鳴看著自己腕錶上的編號，揚揚眉毛——第四臺第四場。

風鳴就對鹿邑報了自己的號碼，又聽了聽圖途他們的號碼，才往他的比賽檯走去。

因為這是複賽的第一輪，六百六進三百三的比賽，靈網上的觀眾們默認比賽不會太精彩，就只調動自己的螢幕選擇喜歡看的比賽。

而風鳴的心情也很輕鬆，只要不是遇到特別棘手的對手，第一輪比賽確實不難。

他在四號臺旁邊的觀戰臺坐著，看到前面三場對戰的六個對戰者或優勢明顯或勢均力敵的比賽，然後覺得自己是不是眼光有點太高了，前六個人的對戰彷彿菜雞互啄。

事實上，靈網上的網友評論也和他差不多。雖然評論的人很多都不是靈能者，但是在靈網上看多了百大靈能者對決、四方組對戰危險靈能者、探險者們祕境冒險影片，網友們口味和眼光也是很挑的。

『哈哈哈哈，笑死我了，這是什麼搞笑影片，那兩個靈犬系的少年是不是雪橇三傻中的二傻，拚誰吵架更厲害嗎？』

『你那又什麼好笑的，我看到這邊有一個靈能者直接把自己變成了一棵樹，杵在那裡挨打啊！我靠，就算是防禦力再高也不能這樣玩啊！』

『客觀評價，這些靈能者高中生們的戰鬥還是有一些經驗不足的硬傷，顯然平日實戰的機會不多。有些靈能者甚至完全不明白該怎麼好好運用戰鬥的技巧，全憑著他們強大的異變覺醒戰鬥，這樣是行不通的。』

『樓上說的對，我一個C級的自由靈能者都能絕殺這裡面B級，甚至B+級的小屁孩們。嘖嘖，就這樣子還敢出來丟人現眼，都沒經過社會的毒打啊～』

『樓上話說得太過分了，這些學生們只是戰鬥經驗不足、沒有徹底掌控、了解自己的作戰優勢而已，不能拿他們和那些老油條比。而且，注意這只不過是複賽的第一輪，到了最後前一百、甚至是決賽前十名的角逐時，才能看到他們中真正的佼佼者。』

『對對，也不是全部不能看啊，我關注的幾個重點種子選手都超厲害的。那個C級的你過來，你要是能打過紅翎、石破天、雷兼明、郭小寶、金石、墨子雲、唐郎他們當中任何一個，我都跪著叫你爸爸！還有，看看現在的四號賽臺，我就問你，你摸得到我家大天鵝嗚嗚的一根羽毛嗎！』

此時的四號比賽臺已經開始了第四場的風鳴比賽。

風鳴的對手是一個髮型很炫、眼神很傲的男生，他在看到風鳴背後揹著的二翅膀時揚了揚眉毛，「你該不會是那個龍城第一的鵝系風鳴吧？」

風鳴眼皮跳了一下：「是我。」

那髮型很炫的男生就笑了起來。

「我當時看靈網上六十六所學校十大排行榜的時候就在想，你們學校要有多弱，你那個對手是多傻才打不過你這個只會飛的天鵝系啊。你也只是仗著你飛得高，空對地作戰有優勢而已嘛，其他的除了速度上快一點，完全不構成威脅啊。石破天用自己的砂石攻擊不到你，難道不能改用其他武器嗎？竟然就讓你得了並列第一，看得我無言死了。」

髮型很炫的男生一邊笑著，一邊當著風鳴的面把自己的手變成了手槍。

「自我介紹一下，我是北城靈能學校的第三名劉炫，是把你趕回龍城的人，記住我喔。」

風鳴看著劉炫手上的手槍，露出一個不失禮貌的微笑，轉頭看裁判：「可以開打了嗎？」

裁判也抽了抽嘴角，「這位同學，先把你的手變回去，比賽開始才能動用靈力。」

劉炫：「……」

此時很多人都在看這場比賽。

『哈哈哈，早就看風鳴那小子不順眼了，一隻鵝系也能和石破天打到平手！不就是因為沒遇到能空擊的人嗎？現在好了，我等著他被打下來。』

『劉炫是手槍異變的靈能者，而且他的子彈是靈能彈，只要靈力沒有枯竭，就能夠一直發射，也是綜合實力很強的熱門選手。』

『唔，這兩個人配在一起，還真讓人覺得微妙啊。』

當裁判一聲令下，風鳴後背的翅膀印記瞬間發燙，在劉炫的右手還沒變成手槍的時候，張開足足有三公尺的白色羽翅已經瞬間張開，帶起一陣狂風並帶著風鳴上了天。

當然，比賽場地有最高一百公尺的限空規定，風鳴也沒有飛多高。

而在他居高臨下地看著左右手都已經變成手槍的劉炫時，劉炫露出冷笑：「我就看看是你的速度快，還是我的子彈更快！！」等著被我打下來吧，傻鳥！

然後劉炫就開始了瘋狂掃射。他的靈能等級是B級，體內的靈能夠他連續發射一百發靈能子彈！每一顆靈能子彈的威力都是普通子彈的兩倍，他就不相信這個鵝系能躲開他的子彈！

然而，在第一分鐘的時候，風鳴在空中幾乎快出了殘影，精准到可怕地躲開了每一顆射向他的子彈。第二分鐘的時候，風鳴懶得再躲，他身後的翅膀陡然張開並俯衝向下，用力一搧，接連射過來的十幾顆子彈竟然都被狂風搧了回去。

劉炫的臉色開始發白。

等第三分鐘的時候，風鳴已經發現這個人除了打手槍，沒有其他的本事了，面無表情地從腰間拔出金石煉製的靈鐵劍，只是一眨眼的功夫，他就疾速俯衝到了劉炫的面前，泛著寒光的細劍一招就削掉了劉炫那一層酷炫的頭髮。

從這一刻開始，防禦和反擊的人調換，風鳴低空追著劉炫打了一分鐘。最後一劍抵在他脖子上，伸腳直接把他踹下了臺。

面對劉炫不可置信的表情，風鳴把手中的長劍歸於劍鞘，居高臨下地看著他：

「不好意思，看來還是我比你的子彈快一點。還有，說句大言不慚的話，能夠當空把我射下來的只有一個人就夠了，不會再有第二個。」

『！！！！！』

『我靠！』

『麻麻問我為什麼跪著看影片！』

『因為我、被、帥、軟、了！！』

風鳴淩厲又頗具美感的戰鬥直播吸引了一大群網友的關注，沒意外地牢牢圈住了一波「天使粉」。

在一片「啊我死了」、「被帥哭了」、「這就是我未來老公」的彈幕中，后隊長坐在評委席，面帶著迷之微笑，反覆觀看他錄下來、風鳴最後說出來的那一句話，讓旁邊的幾位評委和校長都忍不住懷疑他是不是看到了非常好的戰鬥苗子。

喔，原來是那個天鵝系啊，這小子確實是熱門之一。

而風鳴結束了自己的第一場戰鬥，跳下戰鬥臺的時候，忽然眉頭微蹙地看向西邊觀眾席的某一個位置。他感覺從那裡傳來了一道？還是兩道？非常熱烈又好像帶著惡意的視線。

然而在密密麻麻的觀眾席中，即便風鳴把靈力集中在眼部也沒發現什麼可疑的人。如果硬要說的話，那個坐在一群華國人中，面帶微笑地看著他的金髮碧眼外國帥哥可能是最可疑的，但風鳴沒有在這個金髮帥哥的眼中看到惡意，只有不掩飾，好像是因為他勝利的喜悅和驕傲。

風鳴：「……」什麼鬼，他這麼萬人迷嗎？

下了臺，風鳴才反應過來那個金髮帥哥應該不是被他本人的魅力所迷，而是被他的大翅膀所迷。風鳴就抓過羽尖幾乎快拖地的大翅膀摸了摸，自言自語：

「老大啊，我們的魅力真是無法可擋，我們去西邊肯定比大熊貓還國寶，留在東方真是委屈你了。」

大翅膀並不想理他，輕輕一震就幻化成銀紫色的光點，消散於空中了，風鳴後背的苧麻靈衣也自動從露背裝變成了正經的天使衛衣裝。

坐在觀眾席上，金髮碧眼的理查在風鳴翅膀消散時，有點小遺憾地嘆了口氣，當他發現周圍也有好幾個女生和他一起嘆氣的時候，就忍不住微笑起來。

「你們也喜歡天使嗎？」

幾個女生被英俊的金髮青年主動搭話，問的又是心頭好，當下就嘰嘰喳喳地回應起來。

「哇，帥哥你也喜歡嗚嗚天使啊！我從他送外賣時就關注他了喔！他真是又美又帥！」

「嘿嘿嘿，我是在他上熱搜的時候粉他的。順帶一提，我還是海天日月的粉喔。」

「我靠！一起喊了這麼久，我竟然不知道你是敵人！后隊長都說過了，魚和鳥是不可能有好結果的！海天日月有什麼好的，當然還是困羽之箭王道啊！」

幾個女生就開始爭論，最後齊齊轉頭問向理查：「帥哥，你覺得呢？」

金髮碧眼的帥哥想了想：「……嗯，你們不覺得，天使應該和騎士更配嗎？」

女生們表情一變，原本還對立的女生們瞬間聯合到了一起。雖然臉上都是有禮貌地沒有開口，只是假笑，但心裡想的都是一樣──這個該死的邪教粉！！！

理查注意到氣氛的微妙轉變，就輕笑著十分紳士地站起來微微行禮，身形筆挺地離開了。

幾位女生雖然認定他是個邪教，但不得不承認，這個金髮青年是真的非常英俊又有風度。

當理查走到他那一排最後一個靠近走道的座位時，心有所感地轉頭，和一雙漆黑的眼睛對上。

對方是一個面色蒼白、身形瘦弱的年輕男人。看到他的時候，這個男人對著他輕輕笑了一下，理查的好心情卻在這一瞬間被破壞得乾淨。這個男人實在像極了他無比討厭的某些存在，在表面的斯文優雅之下，藏著永生永世見不得光的陰暗和暴戾。

希望這樣的人不要去染指他的天使，不然送他們去見上帝，就是騎士必要做的事。

等理查離開之後，那個坐在觀眾席邊緣的男人才輕輕不耐地嘖了一聲。

「又一個來攪局的。」

風鳴回去之後，石破天、圖途他們也已經比完，在休息區等他了。

好消息是龍城高中部的前十名在這第一輪的比賽中全都戰勝了對手，順利晉級，大家的心情都非常不錯，一邊喝著飲料一邊討論著柔弱的對手和下一輪可能會遇到的敵人。

寧青青還凝結出了幾個飽滿的檸檬，向同伴們推銷她的靈能檸檬。

「不酸，真的不酸！而且我的檸檬還有靈氣呢，和普通的靈果一樣，你們嘗嘗看啊！」

竇海波和鐵樺拒絕得最快，因為他們兩個作為同班同學，被寧青青禍害得最深，其他人也敬謝不敏。

說真的，寧青青對於自己的檸檬酸度真的是沒有半點頭緒。

圖途就跟風鳴咬耳朵：「這時候，我都希望她是個橘子或者蘋果的靈能者啊。」

風鳴翻他白眼，「那她就不會出現在賽場，而是出現在交易場了。」

上午國中部的比賽結束，下午就開始社會部的比賽，沒風鳴他們的事了，風鳴就決定在飯店裡休息休息、練練太極推手，然後看看比賽影片。

某個箭人作為評委，就算是非常想偷懶罷工，也要維持自己在廣大粉絲前的高大上人設。下午自然不能留在飯店，但在中午吃飯的時候，后熠全程都用迷之微笑看著風鳴，看得風鳴恨不得全身炸毛，一翅膀搧飛他。

這箭人到底是怎麼了，一個上午的時間而已，他就變態了嗎？

好不容易等到后熠走了，風鳴開門，圖途、熊霸、楊伯勞和風勃就從他們的房間裡冒出了頭，跑進風鳴和后熠的房間。

大家心照不宣，誰也沒多問后熠的事。

圖途打開直播，風勃把一大袋他媽準備的零食放在地上，幾個小夥子就打算先一起吹個幾小時的牛。

大家隨機選擇戰鬥的直播來看，一邊看一邊討論評論。

在看到一個金雕系的靈能者一邊拍著翅膀飛上天，然後單翅在天空穩住，另一隻翅膀竟然拿起改造弩箭戰鬥，追得對手滿場亂竄的時候，楊伯勞推了推眼鏡。

「我覺得風鳴可以學習一下這種戰鬥方法。連金雕都會用翅膀射箭了，你本身翅膀就在後背，完全可以雙手拿著武器遠端攻擊，這樣就不用拿著劍追擊敵人、近身攻擊了。如果不考慮子彈的數量，攻擊力能夠直接提升一個等級。」

風勃搖頭：「不考慮子彈不可能，你看金雕的弩箭很快就沒了，最後還不是得親自上陣！還是劍更可靠一些。只要速度快，遠端還是近戰都不是問題，而且劍的持續威力還高一些。以後要是小鳴學會用長劍發出靈能刃，就跟蔡濤一樣，那他的劍就堪比弩箭、手槍這種遠端武器了，而且力量會更加強大。」

楊伯勞點點頭：「說得也是。所以，當務之急是提升自己的靈力，並且學會將靈能附著於劍上，最好能夠揮出靈能刃。」

風鳴也贊同地點點頭，但問題是他以前沒學過劍術，和人打鬥大都是用空手的太極，以柔克剛、借力打力的方式，別說靈能刃了，連把靈力附著於劍上他都做不到。

熊霸大手一揮，一巴掌拍爆了一包薯片，嘎吱嘎吱地吃了兩片：「要我說，弩箭、長劍、手槍這些破玩意兒根本就不值得看。要不是這是比賽，不能用大規模殺傷性武器，要不然我們大鵝直接帶著火箭筒飛上天，然後看哪個不順眼就對準哪裡轟一炮，直接就能進前十啦哈哈哈。」

圖途狠狠翻個白眼，一腳踹在熊霸背上，「你以為比賽是比什麼！要是能帶火箭筒去，還不如直接帶靈能卡去！一個A級靈能卡砸下去，大部分的戰鬥就不用比了！呸，比的是自身實力懂嗎！不是比誰有錢買更厲害的武器！」

同樣缺錢的風鳴就在旁邊瘋狂點頭，對啊對啊，這比賽要是能使用「鈔能力」的話，就完全不給窮人活路了吧。他覺得他現在的靈鐵劍就滿好的，真的！價值一枚寶貴的羽毛呢！

就在大家玩笑打鬧的時候，準備換台的楊伯勞突然伸出手，做出了噤聲的手勢。屋內其他四人快速閉上了嘴，圖途耳朵動了動，然後用口型無聲說出幾個字：

「有人吵架。」

風鳴沒動，風勃想了想，偷偷往門邊挪了屁股。

一分鐘後，屋內的五個人就全部趴到門邊，甚至還把門打開了一條小縫，走廊上的聲音驟然變大。

「組楊龍你怎麼回事？大白天的，你神神叨叨的發什麼瘋？你比賽贏了我們恭喜你，只是讓你請客，你需要直接對我們畫圈圈嗎！」

「你們是在恭喜我嗎！你們根本是在嫉妒我，心裡全都在嘲笑我，覺得我是走了狗屎運才贏的吧？我早就看你這條野狗不順眼了！你自己有什麼本事？不就是仗著雷兼明狐假虎威嗎？沒有雷兼明，你自己能混成什麼樣，你心裡沒點數嗎？」

「媽的，你再說一遍？誰是野狗？」

「說的就是你！你他媽打我試試？老子詛咒死你全、唔！」

俎楊龍最後的那一個字沒有說完，就被見狀不對的雷兼明放個小雷球電暈了過去。

只是俎楊龍暈過去之後，被罵野狗的鄭彪還漲紅著臉想要打他，被另外的同伴攔了下來。

「他今天狀態不太對，你別跟他計較，等他醒了應該就會主動找你道歉了。俎楊龍的性子你又不是不知道。」

鄭彪這才非常憤怒地哼了一聲，對著對面打開門看他們的蔡濤大吼：「看什麼看！」然後就跑到自己房間，大聲地關了門。

風鳴他們五個趕緊也把門關上，回頭互相對視一眼，都有點幸災樂禍。

嘿嘿嘿，滬城那群欠揍的自己打起來了，真開心。

只是，到了快吃晚飯的時候，他們就有點開心不起來了。

因為在去飯店餐廳吃飯的時候，他們又看到了一次同隊爭執。這一次的爭執竟然見血了，起因竟然只是因為一塊炸得焦香酥脆的帶皮大雞腿。

蒙城靈能學校的學生們下來吃飯，隊伍中的兩個學生都很喜歡吃炸雞，尤其以炸雞腿為最愛。首先是蒙城狐狸異變的那個少年盯上了盤子裡最大的帶皮炸雞腿，但在他伸夾子，準備加到自己盤子裡的時候，旁邊突然伸出另外一個夾子，把那隻帶皮炸雞腿夾走了。

狐狸少年吊著眉眼抬頭看過去，就看到了毫無愧疚之色的仙人掌少年。

頓時大怒：「你一個仙人掌吃什麼雞！不知道狐狸最喜歡吃雞嗎！」

仙人掌少年的頭髮瞬間根根豎起，看起來像極了仙人掌上的細刺：

「你是異變時把自己變傻了嗎？真以為自己是隻狐狸？能不能用你那智障的腦子想一想在異變覺醒之前，我們是人，懂嗎！人！人為什麼不能吃雞？就算我真的是個仙人掌精，那也沒規定仙人掌樹下不能埋雞當肥料，所以我就吃雞了，你有本事讓我吐出來啊！」

狐狸少年被罵智障，看著對面該死的仙人掌精當著他的面挑釁地狠狠咬了一大口雞腿，上吊的狐狸眼瞬間就紅了，一腳踹在仙人掌少年的肚子上，讓他還沒咽進肚子裡的雞肉一下子就被踹吐了出來。

「呵呵，這不是吐出來了嗎？」

「我靠，死狐狸！老子就沒見過你這麼蠢又毒又醜的狐狸精！」

仙人掌少年頭頂的頭髮越發豎直，而後讓圍觀的學生們無比震驚的畫面出現了——仙人掌少年的頭髮竟然在一瞬間離了體，像最鋒利的牛毛針一樣射向了狐狸少年。

絕大多數的學生都沒有反應過來，那個狐狸少年處在極大的憤怒之中，反應也慢了一拍。他只能用最快的速度側身不讓這些細針刺到他的臉上，但再轉過去的時候，他的雙眼中布滿了陰鷙瘋狂的情緒。

風鳴在他們吵架的時候心臟就跳個不停，旁邊的風勃也有些焦躁不安地抓著雙手。在狐狸少年動手的時候，他們兩人就往吵架的方向連走了幾步，而當仙人掌少年突然攻擊的時候，風鳴幾乎沒有遲疑地腳下發力，瞬間衝向了那個狐狸少年，順帶把手中的餐盤投向狐狸少年。

那大力甩飛的餐盤堪堪擋下了射向狐狸少年後腦和脖頸的仙人掌針刺，還剩下三分之一的針刺依然刺進了狐狸少年的肩膀和後背上，他幾乎是痛得尖叫了一聲，而被仙人掌針刺紮到的地方已經流下了細小，但看起來十分可怕的條狀血液。

胡明明神色恐怖地轉身，身體已經開始靈能異變。

然後風鳴閃到了他的身邊，雙翅瞬間從背後顯現，那潔白巨大的羽翅一拍就把還在呆滯的仙人掌少年拍走，之後用羽翅包裹住胡明，讓差點陷入瘋狂狀態的狐狸少年一臉傻眼。

再然後，胡明明感受到渾身有一陣無比酸爽的電流流過，帶著傻眼的表情雙眼一翻，暈過去了。

風鳴這次單獨試驗了只用一個翅膀放電的方法，另外一個大翅膀當成屏風，隔離了其他人的視線，所以並沒有人看到他左翅最尖端閃爍過去的銀紫色電光。

等狐狸少年暈過去之後，風鳴才收回了羽翅，對一眾傻眼的學生和趕來的蒙城老師露出一個禮貌的微笑。

「我覺得這位同學的情緒有點不穩，所以先打暈他了。應該沒有問題吧？」

蒙城的帶隊老師趕緊上前謝謝風鳴：

「沒問題沒問題，還多虧了這位同學幫忙。胡明明和蒙沙是我們隊伍裡實力最強的兩個學生，那兩個一旦吵起來，其他人都勸不了。不過我們也沒想到他們會因為一個雞腿打起來。」帶隊老師蘇亞勒圖一臉無語：「這兩個小子平常的關係還滿好的，而且今天兩個人都晉級成功了，也不知道為什麼會這麼暴躁，我們蒙城也沒不給他們雞腿吃過啊？」

剛剛被嚇到的學生們忍不住笑了起來，風鳴也跟著笑了：「可能是天氣熱起來了，又少年氣盛吧。我看那個仙人掌同學自己也有點嚇到，不如晚上讓他們兩個都聽一聽『莫生氣』？或者地藏菩薩本願經也行。」

聽到風鳴的話，剛剛還忍不住一臉疑惑地看著自己雙手的仙人掌少年蒙沙瞬間瞪大了眼，不可置信地看著風鳴。這個鳥人同學這麼喪心病狂嗎？莫生氣和地藏菩薩本願經？

圖途也瞪大眼，捅了捅旁邊的風勃：「我靠，他生氣的時候會聽這個？」

風勃：「別問我，我也不知道。」

送走了攻擊後把自己變成光頭的仙人掌少年和暈過去的狐狸少年，風鳴等人坐下來吃飯。風鳴拿著自助餐盤在菜肴那裡走了一圈，看到炸雞腿和雞翅那盤菜因為剛剛的事件而無人問津，毫不客氣地夾了兩個大雞腿、六個炸雞翅放進盤子裡，然後又端了滿滿一盤的白灼蝦走了回來。

圖途看了一眼風鳴的餐盤，表情糾結。

看來他這個小夥伴是雞翅和海鮮的狂熱愛好者，如果以後一起吃飯，他絕對不會搶雞翅和海鮮。而且相比之下，他還是更喜歡吃紅燒排骨。

「不過，你們不覺得那兩個人吵起來的情況有點奇怪嗎？」圖途吃了兩口忍不住開口，他同時動了動耳朵，聽到飯廳內的其他學生們也同樣小聲地討論著剛剛突發的事情。

楊伯勞點頭：「他們爭吵的速度實在太快了。按理說只是一個雞腿而已，就算雞腿被人搶走，那隻狐狸也不該那麼生氣。而那個仙人掌的反應也有點過於挑釁了，憤怒相互疊加，就直接大打出手。也不是說沒有這種可能，但總讓人覺得『不至於』。」

風鳴吃著雞翅點頭：「就是違和感，覺得奇怪。」

而風勃吃了一塊巧克力蛋糕總結：「我覺得他們有點像中邪了。嘖嘖，渾身充滿了不祥的氣息，比起念經，可能買一下青城山下的道士的靈符更管用一點。」

熊霸差點被他嘴巴裡的豬腳噎到：「行了啊你，別這麼神神叨叨的，搞得這世界上好像有鬼似的。」

風勃卻淡定地看了熊霸一眼：「這有什麼好稀奇的？現在動物植物都異變得快成精了。人類也覺醒了各種異變，說不定就有死了以後靈魂不散，變成鬼的。現在的世界，已經不是你曾經以為的世界了。」

熊霸：「……我誠懇建議你去青城山，說不定日後又是一個絕世老道。」

風勃拒絕：「不，我還要娶媳婦呢。」

幾人雖然覺得剛剛的事情發生得很奇怪，但討論了幾句之後也沒討論出什麼東西。只是在回飯店的房間的時候，風勃看到早他一步進入房間的蔡濤，心中一跳。

他猶豫了片刻，上前：「噯，你剛剛去哪裡了？找你一起下去吃飯都找不到人呢。」

蔡濤被風勃拍肩膀的時候身體僵了一瞬，當他轉過頭看向風勃的時候，那雙漆黑深沉得過分的眼睛讓風勃瞬間寒毛倒豎，後退了一大步。

等反應過來，風勃自己都有些愣了。

「我不喜歡別人拍我肩膀，你下次別拍我了。」

風勃看著蔡濤的背影，瘋狂的心跳還沒停止，肩膀就被人拍了一下。

「嗷——！！」

風鳴被他堂哥嚇了一大跳：「我靠，你喊什麼！嚇我一跳啊！」

風勃才看向自己堂弟：「我被你差點嚇死吧！你幹嘛啊？」

風鳴：「喔，我就看你呆呆地站在那裡，還以為你中邪了，就過來看看啊。你的反應也很奇怪，怎麼回事？」

風勃抿了抿唇，看看自己的房間又看看自己堂弟的房間，最終還是沒有說出要去堂弟房裡打地鋪的話。

「我覺得蔡濤也有點奇怪。他剛剛看我的眼神像是要砍我一刀似的，天知道我只是拍了拍他肩膀而已。」風勃抖了抖手臂：「這間飯店該不會是真的鬧鬼吧？」

風鳴抽了抽嘴角：「你不是去對面的交易場買了符嗎？不行就貼你在身上和床頭，就算蔡濤真的中邪了，碰上符籙也會自行退散的。」

風勃拍了巴掌：「說得有道理！」

然後他進房間後就真的在床頭貼了符，看得蔡濤滿頭黑線。

而在臨睡之前，夜色之中，風勃突然開口：

「蔡濤，我覺得做個好人總比做壞人要好。至少，好人才有福報，惡人即便勝利，終會良心難安。你覺得呢？」

風勃在黑夜裡等了許久，才聽到蔡濤的回話。

「但好人總是活不長久。」

風勃飛快地否定：「不，我覺得我們大家都能活到至少一百歲，可見還是好人活得久。」

這一次，蔡濤沒再回話。

第二日，風鳴見到了活蹦亂跳的烏鴉嘴堂哥。然後他撇了撇嘴，可見這烏鴉精的烏鴉嘴也是看人的，至少他對自己的烏鴉嘴就不怎麼靈嘛

風勃：「我覺得被你的眼神冒犯到了？」

風鳴：「你的錯覺。」

之後便是第二日，三百三十名進一百六十五，和第三日，一百六十五進八十三的第二三輪比賽。

龍城中學的學生除了寧青青、竇海波和習軒遇上了強勁的對手，沒進入第四輪比賽，其他

七人全部晉級。

而在這兩天，第一天下午發生的同學吵架互毆的現象也沒有了，風鳴稍稍放下了有些不安的心。

四月六日，校園靈能者大賽的最後一輪複賽開始。

當風鳴站上比賽臺，看到對面那個頭髮微微泛著綠光、對自己露出邪笑的仙人掌少年時，抽了抽嘴角。

「我頭髮長出來了，而且我這兩天進化了，可以不間斷地長頭髮攻擊，就問你怕不怕！」

風鳴：「……」看來這同學這兩天都沒聽莫生氣和菩薩經。

以及，老子怕你這場戰鬥之後就徹底禿了。

風鳴站在臺上，仔細地觀察對面的仙人掌少年。他發現這個少年和兩天前見到的樣子確實有微妙的不同──兩天前的仙人掌蒙沙只是看起來暴躁易怒，而現在的他套用風勃的話來說就是帶著一股邪氣。

從中二少年變成了中二反派的樣子。

風鳴皺眉。他以為兩天之前的情況只是仙人掌一時沒有控制好自己的情緒，只要聽聽佛經和莫生氣就好了。可看到現在仙人掌少年的樣子，他覺得這不是聽莫生氣能解決的，怎麼說也得潑一盆狗血才行。

現場沒有狗血，那就先試著打一頓，看看能不能恢復智商吧，如果不能的話，這件事情就還需要再認真地想想了。或許還需要告訴后熠，萬一這是什麼暗地裡的陰謀呢？

當裁判一聲令下，宣布比賽開始，風鳴身後的羽翼顯現，而對面的仙人掌少年早已朝他衝了過來，他頭上那發著淡淡綠色光芒，又短又硬的髮絲早已豎立，額前那一小片的頭髮齊齊朝風鳴射了過去！

細微的破空聲在空中響起，風鳴一躍升空。蒙沙見狀半點不驚，反而還冷笑了一聲：「你該不會以為我的頭髮和其他人那普普通通的頭髮一樣吧？」

隨著他的話音落下，他的雙手陡然向上一抬，原本平射的那上千根頭髮竟然隨著他雙手的動作齊齊改變方向向上，而後凶殘可怕地紮向風鳴。

風鳴眉頭一皺，身後羽翼一抖一搧，一股狂風刮過，卸掉了一大半力量不足的髮針，剩下那些如針一樣的頭髮全被風鳴用劍橫掃掉落。

然而，還是有幾個漏網之魚刺在風鳴的翅膀上。風鳴感受到微微的刺痛，卻沒有大礙。

站在下方的蒙沙看到風鳴的翅膀上現出一點猩紅，嘴角上揚。他還有一個進化的殺手鐧沒有告訴風鳴——從昨天進化之後，他前額這一片的髮針就帶有細微的毒素，可以讓被他的髮針紮到的人慢慢地全身麻痹，最後再也動不了。

他前面的那一個對手就是敗在他的這種攻擊之下，哪怕那個對手是一個非常厲害的兩棲水鱷系靈能者，也被他打敗了。呵呵，當時那個人臉上不可置信的表情，他到現在還記得清清楚楚，真是越想越開心、越想越興奮啊！

蒙沙臉上的笑容漸漸擴大，甚至變得有些瘋狂，他頭頂上的短髮全都豎立起來，片刻之後竟然全部離體，射向半空中的風鳴。

而且這些髮針在一定距離內幾乎都被蒙紗控制著，可以隨意改變方向，哪怕風鳴速度飛快地改變著方向，這些細細密密的髮針也像是甩不掉的牛皮糖一樣如影隨形。

『我靠，我就說這個仙人掌小哥不得了吧！他上一場的戰鬥特別凶殘啊！那個鱷魚系的對手下臺的時候，幾乎渾身都是髮針，看起來密密麻麻的，特別可怕！』

『這次風鳴怕是不好應對了。蒙沙的髮針可以大面積攻擊，不需要考慮精准度，而且他的頭髮可以再生，不需要考慮子彈耗盡的可能，最重要的是這個仙人掌小哥也是個狡猾的人，他只告訴風鳴他進化成可以一直生長頭髮，卻沒有告訴他前額的那一部分頭髮是有毒的！』

『嘿嘿，兵不厭詐啊。這可是戰鬥，誰規定一定要把自己的殺手鐧告訴別人？早就看這個飛來飛去耍帥的傢伙不爽了，仙人掌小哥加油！我可是壓了你五百塊勝利的！』

『風鳴的翅膀和身上都已經被紮了幾百針，按照時間推算，他可能要開始麻痹了。看吧，馬上他最具優勢的速度就會降下來了！』

風鳴身上確實被紮了細密的髮針。畢竟就算他速度再快，面對這種大範圍的攻擊也有點頭痛。不過，紮到他身上的最多也就是幾十根而已，遠遠不到幾百根的情況，他覺得有點煩又有點棘手。

這個仙人掌精就像是一棵大仙人掌，渾身都長滿了刺，讓人無處下手。他試過飛閃到蒙沙身後去攻擊他，但這傢伙看到他消失的瞬間，竟然全方位無死角地用頭髮攻擊，那爆開的短髮針像極了傳說中的暴雨梨花針。

風鳴完全不想被毀容，在第一次俯衝之後就迅速升高，放棄了攻擊。但是，兩人僵持的情況超過三分鐘後，風鳴就厭煩了。

他已經開始思考要不要讓一個翅膀被刺成篩子，然後一劍捅了這個仙人掌精。

這時，忽然感覺到身體有一些細微的僵滯，那感覺怎麼說呢，好像腦子有點暈、動作有點慢，身體麻麻的感覺。

然後下方的蒙沙就咧嘴笑了起來：「風同學，現在你是不是感覺有點不一樣？呵呵，之前忘了告訴你啊，我進化之後，有一部分的頭髮是有毒的喔。所以，不要死撐了，摔下來之後讓我好好揍你一頓吧！」

蒙沙這樣說著，眼中泛出得意又瘋狂的神色，他原本的禿頭竟然又長出了一堆又短又黑的頭髮，更加瘋狂且不間斷地射向風鳴。

在無數觀戰的人都等著風鳴落下，無數天使粉都擔憂她們的天使要墜落的時候——

第一分鐘，風鳴的速度如常，依然躲開並且擋下了大部分的髮針。

第二分鐘，風鳴的速度不減反增，快到讓人看了頭皮發麻的漫天髮針一根都沒有刺到他的身上。

『咦！是我的錯覺嗎？我剛剛好像看到我家鳴鳴天使的翅膀亮了一下？』

『樓上姊妹！就是一閃而過的帶點紫色的光，我以為是被太陽照到我眼花了啊！』

『呵呵，你們想要風鳴贏想瘋了吧？哪來這麼多粉絲光環啊？他就是一個天鵝系而已，翅膀還放光，嘿，你們怎麼不說他翅膀會放電是雷震子啊，哈哈哈哈！』

在彈幕開始互相攻擊的第三分鐘，風鳴看著下方的蒙沙已經狀若瘋狂，周圍的靈力波動都不穩的樣子，大翅膀猛地搧動，左翅保持著搧動飛翔的姿態，右翅豎起則擋在身前，連帶著偽裝成裝飾品的二翅膀都飛快地搧動了兩下，幾乎是一眨眼的功夫就衝到了發瘋的仙人掌少年面前，一劍削在他的頭皮上。而後，他挽出一個劍花，在蒙沙沒反應過來的時候直接越過他的頭頂，砸在了蒙沙的後腦。

重擊加上瞬間閃過的電流，蒙沙的身體一僵，就重重地倒在了地上。

風鳴收回長劍，面無表情地看著倒地的仙人掌少年，道：「不好意思，也忘了跟你說，我自從被雷劈後就中毒免疫了。」

他看了看紮滿了細細髮針的右翅膀，皺眉摸了兩下後，白色的翅膀瞬間消散，紮在翅膀上的黑色髮針也在瞬間全部掉到了地上，發出像是金屬碰撞的輕鳴聲。

「嘖，回去以後就洗澡。」

就像是剪頭髮一樣，看到這樣的頭髮就覺得渾身都癢。

不過，風鳴看了一眼自己的右手，又若有所思地看了一眼倒地的蒙沙，他剛剛釋放出雷電的時候，似乎聽到了什麼東西碎裂的聲音？

風鳴想不出頭緒便下了臺。

而此時的彈幕和觀眾席上的觀眾們都非常激動。

『啊啊啊！我天使鳴鳴又、贏、啦！我就知道他又美又帥！！』

『哈哈，那些說這次我天使要戰敗的人呢？出來啊！告訴你們，我天使大鵝永不會敗！』

『拋開其他不說，風鳴的速度實在是太快了。天下武功，唯快不破還是有道理的。在場有九成的速度都跟不上他，哪怕是他的攻擊力有點弱，但放風箏和磨也能磨死對手。啊，這個時候我就會想念后隊長的箭無虛發！每次看后隊長的表演都是一箭飛天，然後就沒有然後了。』

『樓上讓我有點想知道后隊長和風鳴打起來的畫面。哈哈哈！到底是風鳴的速度更快，還是后隊長的箭更快呢？』

「啊啊啊，我們鳴鳴又贏啦！進入決賽了！晚上去吃火鍋慶祝啊啊啊！」

「對對對，一起包個房間慶祝！不過你們看到他的翅膀放光的那一幕了嗎？那個時候看起來真的超美的啊！」

「噯，小楠，你是盯著臺上的時間太久，眼睛花了吧？雖然鳴鳴真的超美超好看的，可是他的翅膀是不會放光的，那是太陽光啦！」

小楠被同伴說得有點自我懷疑，正要附和的時候，旁邊卻響起了一個低沉磁性的聲音。那個人的聲音有些激動和顫抖，說的也是很少人能聽懂的義大利語。但是小楠偏偏是義大利語系的大三學生，所以，她聽懂了這個金髮青年說的話。他說的是——

「雷霆大天使。大人，我定以我的性命守護您的安危。」

理查注意到小楠的目光，對她露出了一個溫和的笑，而後轉身離開。

小楠轉頭看了一眼走下臺的風鳴，一個不可思議的想法突然浮現在她的腦海之中，怎麼也消失不了了。

這個時候，看臺的最後，坐在角落的那個黑髮黑眼青年也在注視著風鳴。他的臉上難得浮現出凝重之色，片刻之後才輕輕笑了起來。

「所以，這就是陳碩他們二死一傷的原因？神話系的覺醒者啊……壞了我一顆好棋。不過，意外之喜。」

畢竟只要這一個，就比其他的強很多呢。

第二章　大鵝戰熊貓

比賽決出四十二強之後就進入了最後的決賽。

不過，據說決賽並不會像初賽和複賽一樣用兩兩對決的方式進行，賽方彷彿有什麼其他打算。

四月六號複賽結束後，四月八號才會開始決賽，風鳴他們有一天的休息時間。

龍城學校進入最後決賽的人最終只有風鳴、石破天、圖途和鐵樺四人，他們剛好是龍城學校初賽的前四強。其實熊霸也是很有希望進入決賽的，但他在最後一輪複賽中碰上了蘑菇系的墨子雲，生生被種了滿身蘑菇，靈力枯竭倒地，然後這傢伙很長一段時間都對蘑菇產生陰影，看見蘑菇就不高興。

相對其他的靈能學校來說，龍城學校高中部進入決賽的機率已經非常高了，甚至有不少學校最終連一個人都沒有進入決賽。相比龍城高中部，龍城的社會部進入決賽的人也只有兩個，算是中等。

這一天的休息時間，風鳴拒絕了圖途和風勃他們再去對面的交易大會看一看的邀請，決定認真休息一整天。他原本以為后熠那個傢伙也會跟他一樣賴在飯店裡，結果這個人竟然有事做的樣子，還扯上他。

「幫我一個忙如何？酬勞是一顆臉盆大櫻桃。」

風鳴鹹魚的心被櫻桃拍飛，直接從床上坐起身子：「說來聽聽？」

后熠的眼中閃過笑意：「川城靈能學院和川城警衛隊發現大賽期間有許多身分不明的人進入了川城，排除九成是為了靈能祕境的外國人，還有一些行蹤可疑的外地人。而川城警衛西隊裡有一個能透過觸碰他人，感應到他們一部分想法的靈能者，他接觸了一些人，然後推測出這兩天那些人就會有動作。」

他們的目標有兩個，一個是靈能交易大會裡最大拍賣行的珍稀靈果和鍛造靈材，另一個就是靈能大賽的學生們，似乎是想要拐走一兩個學生為他們效力。

按理說，一些公司或者勢力想提前招攬有能力的靈能者是無可厚非的事情，不過那些人很有可能是混亂組織的人。總不能讓這些國家未來的人才投靠反派吧？所以，你幫我注意一下今天有沒有學生和可疑的人接觸，記住他們的名字或者臉就行了。」

后熠說到這裡搖了搖頭：

「並不是我懷疑那個警衛西隊靈能者的判斷，但我是反派的話，比起那些隨時都可以去祕境裡尋找的死物，還是人才更重要啊。不過除了黑童那種喪心病狂的組織之外，也不太會有混亂組織會危害靈能者，只會威逼利誘他們加入。這裡又是川城靈能者最多的地方，那些人應該不會太過分。」

后熠就看著風鳴：「只需要你站在高處監控就可以了。如果真的遇到了什麼危險，不要獨自冒險，直接捏碎靈能卡通知我，反正我就在對面。就算我真的沒辦法第一時間趕來，我的箭還是會到的。」

風鳴就笑了兩聲：「安心吧，我可沒有那麼閒，自討苦吃。」

后熠就笑著點頭離開了，他在出門的時候抬起手腕，透過金色的警衛隊腕錶通知了花千萬和林包、老富三人，他們這個時候應該也到川城了。

等后熠離開，風鳴就拿著手機和一袋瓜子離開了飯店。

他準備蹲在飯店後面的青山公園裡某一顆高坡的樹上監視，在離開飯店的時候，他也和后熠一樣，認為這不過是一個簡單的任務而已，甚至還在去公園的路上和川城這邊的一小群烏鴉搭上了話，說著一口川城方言的烏鴉們答應幫忙監視跟蹤一天，然後得到一袋小米。

對比五萬塊的臉盆大櫻桃，風鳴覺得這買賣簡直划算極了。

只是，等他搧著大翅膀，蹲到了茂密的樹幹上做好無聊一天的準備的時候，他才發現在高處看到的東西比他預想的多很多。

撇開那些不重要的，只說讓人懷疑、行蹤鬼祟的學生竟然就有二十多個！

這二十多人裡，包括了風鳴知道的詛咒系靈能者鬣狗靈能者、蒙城學校的狐狸異變靈能者胡明明和仙人掌蒙沙、還有之前在影片中看過的尖叫土撥鼠靈能者，以及……蔡濤。

撇開前幾個人不說，蔡濤的出現讓風鳴非常震驚，也因此風鳴沒有讓烏鴉們去跟蹤蔡濤，而是自己遠遠地在高空跟著他，想要看看他從飯店後門出去到底是要見誰。

只是蔡濤最終也只走入了一家偏僻的川城小店，那小店的門牌上寫著「阿嵐刀具」，看起來應該是一家武器店。

風鳴在那條街的高處一直等到蔡濤出來，看到他手中拿著一把黑色的、上面有奇怪花紋的匕首之後，心中才微微鬆了口氣。然後確定蔡濤的方向是回飯店，他就先搧著二翅膀離開了。

對，因為怕人看到和發現，風鳴身上披了白色的斗篷、全程都是用二翅膀飛。現在二翅膀已經有半個手臂那麼大了，帶他一個人飛完全沒問題。加上他是跳躍前進的，看起來就更像是一個羚羊系或兔子系的靈能者在跳房子。

風鳴不知道的是，在他轉身離開的十幾秒後，走在路上的蔡濤才緩緩地抬起頭。

他看著手中那把黑色的匕首，想著剛剛那個人告訴他的話。

「被人跟蹤了都不知道嗎？要知道，有翅膀的鳥兒們可是最喜歡偷看其他人的祕密。不需要你做什麼，只需要拿這把匕首在決賽攻擊其他人就行了，不會有任何人發現你的問題的，相信我，因為到那個時候誰也顧及不到你。還有，有一個額外附加條件。如果在決賽當中你辦到了，我們會無條件送出你妹妹，還會解決你身體的殘留問題喔。畢竟……再拖下去，你就要死了。」

蔡濤深深地吸了口氣，他緊緊地抓著手上的那把匕首，一步一步向前走著。夕陽在他身後落下，前方的暮色愈發濃重。

此時，風鳴已經回到了飯店後面的青山公園最高處，嘰嘰喳喳的烏鴉們早已經在那裡等待著。

『嘎——嘎！那些人聚在一起吃飯呢。我們最後都碰到一起啦！小米在哪裡？』

風鳴從這些烏鴉的話中知道，包括胡明明和詛咒系少年，他們去的都是同一個地方，是一個完全不引人注意的火鍋店。

這些人要嘛是中午在那家火鍋店裡吃了一頓飯，要嘛就是現在還在火鍋店裡吃飯。看起來沒有半點問題，可風鳴卻覺得問題大了。

怎麼可能二十多個人沒有任何商量，全都去了那家火鍋店呢？而且，之前還吵過架的詛咒系少年和鬣狗少年、胡明明和蒙沙也都去了那裡，這要是巧合，那后箭人看到他被雷劈也是巧合了。

風鳴坐在樹上思考了半個小時，總覺得這件事情很要命，甚至覺得交易會拍賣行的事情不過是聲東擊西的一個混亂條件而已。畢竟箭人說的對，這年頭比起死物，還是人材更重要啊。

於是，等晚上后熠心情還不錯地回來之後，就聽到了讓他心情瞬間變差的消息。

風鳴難得在這位隊長臉上看到了嚴肅和專注的神情，不過這表情也只是存在了片刻，下一秒就變成了嘲諷和冷笑：

「那群見不得光的垃圾，真該一箭把他們送上西天。」

雖然風鳴把自己的猜測告訴了后熠，后熠也很贊同，甚至比他想的還多。因為出去的都是來參賽的靈能者學生，甚至還有明天就要參加決賽的人，后熠也不可能直接把他們抓起來，只能把風鳴拍下的二十幾個行蹤詭祕的學生照片傳給川城警衛隊，和川城靈能學校的校長，讓他們務必要注意這些學生的情況。

當然，花千萬和林包、老富也收到了自家隊長的消息。

花千萬片刻之後回了個訊息：**『老大，這要跟馮常那個火箭筒精說一下嗎？畢竟西邊是他們的地盤。』**

后熠看到馮常這兩個字有些無語地翻了個白眼，最後還是回了訊息。

『說一下吧，免得真的出事了，他們會被上頭和大家罵死。』

風鳴湊到旁邊看著他的手機，又看了看他的表情。

「馮常？西方白虎組的隊長？你怎麼這副表情？」

后熠就看了一眼風鳴在燈光下反射出華麗光芒的金色翅膀紓壓，然後才揉揉眉心：「這傢伙是個愛記仇、心眼小的戰鬥狂魔，就因為之前贏了他一回，他追著我約戰十幾次了，又不能一箭射死，煩得很。」

風鳴：「……」他突然很想知道華國最厲害的四方組之間，隊長們的互相評價。

想到就問。

「那北方玄武組的組長胡霸天你怎麼看？」

后熠：「特別重義氣的一個人，俠氣重。就是妻管嚴，我看到他好幾次跪榴槤了，一點都不爺們，哼。」

風鳴：「……」微妙地想到了之前這個箭人翻他家冰箱找榴槤的畫面。

「那南方朱雀組呢？」

后隊長瞬間坐直，整個人都像是打了戰鬥的雞血，特別乾脆俐落地評價：

「矯情做作、潔癖嚴重、冷血、沒有任何幽默感的魚精。真是不知道那些粉上他的人都是什麼眼力，指望他下海去挖貝殼、抓蝦給她們吃嗎？」

聽聽這嘲諷又惡毒的評價，風鳴瞬間就明白靈網兩大名人之間的「血海深仇」有多重了。因為他偶爾也會去逛一下的魚粉討論區，幾乎所有的狂熱魚粉都隱晦地稱后熠為JR（賤人）。

這兩個字母，你品，你細品。

風鳴最後明智地沒有把魚粉討論區裡對后熠的黑話說出來，不然他覺得他可能會受到來自箭人的控訴洗腦。

即便如此，后隊長還是非常嚴肅正經地抓著他問了好一會兒到底是魚精好，還是他更帥的問題。

風鳴表面笑嘻嘻地道：「我覺得你們各有各的魅力。」內心罵得很，當然是魚，啊不，是池隊長好啊，至少池隊肯定沒有換裝課金的愛好，還不會偷看別人被雷劈。

「真的？」

風鳴點頭：「嘖，當然是真的。誰說假話就被沉入海，或者從空中摔下來。」

后熠：「？？？」我怎麼覺得這個旗標插得有點不對？

不過后熠也沒再繼續糾纏這個問題，反正他覺得相比那條魚精，他是更有野性和男人魅力的酷霸帥哥。

「雖然我把這件事情通知警衛隊和川城的學校校方了，但那些行蹤詭祕的學生們還是不能確定是否安全。等到明天你們就要一起進行決賽了，你務必要小心。實在不行，就算不要決賽的名次也記得求救。」

風鳴自然知道輕重。不過比賽的時候可是要掃描的，不允許攜帶超過大賽要求的重型武器和靈能卡，碎卡求救怕是不可能了，「反正有直播，我要是快死的時候你過來救我一命，我以後會努力報答的嘛。」

后熠就笑：「我救你三次了，也沒見到你以身相許。」

風鳴就翻了天大的白眼：「我臉盆大的櫻桃呢？今天這個任務可是累到我（的烏鴉朋友們）了。」

后隊長就開始課金外賣。

第二天一早，學生們個個精神抖擻地出現在大賽會場。

不過，和之前複賽的時候看到的會場不同是，花了一天修整的大賽會場已經不是之前四十個格鬥臺的樣子了。

整個賽場中間彌漫著一層讓風鳴覺得熟悉又有點嚇人的白色濃霧，賽場四周的四面超大螢幕上也顯示著濃霧的畫面。就在觀眾和選手們都忍不住竊竊私語的時候，有一個大螢幕上顯示出了川城靈能學校校長木蒼的臉。

『呵呵，想必現在各位朋友和參賽者們心裡都有點疑惑，會場為什麼會變成這副樣子呢？哈哈，這就要多虧我們賽場設計者們熱情又充滿靈感的設計了。我可以保證這一次的決賽，會讓大家耳目一新並且難以忘懷！這將會是一場精彩絕倫的靈能決賽，在今天一天的時間裡，各位一定能夠看到決賽選手們的真正實力與魅力！好啦好啦，話不多說，相信大家已經等急了。那麼，現在就由這次的九大評委之一，杜風先生為我們所有人揭開這決賽場地的面紗吧！』

隨著木蒼校長的話音落下，評委席上站起了一個身形勁瘦、氣勢鋒利的中年男子。他走到評委席的講臺最前方，然後深吸一口氣，陡然之間雙目圓睜、口中一聲大喝，雙手在空中用力一推——

一股狂風從他周身掀起，和風鳴用翅膀搧出的狂風不同，那是平地起風且風力極大的大面積狂風。彌漫在賽場中央的大片白霧被這陣狂風沒有任何死角地吹散，很快便四散開來，露出了被遮住的新賽場真容。

當新賽場出現在在場眾人和直播鏡頭前的時候，所有人都震驚了。

『我靠！川城靈能學校這麼大手筆的嗎？用一天的時間建造出一個真實擬態賽場？』

『啊啊啊啊啊幫木校長點讚啊啊啊！竟然能夠搞出這麼大的驚喜！』

『這可太刺激了，整個比賽場地裡包含了森林、湖泊、暴雪和沙漠四種大環境！這是哪個神仙靈能者的手筆啊！暴雪區還在下雪呢！』

『真・財大氣粗。這不知道要用掉多少張A級靈能卡才能維持這樣的比賽環境。而且一開始建造這種擬態環境的時候，絕對得有A級，甚至S級的自然系高手出手。不行了，這次的比賽絕對超級好看！我靠，靈網竟然開始收費了！』

『垃圾靈網，遲早要完！！給我們看了那麼宏大的賽場，竟然提示看決賽直播要收費，不然就等三天以後看錄製版！你以為我會屈服嗎？呸，老子有的是錢，告訴我在哪裡付錢！』

『已付費，然後發現還可以幫自己喜愛的選手扔雷灌人氣值，媽的，垃圾靈網死要錢！但是就算吃素，我也要幫我主推扔雷！我家雷兼明雷神必須第一！』

反正，靈網上看直播的網友們都被刺激到了，一邊罵著垃圾一邊為自家主推砸雷。

而現場觀看的觀眾們則是更加震撼。雖然這並不能算是最頂級的擬態環境設置，但在國家只在舉辦靈能者國際大賽的時候這麼大手筆的情況下，全國性的比賽能設置一個擬態場地也非常厲害了。

反應過來的觀眾們全都激動地歡呼了起來，口中喊著自己支持的選手名字，幫他們加油打氣。而後賽場的廣播開始通知有資格進入決賽的四十二名學生入場，同時在大螢幕上放出了這四十二位選手的照片和人氣值。

『本次決賽的四十二位參賽者都會佩戴自己的號碼牌，以及由山海科技提供的最新超穩定清晰自拍攝影球。只要能取得對手的號碼牌並且擊敗對手，就得一分，但失去號碼牌的選手不用驚慌，一次失敗並不代表最終的失敗，只要你有能力、有耐力去戰鬥，最終也是可以搶回自己的號碼牌，甚至得到更多的號碼牌。

比賽在下午六點結束。六點整時，拿到號碼牌最多、得分最高者就是本次全國高中部靈能者大賽的冠軍！得分次之的就是亞軍、季軍。本次決賽沒有任何硬性比賽要求，參賽者可以用任何方法或者找對自己的有利地形戰鬥。畢竟兵不厭詐，且戰場多變，我們要看的就是參賽者的真實實力，而不是單一的靈能異變比拚。

四十二位選手已在不同入口就位，那麼，決賽開始！！』

當響徹全場的廣播說出最後四個字的瞬間，賽場四周的四個超大螢幕便開始由單一分鏡分為十二宮格大螢幕，囊括了所有四十二位參賽選手的追蹤畫面。

在場的觀眾們可以從這四面螢幕中，找到自己想要看的任何一個參賽選手的直播畫面，當然，如果想要看得更清楚一點，會場的座位旁已經有兜售靈能望遠鏡的官方商販了，可見，官方果然是死要錢。

一時之間，場外的氣氛熱烈到極點。

「啊！快看三號螢幕！老天，那兩個人這麼快就遇到了，已經打起來了！！」

「哇哇，這是音波攻擊嗎？舒聲聲一上來就是這麼狠嗎？」

在場外觀眾們興奮地看著直播螢幕的時候，風鳴從西南的十九號入口進入了擬態賽場裡。

然後他看著自己面前的那一片黃沙，抽了抽嘴角。

這可不行，沙地實在不適合他戰鬥，太容易被當成標靶打了。這地方適合石破天，不過那小子好像不在這片區域，趁著現在其他人剛入場，他得趕緊找到有利的地形。

於是，風鳴後背的羽翅瞬間顯現，片刻之後就飛到了幾十公尺高的空中。不是說站得高才看得遠嗎？在空中的風鳴很快就看清了整個擬態賽場的環境。

他所在的西南區是一片看起來就很熱的沙漠，此時有六七個參賽者正從沙漠的其他入口進入。沙漠對面的西北區就是下著暴雪、刮著寒風的泥沼區，風鳴看到了一進去就一臉傻眼的圖途，在心裡幫他默默地點了蠟燭，然後想到這傢伙是個北極兔精啊，暴風雪什麼的應該還算是他的有利條件？至少不會凍到。看看他隔壁，隔著不遠處入口的那個眼鏡男生，好像整個人都不好了，昏昏欲睡的樣子。

之後就是東北區的森林區域。森林區密密麻麻的，有各種花草樹木，最高的那一棵巨樹甚至將近一百公尺，風鳴覺得這棵樹好像可以讓他當安全點休息使用，畢竟一般人也爬不了那麼高。不過，這次進入決賽的人裡好像也有其他飛禽系的學生。

最後就是東南區域一片波光粼粼的小湖了。

風鳴不知道賽方是怎麼把這麼一片湖搬過來的，但是看到這片湖之後，他就毫不猶豫地選定了最後的戰鬥點。

雖然森林也滿好的，但是有水的地方才是他真正可以作為殺手鐧靠山的地方。有二翅膀的充水充能大法，他能一直戰鬥到地老天荒啊！

於是，風鳴對已經遠遠看到他，正蹦跳著向他招手的圖途咧嘴笑了一下，指了指西南區域的方向，轉身就飛走了。

在他轉身飛離的時候，同樣位於沙漠區域的七八個參賽者抬頭露出了羨慕的神色。雖然這片地方總體來說對他們不算太大，跑個二十多分鐘就能跑出去，但這片地方真實地擬態了沙漠的環境，又熱又曬的情況下，再遇到其他參賽者來一場遭遇戰什麼的，真的很累啊。

可惜他們又沒有打鳥的裝備，只能看著那個鳥人同學拍拍翅膀飛走了。這時候，總是有點羨慕有翅膀的傢伙，當然，彈幕和觀眾們也這麼想。

『哈哈哈哈，羨慕嗎？羨慕吧！！我們鳴鳴天使會飛！！』

『有什麼了不起的，會飛最後不是還要下來打架？快看，他遇上郭小寶了！！郭小寶開始對著天空無性別、無差別地無恥賣萌了！！』

風鳴和郭小寶的相遇引起了現場觀眾和靈網觀眾們的極大興趣，就連賽場的四大螢幕也選擇了用最大的直播分鏡直播賽場內的景象。

實在是因為不論是風鳴還是郭小寶，都是此次靈能者大賽高中部的熱門奪冠人選，不光是因為兩人的實力評價都是A、都是異變覺醒之後非常受歡迎的形態，更因為兩個人在靈網上的粉絲數量也不分伯仲——

郭小寶是熊貓系的異變覺醒者，因為大熊貓在華國的特殊國寶級地位，一經覺醒變異，他就受到了廣泛的關注，可以說是一夜之間就有了一百多萬的粉絲。而他的粉絲量在他開始每天直播一小時之後瘋狂上漲，現在已經是有五千多萬粉絲的大網紅了。

而風鳴的崛起更是神奇，以一張月下凌空天使的照片紅遍全網，蹭上了靈網兩大頂流的熱度，還搞了兩個頂級CP。同樣是一夜之間粉絲破百萬，CP爆出之後粉絲大幅度上漲。不過因為他的出鏡率並沒有郭小寶那麼高，所以粉絲數量比郭小寶略少。

但這幾天因為靈能者大賽的緣故，能直接飛上天打架，又颯又美的風鳴粉絲疾速上漲，到了決賽今天，剛好四千九百萬。所以，風鳴和郭小寶兩個人絕對是勢均力敵的熱門選手。

他們兩個碰到一起，比賽必然會很精彩，而且也會讓人認真地猜想在這場戰鬥之中，到底會是國寶更勝一籌，還是大天鵝更凶殘一些。靈網上為自家主推扔雷的粉絲們也早已開始Battle，熊貓粉和天使粉吵得激烈得很。

風鳴此時也看到了蹲在湖邊抬頭看他的郭小寶，頓時覺得有些牙疼。說實話，在這四十一個對手當中，郭小寶是他最不想碰到的人之一。

不光是這小子本身心思壞且實力強大，主要是他的賣萌技實在有點防不勝防，而且，雖然后熠說過他是個假熊貓精，就算是打他也不犯法。但是當著那麼多人的面暴打國寶，他也是有一定的顧慮。好在，大天鵝好像也是國家保育動物。

風鳴不太想理郭小寶，但他就打算在湖邊搶牌子。此時湖邊又只有郭小寶和他兩個人，看來不打不行了。

而且，郭小寶看見風鳴之後就已經雙目放光，躍躍欲試地跳了起來，在風鳴思考著要不要就這樣直接開打的時候，郭小寶已經變成了大熊貓的樣子，然後開始放出必殺技……喔不，開賣萌了。

只見下方的大熊貓皮毛油光滑亮，渾身肉嘟嘟、胖呼呼的，牠先站起來扭扭屁股扭扭腰，然後歪著頭對風鳴眨眨眼。這隻大熊貓露出了一點委屈的表情，用水靈靈的黑豆眼看著風鳴，忽然抬起胖呼呼的熊貓爪在空中對風鳴比心，之後還對風鳴送了個飛吻，這一系列的動作像是做了千萬遍一樣，特別熟練。而且致命的是，如果是個微胖的男生做這種動作肯定會遭到一點嫌棄，但國寶大熊貓做出來就沒有半點違和感，還萌得要命。

基本上，看到這一幕的場內和靈網女觀眾都已經捂著心口開始尖叫了，而男觀眾們雖然臉上沒什麼表情，但誰知道他們在心裡是怎麼小鹿亂跳，又想擼熊貓的。

風鳴雖然在空中飛著，但是是第一次正面看到這個賣萌技。原本以為只要轉開頭、不看這隻熊貓精就行了，但他有些驚訝地發現這竟然是強制的賣萌技，他沒在第一時間扭頭，看到郭小寶做第一個動作的時候就再也沒辦法轉頭不看了。

而且說真的，看完熊貓精這一系列的萌操作之後，風鳴忍了又忍，最終……他可恥的心動了。

「我靠，這是什麼邪性的精神汙染技能啊！」

風鳴一邊說一邊想要控制大翅膀往下飛，而下面的郭小寶這隻熊貓精還在搖頭晃腦。只是如果認真觀察就會看出來，雖然郭小寶還在做賣萌的動作，但他的眼神和身體都鎖定著風鳴，只要風鳴從天空中向他飛下來，他就能一爪把這個鳥人同學拍到半殘。

然而，風鳴竟然只是往下飛了六七公尺，然後就停住不動了。

郭小寶還在飛吻，心中卻驚疑不定。怎麼回事？他這百用百靈的技能竟然沒效？

風鳴心裡也有點傻眼。他是真的想往下飛，大翅膀是往下的，二翅膀卻……反方向向上？

「不是，老二，你在這時候鬧什麼？要下去打架啊，我真的不是看這隻熊貓萌。好吧，雖然一開始我覺得他滿萌的，但往下飛的時候我就已經擺脫控制了。還有你別激動，我現在覺得翅膀最萌，什麼都比不過你和老大好看。」

二翅膀就像是突然耍脾氣，風鳴覺得自己也有點控制不住了。這很像是之前大翅膀想要去挨雷劈，他卻控制不住的感覺。

風鳴眉頭微皺，凝神靜氣地閉上眼，體內的靈力在全身流轉了一圈之後，二翅膀終於不皮了。但風鳴總覺得二翅膀不是因為他運轉了靈力，而是因為他說翅膀最萌才不皮的。

風鳴：「……」心累。

更心累的是郭小寶。他第一次用了整整五分鐘的賣萌技還沒把人誘惑到身邊，弄得他都不想再扭屁股了，他想直接揮爪子上去肉搏啊！但風鳴這個鳥人在空中他又打不到，非得等他下來才可以戰鬥。

郭小寶：「……」媽的，真討厭有翅膀的傢伙！

不過就在這時，風鳴卻突然加速俯衝了下來，郭小寶第一時間反應過來，也懶得再賣萌，黑色的雙爪長出寒光閃閃的利爪，奔跑著撲向風鳴，雙爪高舉在頭頂！

當風鳴和跳躍而起的大熊貓瞬間遇到時，風鳴用手中的長劍擋下了大熊貓彷彿帶著千斤重的雙爪，而後風鳴眼中閃過一絲驚訝，被大熊貓郭小寶狠狠拍得向後退了三步！

『我靠！郭小寶這大熊貓怎麼突然這麼凶殘了？』

『樓上，別被國寶的外表迷惑了，大熊貓再萌也是熊，古時候稱為食鐵獸，能騎著上戰場把人撞飛，一爪把人抓到腸穿肚爛的凶殘猛獸，是猛獸好嗎！』

『別把動物園裡的熊貓和上戰場的熊貓相提並論啊！』

風鳴感受到了大熊貓可怕的力量，不過最初的驚訝之後，他反而更加興奮了。

風鳴的雙眼漸漸銳利，面對朝他撲過來的大熊貓猛地加速，他竟然再次和狂奔而來的大熊貓正面相碰！

不過這一次，風鳴卻只後退了兩步，之後便是讓人眼花繚亂的兩人衝撞戰鬥。

本來陸地戰對郭小寶是有較大優勢的，熊貓的速度雖然不算太快但也絕對不慢，力量上還能碾壓風鳴這隻大天鵝，但郭小寶沒想到這隻鳥人竟然這麼難打，而且帶著加速的俯衝越來越快，以至於在相互衝撞了五次之後，郭小寶就跟不上風鳴的速度了。

風鳴幾乎是以他為中心，從各個方向加速揮劍衝撞向他，那速度快到幾乎出現了殘影，讓郭小寶一時之間不知道該往哪個方向抵擋。

『我的老天鵝啊！之前一直看風鳴在天空放風箏打架，除了最後一擊速度快了一點，也不覺得他多厲害，現在我簡直要跪了。我螢幕上的他已經出現殘影了，眼睛都花了！』

『＋1，天鵝系的風鳴真凶殘啊，看他打架像極了我被大鵝啄得無處可逃的可憐模樣。』

『哈哈哈老祖宗早就告訴我們了，天下武功唯快不破！地面戰鬥簡直帥得要了我的命，啊嗚嗚！嗚嗚嗚！我可以，我真的可以！』

『速度這麼快真的很麻煩，估計只有舍黎那隻大猞猁能跟他拚一把速度攻擊了。』

被長劍多次割破皮毛的大熊貓在驚怒之下，陡然舉起雙爪，咆哮一聲便用雙爪狠狠砸向地面，瞬間以他為中心的十公尺內，大地都劇烈晃動起來。

『我靠，大熊震擊！郭小寶竟然會這一招！』

風鳴第一時間就發現腳下大地不穩，要是其他人面對這一招，一定會喪失一大半的動力之後覺得麻煩，但是他連攻擊都沒停，直接飛起來了，繼續衝擊。

『……我突然有點心疼我家小寶。他們長翅膀的太欺負沒翅膀的了！』

三分鐘之後，鬱悶的郭小寶捂著被風鳴戳到的屁股，呲著牙扯下了腰間的八號號碼牌，怒而砸鳥。

「這個小破牌送你了！！我不跟你這個有翅膀的玩！我去打別人！！！」

天知道這一戰他打得有多委屈，果然這個世界上最討厭的就是鳥人了！

觀眾們看著捂著屁股憤怒走遠的大熊貓，哈哈哈地笑了個爽，這是天使粉的勝利，而熊貓粉一個個心疼得不得了，狂刷不跟有翅膀的玩這句話。

不過，倒是沒有人擔心郭小寶會搶不到別人的牌子，畢竟他展現出來的實力是真的強悍，換做任何一個不會飛的傢伙，都很難和他正面對上。果然，之後一個小時的時間裡，郭小寶這個憤怒的大熊貓連贏三個選手，拿到了三個號碼牌。

而在這段時間裡，戰鬥發生在擬態賽場的各個區域，幾乎每分鐘都在上演著號碼牌搶奪和被搶奪的畫面。

在這一個小時沒有規則、完全擬真的戰鬥時間裡，觀眾們也能更加直觀地感受到比賽選手們的真正實力。那不是單一的靈能強弱的實力，而是加上了戰鬥直覺和戰鬥智商的綜合實力。

觀眾們就看到相對靈能實力較弱的榕樹系選手戎木澤在密林中設下植物陷阱，輕鬆搞定三個對手拿到號碼牌。也看到圖途借助暴雪和他變身之後的白色皮毛，幾乎突襲了所有他見到的暴雪區對手。他們還看到墨子雲就蹲在密林之中，伸手讓地上長了一片密密麻麻的毒蘑菇，守株待兔似的等著對手過來自投羅網，還有幾乎制霸了沙漠區的石破天。

當然，還有蹲在湖邊一棵樹下等待的風鳴。

這一個小時裡的戰鬥雖然頻繁，但不算太過激烈，畢竟現在只開賽一小時而已，距離下午六點還有整整九個小時的時間。

不過在這個時候，一直安靜的賽場廣播忽然響起：

『下面進行每小時報告。目前積分最高者為雪原區圖途，積分八。第二位沙漠區石破天，積分七。第三位森林區舍黎，積分六。定位腕錶將顯示出三分鐘前這三位的定位，請其他參賽者多多努力。』

賽場外觀眾們：「哇！」

直播區觀眾們：『**哎喲！**』

賽場內眾選手：「……」

藏在雪地裡的圖途瞬間立起兩隻兔耳朵，然後站起他的大長腿，用兔型喊出了參賽者的心聲：「垃圾賽方！遲早要完！！」

這他媽是什麼騷操作！

圖途悲憤地喊出了那句話之後，就飛快地從他藏身的這個雪窩裡蹦出來，往他另外挖好的三個雪窩裡躲。

雖然他的位置已經暴露了，但是狡兔三窟，圖途四窟，他還有另外三個伏擊點，不能慌！只要他在雪窩之間來回奔跑橫跳的速度夠快，那些看到他定位的人就找不到，也追不上他！

然而圖途沒想到的是，這群進入決賽的傢伙們竟然如此不要臉，單打獨鬥搞不過他，竟然選擇聯合起來圍毆他一個。以之前被他突襲得逞的北極熊少年為首，他領著同樣被突襲、搶走牌子的狐狸胡明明和眼鏡蛇少年，三個人一起過來找他的麻煩。

圖途哪怕橫跳得再快，在三個人的包圍之下最終也不甘倒地——

他先是避無可避地被胡明明的「狐狸尖笑」音攻技能攻擊到渾身僵直，即便他只是短暫片刻的失神，眼鏡蛇少年就直接從口中噴了毒液到他臉上，造成他徹底無法動彈，然後他就被這三個可惡的傢伙暴揍了一頓，最後到手的八塊牌子連同自己的名牌，總共九塊牌子就落到了他人手裡。

剛好北極熊、胡明明和眼鏡蛇少年一人三塊牌子，分贓分得很開心。

躺在雪地裡的圖途又憤怒地罵了一句垃圾賽方，決定之後一定不要當那個出頭的小鳥，或者拿到了小名牌就給風鳴保管，他在天上絕對能苟活到最後！

這樣越想越有戲，圖途躺了一會兒就直接奔向東南區域的湖邊找風鳴。是時候搞個團隊作戰了，他們龍城高中男團即將在這次大賽中重磅出道！！

在圖途被劫的時候，同樣暴露了位置的石破天和舍黎，也被自發結成小團隊的其他學員圍攻了。

石破天的情況沒有比圖途好到那裡去，就算他在沙漠區域占盡了優勢，可他的對手是滬城高中的雷兼明、鄭彪和俎楊龍三人組。

同為自然系，石破天和雷兼明打了個天昏地暗，狂沙和刺眼的雷球在他們周邊閃爍，以至於其他遠遠過來、想要占個便宜的學員們看到之後都神色大變，轉身就走。

這場戰鬥最終還是雷兼明贏了。畢竟不是單打獨鬥的比賽，在俎楊龍和鄭彪上場之後，石破天很快就不敵落敗。石破天躺在腳下突然出現的沙坑裡，頭一次感受到詛咒系的可怕力量。

雷兼明倒是沒有趁機再做什麼，但石破天的七塊牌子、連同他自己的牌子也被拿走了。

而舍黎的情況比圖途和石破天好一些，他是猞猁的異變覺醒者，又身處密林，雖然同樣被墨子雲、金石和戎沐澤圍攻，但因為他速度飛快又會躲避隱藏，得到的六塊牌子只丟了三塊，還保留了三塊。

不過因為整點公告這個騷操作，在賽場內的參賽學生們都明白了團隊合作的重要性，原本四散的選手們開始在賽場內遊蕩，尋找可以結盟的對象，以應對越來越激烈的戰鬥。

龍城高中部的四個人很快就在東南區的湖邊聚齊了，畢竟風鳴一開始飛上天的那一幕大家都看得很清楚，比起其他還要靠運氣或者暗號齊聚在一起的人，圖途、石破天和蔡濤只需要往湖邊去就行了。

此時的湖邊並不只有風鳴一個人，還有一個河馬異變的靈能者學生也來到了這裡。風鳴看著那個明明很健康活力的女生，發動靈能之後，就變成一個身高近兩公尺的大河馬下了水，整個人都有點不好了。

不過，河馬妹子顯然也沒有和風鳴戰鬥的想法，她看起來好像只是在這裡泡個澡而已？

風鳴忍不住想，幸好她身上穿著特製的靈能衣，不然他怕會在光天化日之下看女生洗澡。

石破天和蔡濤幾乎是同時到達湖邊，兩人的臉上和身上都有戰鬥的痕跡。

風鳴看見他們兩個的時候迅速揮手，把他們兩人叫到他坐著的樹蔭下，得知石破天被搶了牌子、蔡濤只遇到兩個對手，拿到兩個牌子之後就開始摸下巴。

「我其實剛剛一直在思考。賽場這麼大，要是一個個去狩獵、搶牌子實在是費時又費力，總感覺是件得不償失的事情。假如我們辛辛苦苦追到了賽場內一大半的人，把他們的牌子拿到手，最後卻被別人以逸待勞或者守株待兔了，那就顯得我們很蠢。所以還是應該讓我們自己成為以逸待勞的人，讓獵物們自投羅網才是最好的方法。」

石破天和蔡濤都很贊同風鳴的說法，這恐怕是現在不少參賽靈能者心裡的想法。但問題是誰能做到讓其他學生們都自投羅網呢？這麼大的賽場，就算是想要挑釁，有時候也很難找到對象啊。

在這個時候，直線距離最遠的圖途終於飛奔著跑了過來。

風鳴還是第一次看到圖途這傢伙用覺醒北極兔的樣子瘋狂奔跑，看著他那長得亂七八糟，像是在一團饅頭上面插了四個棍子的大長腿，風鳴到了嘴邊的話全都變成了哈哈哈哈。

「哈哈哈哈哈！我靠！哈哈哈哈哈！圖途你是這樣奔跑的嗎？不行，我覺得你好奇怪啊，哈哈哈哈，我突然明白為什麼直播網站會想要把你分到獵奇類去了！」

風鳴狂笑一通，差點被憤怒又瘋狂的兔子一腳蹬在臉上。

好不容易安撫好嘴角都被打瘀青了的圖途，龍城少男天團開始了決賽的大計商量。

場外的觀眾們和觀看直播的觀眾們只看到這四個人頭靠在一起，嘰嘰咕咕地說了一堆，中途圖途還驚呼出聲，好像是說到了什麼了不得的計畫似的，弄得大家心裡特別癢，一個個都在彈幕上叫囂著『到底商量什麼，你們有本事商量，有本事說出來啊！』。

然後，他們看到商量完的龍城高中四個少年站起來，每個人臉上都露出了邪魅的笑容。

在大家瞇起眼，懷疑少年們的邪魅一笑到底代表著什麼的時候，風鳴一直收攏的羽翅陡然張開，一下子就飛到了天空之中。

所有人：「？？？」這是想幹嘛？

下一秒，風鳴氣沉丹田，甚至還帶著一些靈力擴大的聲音響徹整個賽場，龍城男團就此重磅出道——

「在場的渣渣們給我聽著！！這次決賽的冠軍非我龍城少年天才團莫屬！！你們有一個算一個，都是加起來都打不過我們的戰五渣！不管是滬城的雷兼明還是川城的郭小寶，不管是種蘑菇的還是裝樹枝的，反正全都是渣渣！！不服憋著，不然就來東南區湖邊打一場，看看誰才是真正的王者！！

我們龍城天團把話放到這裡，敢來幹架的，我敬你是條漢子，渣渣和孬種們就躲著別出來了。反正苟活到最後，全國人民都會看到你們的英姿的。」

最後，風鳴在所有人目瞪口呆的注視下在天空中比了個中、喔，收回去，比了個向下的大拇指：「誰怕誰是弟弟！」

『我靠我靠我靠我靠！！風鳴這鳥人簡直絕了啊！』

『真是讓我嚇得目瞪狗呆，這是憑一己之力拉滿了整個賽場的選手的仇恨吧？鵝系這麼強悍嗎？』

『哈哈哈哈！神一個「龍城天才少年團」，你們組團你們學校和家長知道嗎？這是在全國人民面前出道了啊，哈哈哈哈！』

『哈哈哈哈！你們對鵝的自信一無所知！！在所有的大鵝眼裡，所有對手都渺小得像個豆子鵝鵝鵝鵝！』

『不是，剛剛我應該沒有看錯，風鳴這小子是想比中指的吧？』

『樓上看破不說破啊！但是我突然粉上這鳥人了，哈哈哈哈，是條漢子！』

『這下賽場算是徹底亂起來了，我靠，已經有人回應了，快看！』

顯然還處於中二晚期或恢復期的高中生們是不能被刺激的。中二少年受苦受累，就是受不得激！更別說賽場裡的這些少年少女們還是中二少年裡的佼佼者，對自己充滿著絕對的自信。風鳴的隔空挑釁簡直就像踩到了他們的尾巴，當場密林區的上空就飄出一個雷球，直接炸開來，伴隨著雷兼明冷笑的聲音。

「洗乾淨等著老子來揍你！」

同時，沙漠區的上空炸出一團巨大的火球，紅翎那清亮的聲音也響了起來：「聽說你打了小寶，國寶是你能打的嗎！給姊姊我等著！」

之後還有野獸憤怒的咆哮和植物的突然暴走各種回應，一時之間，幾乎所有的決賽參與選手都往東南湖邊區域疾馳而去，大家心中的想法空前一致——

弟弟不可能是弟弟的！不管是去渾水摸魚偷襲還是合力暴擊硬上，總之，一定要先把龍城少年天團的那幾個人打趴！讓他們跪著喊爸爸！！

此時，坐在樹下的風鳴背後的二翅膀興奮地搧來搧去，連大翅膀都有些微微顫抖，他看著石破天快速催促：

「快快快，多挖幾個坑！多做幾堵牆！一大波僵屍正在向我們襲來啊！」

石破天一邊改變地形一邊抽嘴角。

「你現在慌成這樣，剛剛喊話的時候怎麼那麼厲害呢？」

風鳴昂起脖子：「我這是慌張嗎？我這是興奮到顫抖啊！你看圖途和蔡濤，他們也是！」

石破天轉頭看圖途和蔡濤，發現這兩人一個已經興奮到雙眼泛紅、腳下的土地都被拍出了一個坑；蔡濤雙手變成鋒利的西瓜刀，面無表情地把兩個西瓜刀交叉在一起，然後……他開始磨刀了！！

石破天：「……」

你們行的！

龍城少年天團放出了狠話，拉足了仇恨，其他參賽的學生們也一個個都不是省油的燈，大家都飛快地往東南區的湖泊那邊而行，哪怕是在行走的途中碰到了其他參賽者，原本應該為了搶小牌子打起來的參賽者們只是互相警惕又戒備地看了對方一眼，最後竟然和平共處，繼續前進了。

就這樣，前往東南湖泊區的人很快就從六七個變成八九個，由八九個增長到十幾個。風嗚他們等在湖邊，還不知道他們引發了什麼樣的場面，但是場外的觀眾和靈網上的觀眾們卻都能清晰地看到那彙聚在一起，顯得頗有聲勢和氣勢的參賽者們，一個個都激動得搓手手，順帶笑瘋了。

『我的老天！風嗚這是拉了多穩的仇恨，讓其他參賽者們連牌子都不搶了，這絕對是嘲諷技能滿級啊！』

『我們隊一直打不過的Boss就需要這種可以飛、速度快的坦，哈哈哈哈！估計大家是要聯合先幹掉龍城的少年天團再互毆了。怎麼說呢，雖然我剛剛還在支持少年天團，但是這個時候卻有一種微妙的幸災樂禍感。有沒有人和我一樣想看龍城少年天團被圍毆的畫面？』

『有有有，樓上我們是同好啊！雖然我是圖途兔子的粉也是龍城天團的粉，但是我也不得不承認我們家圖途特別欠揍，是時候該給他們點教訓了！哈哈哈，反正我家圖途跑得快，最多也就是被打到落荒而逃而已。』

『樓上你這個假粉！我們嗚嗚大天使絕對不會輸！我們家嗚嗚是最棒的，完全可以單挑全場，不在話下，哈哈哈不行，我編不下去了，反正就算打不過他也可以飛，單挑全場做不到，嘲諷全場還是可以的。』

『呵呵，可別再炫耀風嗚會飛了，看看現在的直播螢幕吧！同樣是猛禽類的金雕金逍遙也飛上天了，他現在的速度超級快，估計再過三分鐘就會到達戰場了！同時到達戰場的還有雷兼明的滬城高中三人組，光是這四個人就夠讓風鳴他們吃大虧了！』

『我覺得他們可能連一個回合都堅持不了，就會被雷兼明他們打敗，然後再被其他趕來的學生們圍毆一頓，哭著求饒，成為史上出道時間最短的少年天團呵呵。還龍城天才少年團呢？一會兒臉就要被打腫了吧！』

靈網上的觀眾們還在誰也不讓誰地互罵，這邊賽場內的金雕金逍遙和雷兼明他們終於到達戰場。

在他們到來之前，風鳴已經飛上天空監察敵情，跟圖途、蔡濤他們提前預警。不過讓風鳴嘴角微抽的不是來得最快的雷兼明和金雕，而是在他們身後那一大波可能再過十幾分鐘就會到達戰場，幾乎全部的參賽者們。

風鳴在天空中拍著翅膀，覺得自己拉的仇恨有那麼一點大了。但落地之後他卻更加興奮，怕什麼，不要怕，就是上！賭一次單車變摩托車，賭一次小牌堆一疊！反正他們這邊已經讓石破天建好了有利的地形，目標只是牌子而已，誰規定一定要跟這些人死戰到底的？

而且，風鳴忍不住搧了搧背後的翅膀，混戰之中速度才是王者啊。

金逍遙搧著他變成了巨大翅膀的雙手在天空中疾速飛行。此時他的眼神銳利中帶著興奮，嘴上還帶著幾分冷笑。他是真的很興奮，他馬上就要和風鳴正面槓上了。天知道這一路比賽打過來，他對那個後背長翅膀的鵝系鳥人有多麼討厭！幾乎快討厭到算眼中釘、肉中刺的地步！

明明在沒有這個鵝系鳥人之前，他才是這一屆飛禽類靈能者裡最受關注和被人喜愛的選手，除了比不過幾個自然系的靈能者和那個只知道賣萌比心的大熊貓精之外，他就是人氣最高的選手了。

他家裡的娛樂公司都已經為他安排好了主位出道的計畫和人設——富二代，長得帥還是飛禽類高等靈能者，經過這一次靈能者大賽的決賽之後，他必然能夠短時間內成為新一代的國民明星，然後直接進駐演藝圈，為自家的娛樂公司帶來巨大的流量和利益的同時，還能享受被眾人追捧注視的感覺。

明明這一切都已經設定好了，結果在風鳴出現之後，他的這條路就走不通了。

這世界上怎麼能有這麼討厭的人呢？幾乎每一個優點都踩在他的雷點上！！

他長得帥，風鳴長得比他更帥；他是高等的飛行系靈能者，風鳴那個該死的鵝系也是飛禽類的靈能者，甚至還有特別吸引粉絲的潔白大翅膀！原本他還以為鵝系的戰鬥力不高，搞不好風鳴就會被刷掉，不會造成太大的威脅。結果這傢伙打起架來也像大鵝一樣凶殘，最後竟然也進入了決賽！

反正有了風鳴之後，他的出道計畫就此擱淺，而且風鳴還代替他成為了幾乎能和郭小寶那個該死的熊貓精相提並論的頂流。別說風鳴剛剛飛在高空中瘋狂地拉仇恨了，就算他沒有這麼做，金逍遙也打定主意要在決賽賽場上好好扒掉風鳴的面子，或者把他打得跪地求饒。只有這樣，他才能踩著這個該死的大鵝上位，才能繼續他早已經制訂好的靈能者頂流輝煌之路！

搶奪粉絲和出道主位為不共戴天之仇，他要直接打爆風鳴的鵝頭！

金逍遙在天空中尖嘯一聲俯衝而下，他的尖嘯聲刺耳尖銳，似乎帶著一些恐嚇的力量，讓人聽了忍不住心中發慌。再加上那氣勢洶洶地從天空中飛撲而下的姿勢，直接帶給人極大的壓迫感。

風鳴二話不說，搧著翅膀升空，腰間的長劍被他瞬間拔出，同樣疾速衝向了金逍遙。

在極短的時間內，風鳴的長劍和金逍遙變成利爪的雙腳短兵相接了好幾次，而在風鳴的長劍抵擋住那身形巨大的金雕利爪的同時，金雕再次尖嘯出聲，那堪比鐵鉤的鳥喙就趁機狠狠地啄向風鳴。

此時，風鳴如果想後退就要鬆開手中握著的長劍，因為它被金雕的利爪死死抓著。金逍遙的眼中閃過一絲得意之色，其他人對於風鳴這個會飛的可能沒有辦法，但是他不同！他熟悉空中的戰鬥，並且有尖銳的喙和巨大的爪子，對付一個大鵝還不是手到擒來的事？現在就讓這隻大鵝先丟一個臉，把武器卸下來吧！！

在金逍遙和風鳴在天空中戰鬥的時候，雷兼明三人也已經和石破天、圖途、蔡濤三人開始了戰鬥。

雷兼明看著石破天就道：「手下敗將何必苦苦掙扎？」

石破天呵呵兩聲，對他豎了個中指：「之前你們圍毆我一個，還好意思說你贏了？再打一次，你看看我會不會把你打得滿頭包！」

於是風沙和雷球開始滿場飛，圖途右腿一蹬高高躍起，在半空中變為一隻紅著眼珠的巨大長腿北極兔，直奔向那邊的鬣狗鄭彪。

鄭彪看到圖途衝向他，憤怒又興奮，他的雙眼竟然也和圖途一樣微微發紅。看見圖途他就想到之前被這隻兔子瘋狂踩臉的第一次飯店遭遇戰，當時的委屈帶著新仇舊恨聚集到一起，他發誓這次一定要在全國人民的面前狠狠地咬死這隻該死的兔子！

從來就沒有狗打不過的兔子！兔子又沒有鋒利的牙齒！！而且，他覺得他現在充滿力量，他已經不是四天之前的他了！

圖途和石破天有了對手，蔡濤的對手就只能是那個詛咒系的少年了。這個少年早在過來時就嘴裡念念有詞、手上畫著圈圈，蔡濤看他那樣子，額頭上的青筋跳了跳，莫名就想到自己的室友風勃那神神叨叨，還在床頭貼符紙的迷惑行為。

所以說，有的時候神棍真是太討厭了，對付這種神棍什麼都不用說，直接砍到他閉嘴就可以了！

蔡濤舉著手上已經磨得非常鋒利的西瓜刀，宛如街頭老大一樣衝向了俎楊龍。俎楊龍看著在陽光下寒光閃閃的西瓜刀嘴角直抽，二話不說轉身就跑，他一邊跑還一邊瘋狂地畫著圈圈，念念有詞。

「我詛咒你跪。」

「我詛咒你趴。」

「我詛咒你扭到腳！」

「我詛咒你被石頭砸！」

於是觀眾們就看到追著俎楊龍跑的蔡濤，在每次都要砍到俎楊龍的時候出現各種意外，要不是扭到腳，就是腳下突然出現沙坑後跪下，又或者是不知道從哪裡突然飛來一個大石頭，砸向他。以至於蔡濤追了俎楊龍快五分鐘，俎楊龍雖然跑得氣喘吁吁卻完全沒受傷，蔡濤反而累得滿頭汗還磨破了膝蓋。

『呃。這個詛咒系的我早就想說了，真的是防不勝防。』

『最佳輔助的類型之一嘛。關鍵時刻能起到大用，就像雷兼明和石破天打的時候一樣，這一次沒有他的幫助，雷兼明和石破天僵持住了，誰也奈何不了誰。』

『那個鬣狗也很凶啊，和瘋兔子已經殺紅眼了吧？兩個人都咬出血了。』

『這種情況就要看他們兩群人誰先打破僵局了。不過我覺得還得等、我靠！』

此時，在空中的風鳴沒有像金逍遙想的那樣，為了躲避他像鐵鉤一樣的鳥喙而撒手落劍。他身後的翅膀忽然靜止不動，在短暫的停頓之後猛地向後張開，向前狠狠一搧，狂風夾雜著兩抹銳利的白色刮向金逍遙的頭部。金逍遙沒有看清那兩片白色是什麼，卻本能地感受到危險，尖銳的利爪一鬆，雙翅向後倒飛出去，躲過了那兩枚像是飛刀一樣的……飛羽。

金逍遙看清了向下方飄落的飛羽模樣，瞳孔驟縮。

這不可能！從來沒有聽說過飛禽類的靈能者能把自己的羽毛射出去！就連最厲害的皺臉禿鷲圖先生也不行！他們飛禽類的靈能者翅膀最多可以發出靈刃攻擊，怎麼可能把羽毛當暗器？

『我靠，這樣也可以嗎？羽毛還能當暗器用？風鳴這個鵝系有點屌啊！』

『啊啊啊啊啊！超帥超帥超帥！！天使天使天使嗚嗚嗚嗚嗚！』

所有人都在驚訝於風鳴新的攻擊方法，只有坐在主席臺上的后熠大爺猛然黑了臉。他周身的溫度瞬間下降，搞得坐在他旁邊的兩位評委都驚疑不定地看著他，以為這位大爺怎麼了。

風鳴是在昨天研究出這種攻擊方法的，靈感來自……仙人掌精蒙沙。既然蒙沙的頭髮能夠當成暗器攻擊，同樣都是靈能的聚集和轉化產物，為什麼他的大翅膀就不行呢？他的翅膀和飛禽類的翅膀在嚴格意義上來說，並不是相同的存在，飛禽類的靈能者是把手臂變化成翅膀，當然不能把自己的手指射出去。但他的翅膀不同，是能量的聚集轉化，所以用大翅膀試了一下，還真的可以。

痛是不痛，就是這樣攻擊有點費靈力，而且會被二翅膀打。

逼退了金逍遙之後，風鳴沒有猶豫地揮著長劍又追了上去。金逍遙驚疑地看著風鳴，不知道他剛剛的攻擊是偶然還是技能之一，不過很快他就知道了答案。

風鳴的長劍又一次和金逍遙的利爪相撞的時候，風鳴背後的大翅膀向後張開往前搧，便又是狂風夾雜著十幾枚如刀子一樣的飛羽射了出去。這一次金逍遙沒能躲開密集的飛羽，翅膀和腹部都被飛羽尖銳地穿透，流下了鮮血。

勝負已定。

場外響起了極大的歡呼和尖叫聲，風鳴把金逍遙打落在地，搶了他的號碼牌之後就去幫自家小夥伴。他原本是想要去幫石破天的，但卻突然發現圖途的處境有點不妙，明明四天前還被圖途壓著打的鬣狗鄭彪，此時就像被打了雞血一樣，突然變得非常瘋狂，整個人的實力都提升了很多的樣子，圖途竟然有點打不過他。

倒不是圖途的實力不行，而是鄭彪的打法實在過於血腥和不要命，就算這是比賽，但也不是搏命之戰，圖途的瘋和鄭彪的瘋還不是同一種類型，但圖途已經快真的發瘋了。

風鳴收起劍，撿起一塊石破天手工製作的加強板磚衝了上去。

很快，被一連打臉八次的鄭彪就瘋不起來了，風鳴的速度實在太快，加上和圖途的夾擊，鄭彪最終還是無比含恨地倒在風鳴的板磚下，被繳了號碼牌。

風鳴和圖途都贏了，雷兼明和俎楊龍也撐不下去了。

風鳴偷偷摸摸地替石破天擋了好幾個雷球，讓大翅膀補充了一下能量，然後同樣一磚拍暈了雷兼明。而圖途根本就不需要用板磚，在俎楊龍來不及詛咒他的時候一躍而起，一腳踹到他臉上，這個身體戰五渣也撲街了。

至此，讓人驚訝又覺得理所當然的，龍城天團贏了他們的第一場戰鬥。

當風鳴用板磚拍暈雷兼明、圖途踹暈俎楊龍的時候，後面趕過來的十幾個人，包括紅翎、郭小寶、墨子雲、金石等參賽選手剛好看到這凶殘的一幕。

像是還覺得不夠熱鬧，賽場廣播忽然響起：

『現在是上午十一點整，進行每小時報告。

目前積分最高者為湖泊區風鳴，積分十三。第二位湖泊區紅翎，積分七。第三位湖泊區墨子雲，積分六。定位腕錶定位到前三名都在湖泊區，這邊的建議是，團體戰喔。』

龍城天團：「……」

其他散團和個體：「……」

垃圾賽方！遲早要完！

然而在下一秒，雙手變成了合金電鋸的大塊頭少年狂笑著開動了他的電鋸，瘋狂地撲向了風鳴四人。

「來啊！！老子最喜歡混戰了！！！」

片刻之後，在場的三十幾人就打成了一團。

觀眾們：「……刺激啊！」目瞪狗呆 .jpg

第三章　打拍小天才

電鋸少年率先開動自己變成電鋸的手衝了上來。他的第一目標毫無疑問是最受大家關注的鵜人風鳴。

後面緊跟而來的其他不同靈能異變的參賽者，目標同樣也是這個隔空喊話拉仇恨的鳥人，一時之間各種的攻擊對著風鳴呼嘯而來。

風鳴看著那來勢洶洶的電鋸、蘑菇孢子、螳螂大鉗和閃著寒光的蜘蛛絲，忍不住小聲罵了一句凶殘，後背的大翅膀一拍就飛上了天，想攻擊他的雖然多，先能攻擊到他再說吧！

風鳴嗖地一下飛上了天，讓大部分針對他的攻擊都落了空不說，還特別蠢地打到了其他參賽者身上。於是被打的人看到攻擊自己的人火氣瞬間上來了，原本打算幹掉風鳴的他們很快就轉移了目標。

反正已經聚在一起了，打鳥人是打，打其他人也是打，相對來說鳥人更不好打一點，還不如先把弱雞打倒，搶到號碼牌以後再伺機偷襲強者，或者搶到足以進入前十的號碼牌就直接跑路。在這種不謀而合的想法之下，混戰徹底開始了。

大家也不管自己面對的是什麼人，也不管面對的人是一個還是兩個，反正每個人都神奇地找到了自己的對手，不管是單挑還是圍毆，就這麼硬槓上了。

風鳴飛在空中，看著這樣的景象都忍不住有點想笑，笑完，他很快就往自己鎖定的目標紅翎小姊姊俯衝而下。

紅翎的身上可是有七塊號碼牌，加上她自己的就八塊了。只要把紅翎小姊姊打倒或搶到她腰間裝著號碼牌的小袋子，基本上這場決賽他就穩占第一了。

而紅翎的目標顯然也是飛在半空中的風鳴，她和風鳴的想法都差不多，只要她打倒風鳴，或者拿到他裝著號碼牌的袋子，她手上就有至少二十塊號碼牌，絕對可以一直笑到最後。雖然風鳴會飛，但因為場地限制，風鳴沒有辦法飛到太高，她的火球最高能攻擊到四五百公尺的高空，就算風鳴在空中，她也有辦法攻擊——什麼都不說，扔火球就是了！

紅翎對風鳴扔火球的時候，有不長眼的人想來偷襲一下這個得分第二位的小姊姊，結果被變成大熊貓的郭小寶一巴掌拍到了旁邊，暈了好幾秒。大熊貓狂吼一聲擋在紅翎前面，那架勢表明了想打紅翎，首先得從大熊貓的屍體上踏過去，又開啟了另一輪的混戰。

風鳴在半空中飛速地躲過火球和時不時射向他的其他攻擊，準備找準時機，一舉搶下紅翎腰間的小袋子，只是現在下方的混戰很亂，石破天那傢伙又揚起一大堆沙石擾亂了他的視線，讓他有點沒辦法行動。

這樣不是辦法，風鳴就無語地又飛高了一些。算了，他還是在空中等著混戰得出結果再說吧！反正等大部分比較弱的被打倒、被收繳號碼牌之後，剩下的人變少就好行動了。

然而在風鳴等待的時候，忽然一個敏捷的影子伴隨著尖銳得像貓的叫聲，朝他跳躍而來，風鳴一驚，後退後勉強躲過這個跳躍而來的大猞猁爪子。

看到猞猁耳尖上的那搓黑毛，他又忍不住笑了。

這隻猞猁很厲害啊！他現在至少浮空三十公尺，竟然快抓到他了。風鳴正想著，忽然又一道綠色身影向他疾馳而來，寒光一閃，風鳴用長劍擋住攻擊，然後有點不高興。他對面竟然是一隻腰間纏著近乎透明的細絲的大螳螂？螳螂竟然能飛？這螳螂的背上真的有兩片薄如蟬翼的翅膀啊！而且他腰間的那根是蜘蛛絲吧？螳螂精和蜘蛛精聯合起來了嗎？

風鳴想得一點都沒有錯，唐朗和齊織織確實聯合起來了。螳螂雖然有昆蟲的翅膀，但不能在空中飛行太久，但如果加上齊織織就不同了。齊織織的蜘蛛絲可以給他一點支撐的力量，在他飛起來之後，可以帶動齊織織順著蜘蛛絲跳躍上來攻擊風鳴。只要風鳴被越來越多的蜘蛛絲纏上，他們就能搞定風鳴！

雖然每隔一會兒唐朗都會向下掉，但他們確實給風鳴造成了很大的麻煩，再加上時不時就會借助湖邊大樹跳躍攻擊的猞猁舍黎，和對他狂扔火球的紅翎，風鳴別說是高空看戲，甚至還有點狼狽。

但狼狽的時間也就這麼幾分鐘，等風鳴掌握到唐朗和齊織織的攻擊方式，在第四次大螳螂朝他飛來的時候，風鳴一翅膀精準地拍上大螳螂那放大之後有點搞笑的三角頭上。將近一公尺長的螳螂雖然變大了，但身子依然瘦得像一根綠色細竹竿，被大翅膀有力精準地一拍，就直接被拍到地上去了。

那樣子特別像蹦出來的地鼠被貓一爪拍下去的畫面。

然後風鳴不準備在空中當標靶，加入混戰，開始滿場亂竄。他用他自己證明了「只要我跑得夠快，攻擊就追不上我」的真理，就算在混戰裡，他拍著大翅膀也沒受到半點傷，反而還趁亂搶了好幾個人的號碼牌。

混戰看得觀眾們眼花繚亂，都沒力氣評論罵人了。

不過混戰也沒有持續太多的時間，畢竟混戰能更加體現出一個人的綜合實力。不管是在混亂中鎖定對手還是躲避其他人的偷襲，看清楚隊友、對手的方位和地上突如其來的土刺或者陷阱，都比兩兩對戰要兼顧更多。在這種情況下，實力稍弱一點的人很快就會露出破綻被打倒，然後勝利的人繼續找到對手混戰。

大約二十分鐘的時間，聚集在這裡的三十四個靈能者已經倒下了一半之多，剩下了十四個人，顯然是決賽中實打實的強者。

此時場面終於變得清晰，紅翎的紅纓槍直接指著風鳴：「把你的號碼牌交出來，姊姊就不打你。」

風鳴笑了兩聲：「這是我要說的才對吧？我們兩個可還沒決出勝負，要不要繼續打？」

紅翎揚揚眉毛沒回答。現在聚集在一起的人只剩下十四個還站著，其他人都趴在地上或者暈過去了。但站著的十四個人涇渭分明，龍城少年天團四人全都健在，四個人站在一起，而紅翎、郭小寶、墨子雲、金石等十人站在他們對面，看起來好像有人數優勢，但大家都不是傻子，這時候誰先和風鳴他們打，就容易成為被踩上位的炮灰，一個不注意還會給別人鑽空的機會，所以大家反而僵持了起來。

於是場外的觀眾們就看到這些打完了群架，本該再打一場決勝之戰的少年們互相瞪著對方，最後竟然要休戰的樣子，一屁股坐到湖邊的草地上開始……打嘴炮了。

然後風鳴和圖途對戰郭小寶和胡明明，四個人愣是打出了幾十個人、一百隻鴨子的嘴炮效果。

就在這個時候，誰也沒有注意到原本被風鳴一磚拍暈的鬣狗鄭彪和被圖途用腳蹬暈的詛咒系組楊龍緩緩睜開了眼睛。

組楊龍在睜開雙眼的時候，眼中竟是一片黑色。他的手指微微動起來，開始在地上畫圈，口中細微念念有詞，也不知他說了些什麼，他的嘴角竟然溢出了一絲鮮血，臉上卻是笑著。

當組楊龍開始詛咒的時候，在賽場的選手觀賽區內坐著的風勃忽然覺得脊背一寒，瞬間整個人都緊張了起來，驚疑不定地往周圍看去，想要尋找讓他覺得緊張的來源。但坐在他身邊的都是初賽和複賽被刷下來的其他學校學生們，甚至每個高中部的老師也在這裡，怎麼看也不像會發生危險的樣子。

就在風勃以為自己多慮的時候，蒙城的仙人掌靈能者蒙沙忽然站了起來，對蒙城的其他小夥伴開口：「我突然想到一件關於我們蒙城的重要事情，蒙城的先跟我出來一下，我們去隱蔽的地方說這件事。」

蒙城的蒙沙是他們學校參賽的靈能者實力最強的人之一，其他學生聽到他的話，沒有半點的猶豫和懷疑，跟著蒙沙離開了觀賽區。

風勃下意識皺眉，還沒開口，他就看到在座的其他靈能者竟也開始兩三個、三四個地往外面走去。有的人表示要去上廁所、有的人說現在直播不到關鍵的時候，剛好出去透透氣，總之找了各種理由離開。

看著短短時間內就走掉一半的靈能者同學們，風勃心中不安的感覺越來越重，他想了想，最終咬咬牙，摸了摸懷裡的一疊靈符和幾張靈能卡，準備跟著蒙城的那些人去看看。

他站起來的時候，楊伯勞竟也推了一下眼鏡站了起來，跟上他。風勃驚訝地看著楊伯勞，楊伯勞道：「我接到了隊長的命令，讓我在這裡監視一些人。現在那些人都找藉口帶著他的同學離開了，很顯然有事情要發生。你呢，你是察覺到什麼不對了嗎？」

風勃聽到楊伯勞這像是有準備的話，心中鬆了口氣，然後點了點頭：「我覺得不太妙，心慌得很。不光是對這些人，我覺得最慌的是比賽場地內可能會發生大事，但我也說不清是什麼事。」

楊伯勞皺了皺眉，眼中閃過一絲擔憂。不過他的任務是跟著這些早已被盯上的靈能高中部的人，場內的比賽就只能看后熠隊長和風鳴、圖途他們自己了，希望他們都不會有事。

楊伯勞看向風勃：「你要在這裡看直播，還是跟著我一起行動？」

風勃想了想：「我在這裡看直播擔心也沒用，還不如跟著你，說不定還能幫上一點忙。」

於是，風勃和楊伯勞就跟那群離開的學生們出門了。

而此時場內，風鳴還在和郭小寶打嘴炮，你一言我一語地誇自己、詆毀對方。這時候忽然有一個女生站了起來，樣子有些奇怪地抬頭看了看天道：「陽光充足，還在水邊，啊，我要開花。」

風鳴：「？？？」

郭小寶：「？？？」

大家都一臉疑問地看著這個女生，就看到這個女生竟然真的變成了一朵巨大的紅色鬱金香，那紅色的花苞本來是合攏的，忽然間就盛開了美麗的花瓣，而後一陣一陣的幽香彌漫在湖邊的空地。

風鳴在聞到這股鬱金香香味的瞬間心中重重一跳，他感受到了大翅膀和二翅膀傳來的強烈排斥和厭惡，再忽然想到鬱金香香味的某些記載，心中頓覺不好，瞬間站起來就喊：「都閉上口鼻憋氣，有的鬱金香香氣聞了會讓人眩暈！」

然而，他說話的時候已經有點遲了，大家都下意識地聞到了這紅色鬱金香的香氣，郭小寶還笑著吐槽風鳴：「你這麼慌張幹什麼，難不成聞了花香我們還會死……我靠，你幹什麼！」

在郭小寶吐槽的時候，原本被打趴，甚至打暈的那十幾個人中忽然有九個人一躍而起，他們臉上是瘋狂狠戾的表情，沒有半點猶豫地開始攻擊周圍的所有人！而被攻擊的選手下意識防禦躲避的時候，才驚覺他們的力氣和靈氣竟然在緩慢流失。

「怎麼回事？」

當郭小寶發現自己差點站不穩，以至於被突然爆氣的狐狸異變系胡明明硬生生用爪子削掉了手臂上的一層皮肉時，整個人都不好了。

他覺得自己剛剛彷彿幫所有人立了一個超大的旗標，那旗標已經快要把他插死了。

但現在的危機情況顯然不能讓他再多想什麼，在體內的靈氣和身體的力量逐漸流失的情況下，他咬牙變成了皮糙肉厚的大熊貓，然後一爪拍向胡明明。但攻擊卻被胡明明靈巧又輕易地躲開了，不光如此，那雙眼珠變得鮮紅的狐狸忽然咧著嘴，對他露出了極為可怕的一個笑容，而後口中尖嘯出聲，快如一道閃電地衝到大熊貓面前，在他沒反應過來的時候一口咬上了他的脖子！

紅翎原本在抵擋另一個人的攻擊，看到這一幕的瞬間，臉色瞬間白了，而後便是沖天的怒意。

「你敢咬他！！」

在胡明明攻擊郭小寶的時候，另外八個暴起的靈能者也在攻擊其他的人。

齊織織用她鋒利的蜘蛛絲偷襲了唐朗，唐朗不可置信地捂著腹部的傷口，失聲喊：「織織！妳怎麼了？」

齊織織怎麼可能會攻擊他！他們兩人從小就是鄰居，一起長大又幾乎一同覺醒，齊織織平常和他對戰的時候寧願用蜘蛛絲傷到自己也不願傷害他，可現在站在他面前的齊織織卻完全沒有平常的樣子，面目凶殘得彷彿惡鬼羅剎。他的織織到底出了什麼事情？是誰！是誰讓她變成了這樣！

鄭彪變成的巨大鬣狗像瘋了一樣，衝向幾個力竭眩暈的靈能學生，他那鋒利巨大的犬牙毫不留情地咬斷了一個沒有力氣的靈能者學生手臂，哪怕那個學生努力躲避了，也只是用手臂換了一條命。

但發瘋的鄭彪顯然想停止他瘋狂的行為，他的利齒沾染著鮮血，還帶著一種可怕的獰笑，喀嚓地嚼著被他咬在嘴裡的手臂，並且眼看著就要咬掉那個已經完全無法動彈的少年腦袋了。

這凶殘的畫面讓剛從可怕的眩暈中清醒過來的石破天驚怒至極。

「我靠，你他媽發什麼瘋！」

在他的怒吼之下，他的身周竟然爆發出金黃的靈能光芒，而後鬣狗所站的草地上突然冒出十幾根尖銳的沙石突刺，那個無法動彈的靈能者前面也快速地凝結成一堵沙石牆，擋下了鄭彪鬣狗的攻擊。

鄭彪沒有咬死他的目標，反而受到了攻擊，猩紅的雙眼頓時調轉了方向，鎖定石破天。哪怕他才被十幾根尖銳的沙石突刺刺破了肚子，他也沒有半點畏懼和清醒。他毫不猶豫地狂吠著衝向石破天，眼中全是要一口咬死這個礙事傢伙的神情。

石破天看著被他咬傷的幾個靈能者學生，也大吼一聲衝向他，兩人很快便打成一團。

在石破天憤怒到靈能爆發，和鄭彪打鬥的時候，紅翎、唐朗兩人也相繼靈能爆發，他們各自對上了發瘋的胡明明和齊織織，剩下還能勉強戰鬥的郭小寶、墨子雲、舍黎和電鋸小哥等十來人，對抗變成榕樹的戎沐澤、眼鏡蛇少年以及舒聲聲。

此時還清醒的選手雖然沒有任何一個人說話，卻都明白彼此心中的想法，他們站在一起把沒有戰鬥力和受傷的同學們圍在中間，極力對抗突然發瘋卻沒受到花香影響的過去同伴。

無論現在的情況是怎麼發生的，他們都不能讓這些發瘋的同學殺了其他同學。此時大家的心中還多少帶著一點期望，場內發生這樣的事情，評委們一定不會坐視不理的，他們只要再堅持一會兒，再堅持一會兒就行了！

但哪怕是心中這樣想，他們也只不過是一群十八九歲的少年而已，本來應該立刻就到的救援沒有馬上來，面對的對手雖然發了瘋，卻又是不能下死手的過去同學夥伴。沒過一會兒，他們就在戰鬥中受了傷。他們甚至不知道自己是什麼時候受傷流血的，但現在他們能做的就是擋下來！全力把這些人擋下來！

蔡濤是他們當中的一員，此時的他看起來很虛弱的樣子，他只有一隻手變成砍刀，右手卻握著一把沾血的黑色匕首。這把黑色匕首在剛剛的混亂中沾上了很多人的鮮血，但這一點也不奇怪，就像紅翎的紅纓槍上也有很多鮮血一樣。

「風鳴！還有大家小心！我、我擋不了這土撥鼠了，他要叫了！！」

圖途有些虛弱和喘氣的聲音在場內響起，此時，他原本雪白的皮毛上已經沾滿了刺眼的鮮血，四條大長腿也有一條受了重傷，蜷縮了起來。他的對面是同樣傷痕累累的巨大土撥鼠，可哪怕這隻土撥鼠渾身是傷，他瘋狂的神態卻不減半分，此時已經屏氣凝神，對聚集起來的參賽者們做出了吼叫的姿態。

看到這樣的畫面，風鳴心中大急，如果讓這隻土撥鼠叫出來，怕是現在還站著的人會被他的音波震趴在地。更嚴重一些，他的聲波可能會直接傷害到精神力比較弱的同伴，所以無論如何都不能讓他叫出來。

風鳴不管從剛才就對所有人瘋狂扔雷球的雷兼明，轉身直接背對雷兼明，快速掠向土撥鼠舒聲聲。他不能一劍殺了舒聲聲，只能再度抬起手中的板磚。

在他轉身的時候，原本站在原地沒有動的雷兼明突然動了，這一次他並沒有用雷球攻擊風鳴，他雙手合攏，而後緩慢拉開，竟然拉出了一條閃著可怕電光的雷電長劍！

在風鳴一磚拍到舒聲聲腦袋上，阻止了他即將出口的尖嘯時，疾速追著風鳴而來的雷兼明已經把手中的那把雷電長劍狠狠地刺進了風鳴的後背！

不同於雷球，當這把雷電長劍刺入風鳴後背的時候，哪怕那可怕的雷電之力已經被風鳴的雙翅和身體吸收了，但屬於雷兼明的靈力卻沒有被吸收抵消，那凝結靈力成刃的雷劍終於成功地換來了猩紅的鮮血。

血液順著脊背沾染到那對潔白的羽翅上，刺痛了不知多少人的眼。

「我靠！雷兼明你從背後偷襲！！」圖途幾乎是憤怒得嘶吼出聲。

紅翎、墨子雲眾人也露出憤怒之色。

他們從不像此時此刻一樣感到自己的無能和渺小，也從不像現在一樣憤怒和不甘。

如果不是風鳴從一開始就牽制住了發狂的雷兼明，他們這群人當中有一大半都會被雷兼明的雷球電死，可即便風鳴接下了最難對付的對手，他們最後還是需要這樣的一個人露出後背，保護他們。

郭小寶再也忍不住抬頭望天：

「所有人都死了嗎？這到底是怎麼回事？就沒有人來解釋一下嗎！」

被這鮮紅的鮮血刺痛的，不光是場內的參賽者們，還有場內被迫觀戰的數千觀眾們。

早在一開始有參賽選手發瘋的時候，外場的觀眾們就驚疑起來，主席臺上的評委們更是第一時間就發現不對勁，關掉了直播。

當時后熠的金色長弓已經凝聚在手，在他準備一箭釘住所有人的時候，大賽外部的廣播卻響了起來。

這是只能讓場外的觀眾和評委們聽到的廣播，所有的人都聽到了一個帶著笑意和極度惡意的男人聲音：

『請大家老老實實地坐在這裡觀看最後的決賽，我們在整個賽場內都安裝了微型高能量炸彈。一旦有任何一個人離開這裡，或者官方停止、干涉這場比賽，那些微型高能炸彈就會集體引爆。到時候，大家就要一起開開心心地下地獄了喔。』

所有人都倒抽一口冷氣，后熠的眼神在那一瞬間變得極冷，口中吐出一個名字。

「巫童。」

他收斂了所有神情，碎掉手上的靈弓，就那樣閉上了雙眼，似乎不想看那讓人憤怒的比賽畫面。

而這個時候，廣播裡的聲音還在繼續。

『其實大家不用擔心，只要安靜看完這場比賽，我們就會讓所有人安然離去的。我們沒有什麼其他的想法，就是想要看看到底誰才是新生代中真正最強的靈能者而已。順帶一提，雷兼明他們都是我看好的最強者，我賭他們能贏。

啊，還有一種更簡單結束比賽的方法，那就是在這八千個人當中找到我，抓到我的話，那些炸彈就全部不會引爆了喔。』

正因為這些只有在場外的觀眾和評委們才能聽到的廣播，后熠和評委席上的那些高級靈能者們才不能有半點行動。

他們哪怕已經讓人去找，卻也很難在極短的時間內從八千人裡找到那個主使者，或者找到並且拆掉所有的微型炸彈。他們只能齊齊地看著場內，期望場內的那些少年們能撐久一點，再久一點，撐到他們抓到那個人，解除危機。

然而，現實卻殘酷得讓人不忍多看。

即便風鳴在關鍵時刻擋下了發瘋的土撥鼠，即便所有人都在拚盡全力對抗發瘋的同學們，但隨著紅色鬱金香的香氣愈加濃郁，隨著體力的加速下降和眩暈感逐步增強，被榕樹戎沐澤的氣根和齊織織纏住的人越來越多，體力不支倒下的人也越來越多。

石破天被鄭彪一口咬住手臂，他的力量已經不足以讓他把手臂變成沙石防禦了。紅翎打到了胡明明，卻被戎沐澤的氣根纏住，氣力大幅流失，最終撐不住倒地。

當墨子雲再也生長不出能補充體能的蘑菇的時候，整個賽場內還清醒站著的人，竟然就只剩下風鳴自己了。

風鳴在這一瞬間抿緊了唇。

他體內因為一直有雷電之力淨化，鬱金香的香氣對他的影響並不大，但消耗到現在他也覺得非常疲憊，大腦也有些眩暈。

他很想直接躍到湖水中補充力量，但是不行，一旦他轉身逃了，這些發瘋的人就會毫不猶豫地殺掉在場所有的參賽者。所以他只能向前，在最後的墨子雲倒地的時候，他拍著雙翅站到了所有人的身前。

那白色翅膀的羽尖還帶著鮮血，卻以一種最堅定的伸展姿態表達著守護之意。

現在，是他一個人，對他們九個人了。

場外的觀眾們看著四面大螢幕上無比清晰地顯示著的畫面，一瞬間有無數人紅了雙眼。

然而，一個人即便再強，又怎麼可能是九個瘋狂者的對手。不過是短短片刻之間，之前不顯狼狽的風鳴身上就多了各種各樣的傷痕，變得異常狼狽。那潔白的羽翅也逐漸被鮮血染紅，手中的長劍也被折斷。

「別、別管我們了！風鳴！你逃吧！你逃吧！！」

「你……你能飛走啊，你一定能夠逃出去的，別在這裡找死了啊！！」

金逍遙看著那無比刺眼的血紅雙翅，彷彿自己的羽翅被折斷一樣憤怒地嘶吼出聲，然而風鳴卻像是沒有聽到，不為所動。

蔡濤手中緊緊地握著那把黑色的匕首，微微抬頭便能看見在他前方張開雙翅，守護著他們的少年。最終，他死死地咬著下唇，把那把匕首洩憤似的砸到了地上。

此時，幾乎所有人的心中都已經不抱希望，但風鳴卻發現了一件事。

他的雙翅陡然搧起，往湖邊倒飛而去。然後他滿意地看到包括雷兼明在內的九個人都像是認定了他一樣追了過來，他從剛剛就一直抿著的嘴角微微上揚。

然而下一秒，他就被那九個人的聯合攻擊毫不留情地轟進了湖水之中，不過片刻，清澈的湖水暈染了淺紅。

圖途和石破天目眥欲裂地嘶吼出聲，場外的數千名觀眾再也控制不住情緒地哭罵了出來。但與他們相反的，是一個極度興奮的聲音：『啊，看來這場比賽，是我賭贏了呢！』

后熠緩緩站了起來，與他同時站起的還有觀眾席中的理查。

然而就在這時，原本平靜的湖水忽然泛起絲絲的波紋。

絲絲波紋漸漸變成許多細小的漩渦，又由許多細小的漩渦最終聚集為一個巨大的漩渦，而後漩渦頃刻間爆開，掀起滔天巨浪。

在那巨浪之上、陽光之下，顯現出一個人的身影。他後背生四翼，一對潔白無瑕，一對金光璀璨。

於水上，於空中，宛如神祇。

當那潔白的無瑕和金光璀璨的四片羽翼出現在眾人眼前的時候，所有人都震驚地失去了聲音。每個人都看著白色下方的金色，露出不可置信的表情。

原本充滿怒罵哭泣的賽場變得如死一般安靜，然而片刻之後，爆發出了比之前的怒吼更喧嘩浩大的尖叫聲。

「四翼！！神話系！！！！！」

「啊啊啊啊！這絕對是神話系啊啊啊啊啊！那對金色的翅膀閃瞎了我的眼！！」

「四翼大天使！四翼大天使！！」

「天啊天啊，我看到了什麼！我看到了神啊！！」

在這浩大的興奮的尖叫聲中，淩於空中的風鳴低頭，淡漠地看向雷兼明九人。

此時的雷兼明九人也是滿目驚駭之色，即便他們處於被控制的瘋狂之中，卻也能感受到對手的強弱變化。只是即便如此，瘋狂的他們也沒有任何退縮之意，再次合力對風鳴攻擊。難道合他們九人之力，還打不過一個人嗎？

然而這一次，他們的攻擊還沒到風鳴的身前，就被突然掀起的巨浪擋下。

當水牆退去，風鳴身後宛如華麗水晶的金色羽翅驟然一搧，巨浪便朝雷兼明他們而去。水浪在中途分裂而開，變為九條勢不可擋的水龍，無視一切攻擊和防禦，湧到了雷兼明他們九人的面前，從下到上，彷彿最堅固的鎖鏈一樣裹挾住他們。

隨後風鳴白色的羽翅搧動，銀紫色的電芒瞬間布滿了白色的羽翅，下一秒，可怕的雷電之力從那對羽翅中溢出、凝結，如九道雷霆長龍，劈在了雷兼明等人的身上，而後水與電之力混合，遠遠地望過去，雷兼明他們就像是被什麼可怕的凶獸纏上了一樣。哪怕是力量最強的雷兼明，也在這水電之力下徹底地暈了過去。

直到此時，風鳴才搧動雙翅，從湖泊之上緩緩落到地面。他看了一眼還在散發著奇怪香味的紅色鬱金香同學，後背的金色水晶雙翅搧動，湖水一陣震動便凝聚成了一個超大水球，直接從鬱金香的上方墜落，把這個開花的同學罩得嚴實，隔絕了讓人眩暈無力的氣味。同時水球內雷光閃動，剛剛還精神抖擻的紅色鬱金香便和雷兼明他們一樣，徹底暈了。

對面的所有同學都目瞪口呆，他們聽不到外面山呼海嘯般的歡呼和驚嘆，但他們可以自己喊。

電鋸小哥：「我靠，兄弟，厲害啊！」

圖途：「啊啊啊啊！風鳴你又長翅膀了！老天，你為什麼又長了一對翅膀！」

墨子雲：「第二對金色的翅膀超漂亮超漂亮超漂亮！」好想要好想要好想要，嗚嗚嗚。

紅翎：「第一對翅膀有雷電之力，第二對翅膀可以操控湖水。鵝系是絕對不可能有這種力量的，所以你是神話傳說系的吧？不過我的印象中，好像沒有四個翅膀的神話傳說存在。」

「但不管怎麼說，他就是神話傳說系的，他之前都是偽裝鵝系！」金逍遙抽著嘴角，咬牙切齒：「你這個冒牌大天鵝。恭喜你，這次你是真的主位出道了。」

就算他重新奪回了本屆飛禽系靈能者老大的位置，也永遠別想踩著這個偽裝鵝系上位了！神話傳說系的傢伙怎麼能這麼無恥地跑過來跟他搶主位！

在大家你一言我一語興奮地討論時，圖途變回人樣，衝向風鳴就想給小夥伴來個勝利的抱抱，結果剛才還厲害上天的風鳴，背後的四翼在這時候同時一散，消失了，而在別人看不到的後背銀紫色印記下方，又多了一個金色的，帶著水波紋的羽翅印記。

然後，主位出道的風鳴勉強一笑，直接暈倒在地，同時周身掀起一陣暴烈的靈力旋風。

紅翎見狀臉色一變：「誰都別動他！他靈能暴動了！」

當賽場內的少年們緊張地圍在風鳴身邊，絞盡腦汁地想著要怎麼幫風鳴度過靈能暴動的時候，從剛剛就一直在興奮尖叫的賽場觀眾們也開始擔心起來，天知道他們的心情經歷了怎樣的大起大落，從憤怒絕望到充滿希望和驕傲，這一天的經歷簡直夠讓他們吹一輩子！

他們可是親眼見到了神話系靈能者的覺醒和爆發！多少人一輩子都沒有這種運氣啊！

只是在大家高興萬分的時候，先是風鳴倒地靈能暴動了，再來就是那個因為風鳴覺醒而戛然而止的討厭聲音再次冷笑著響了起來。

『呵。真是讓人驚訝。不過你們以為這樣就贏了嗎？既然我看中的種子變成了廢物，那就沒有留著的必要了，想必有數千人為他們陪葬，他們也會感謝……』

這一次，那個聲音沒有說完，一發火炮直接炸掉了賽場上正在廣播的超大廣播喇叭。而後無數綠色的小草從整個賽場的一樓座位下面開始向上蔓延生長，坐在座位上的觀眾們有的人能聽到座位下發出了東西碎裂的聲音。

於此同時，一道白色的光芒沖天而起，坐在賽場西邊的觀眾們看到了那個金髮碧眼的英俊男人瞬間披上了銀色的鎧甲，腰間華麗的長劍出鞘，如閃電一般劈向了一個面容普通的男人。

觀眾們忍不住尖叫起來。

那個男人卻不像尖叫的人想的那樣，直接被長劍劈成兩半，反而直接用右臂擋住了金髮青年的劍，劍刃與手臂相接，竟然發出了金屬碰撞般的聲音。

汪雷瞇起眼，聲音顯得陰鶩：「這位外國友人，在我們國家當眾行凶不好吧？」

理查臉上的表情不變：「總比先生在周圍的座位上放微型炸彈好，不是嗎？是那位鼻尖上長了一顆痣的先生指使你這麼做的嗎？」

汪雷的臉色瞬間變得猙獰，周身爆發出強大的殺意。

他雙手握成拳再張開的時候，手指之間已經夾著八顆黑色的微型靈能彈，這是他的異變覺醒能力。在進監獄之前他就是一個縱火犯，只是縱火也比不上安裝炸彈來得爽快，所以當他發現自己竟然覺醒了可以隨時製作微型靈能炸彈的能力時，就無比興奮地炸塌了關押他的重刑監獄，逃了出來。

他原本以為自己從此將走上逍遙自在的罪惡之路，卻差點被他們城市的警衛隊抓住。要不是頭領在那個時候剛巧路過救下了他，他也不會有之後那麼多肆意的日子過了，所以為了保住自己逍遙肆意的日子，頭領絕對不能暴露，這個西方的小白臉就讓他去死吧！

汪雷把手上夾著的八枚微型炸彈都朝理查甩過去，這種靈能彈在一定距離內會受到他的控制，按照他的意思爆炸，他有自信只要這些炸彈都砸到他的身上，這西方的小白臉必死無疑！

然而，理查看著迎面投擲過來的靈能彈，手中華麗的長劍橫於面前，所有人只聽到一句語調有些華麗的外語，白色的光芒便從他的劍中爆發，那八枚本該爆炸的靈能炸彈在接觸到這耀目白光的瞬間忽然掉到地上，從極度危險的炸彈變成了沒有任何作用的廢鐵。

汪雷滿面的笑容在這瞬間凝滯，不可置信地看著理查，不能相信竟然有人能把他的炸彈無效化。那劍上爆發出來的白光到底是什麼？這個金髮的小白臉又到底是什麼人？怎麼會有如此強大的力量？

汪雷忽然覺得有些不妙。但此時他已經被理查的長劍鎖定，就算想逃也沒有機會，而且不過是這麼短短的時間裡，官方一定也已經發現了這邊的爭鬥，馬上就會過來了，他可不想和那些凶殘的靈網百大靈能者打！

他眼睛看了一圈四周驚慌的觀賽者，嘴角獰笑。

沒有機會，製造機會就行了不是嗎？他運起全身的靈能，左右手中出現了一小堆的靈能炸彈。

他陡然揚起雙手，手中的那些微型靈能炸彈就四散而開，同時準備直接引爆他周圍五十公尺內所有的靈能炸彈，就算現在靈草肯定已經找到大部分的炸彈並破壞掉了，但剩下最後幾層座位靈草還沒長到那裡！

「炸不死你，我還炸不死這些普通人嗎？你記住了，他們都是因為你多管閒事，才會——啊！」

理查不知何時已閃現到他身前，手中的長劍沒有任何猶豫地從他的胸口中刺入，這一次，汪雷看著胸口的長劍，倒是聽懂了他口中說的話。

他說：「神聖懲戒。」

當這四個字從理查的口中說出來時，汪雷感到自己的體內彷彿有什麼東西被破壞掉了，只是疼痛不會讓他覺得驚恐害怕，他是個亡命之徒，不會怕痛。然而，讓他驚恐的是他體內的靈能彷彿在快速地流失，就像是他的身體突然破了一個大洞，如果不把這個洞補上，他就再也無法動用自己的力量了。

終於，汪雷嚎叫出聲：「你做了什麼！該死的混蛋，你對我的身體做了什麼！！！」

理查拔出了帶血的長劍，白光閃過之後長劍光亮如新。他冷漠地看著汪雷道：「願主寬恕你。」

下一秒，他不再看向觀眾席上的任何一個人，轉身便從觀眾席上直接跳了下去。

他的大人需要幫助。

而在理查拔劍劈向炸彈人汪雷的時候，從剛剛就一直閉著眼的后熠也忽然舉起了左臂。

他沒有被衣袖遮住的下手臂上蔓延出金色花紋，流轉到他的手腕、手指、最終在他的手上纏繞，變成了一把足有一人高的華麗金色長弓。

不等他周圍的幾個評委看到這把弓，露出震驚的神色，后熠右手覆於弓弦之上，而後豁然睜眼，右手之間憑空出現三支金色長箭，隨著引動周圍靈氣的可怕力量一拉一放，疾射而出！

三支金色的長箭劃破賽場的天空，在所有人都沒有反應過來之時，直接刺上觀眾席東南方最後的位置。

在觀眾席東南方的黑髮男人手中正把玩著一個類似於控制器的小東西，金箭出現的瞬間，他就冷笑著按下了控制器上的按鈕，疾速後退。

然而，那個控制器被他輕輕一按便碎成了粉塵，再也無法控制全場的靈能炸彈，而本該被他輕易躲過的那三支金箭竟然在他行動的同時提起，改變了方向，繼續朝他而來！

男子臉上得意的笑容終於消失，他第一次像喪家犬一樣被追著打。

他也終於明白了后熠作為國內唯三頂級神話系靈能者的可怕之處，從前只是在網路上觀看他攻擊戰鬥的影片，以為那些箭不過如此，但現在真切地面對到，就能感受到這三支金箭中蘊含著可怕又強大至極的靈力。

男子的額頭出現細密的汗珠，不到一分鐘的時間他竟感受到如此壓力。不能讓這三支箭再

追著他了！然後他就看到了前方那個滿臉驚恐、瑟瑟發抖的少女。

他露出一個笑容，伸出了手。

「女孩，替我擋一箭吧，我會報答妳的。」

他一把扯過了那個驚恐的少女擋在他的身前，不再動一步。

他非常想要看看這三支金箭是不是真的鎖定了他，還只是單純的自動追蹤。然後，巫童看到刺向少女的三支長箭，臉上露出了一絲嘲諷的笑，那笑容卻在下一秒僵住。

三支追蹤他的金箭到了那少女的面前，竟然逸散為金色的光點，沒有對少女造成任何危害。而他的背後正中心，卻不知何時沒入了一支有著金色尾羽的短箭。

一絲鮮血從巫童的嘴角流出，他轉頭看向主席臺的方向。

后熠站在最前方，在人群之中冰冷地看著他。

「嘖。」

巫童沉下了臉，他又看了一眼在賽場內靈能暴動中的風鳴，又嘖了一聲。

「真讓人生氣啊。」

明明他們準備了那麼久，算計了那麼多，三個目的竟然有兩個都功虧一簣。

被他挾制的少女忽然感到脖子上的力量在漸漸消失，她驚恐尖叫著掙扎了一番，竟然真的掙脫掉了！

等她滿臉眼淚、鼻涕地撲到自己同伴的旁邊，回頭看過去的時候，只看到一個後背露出一個小洞的小木偶從半空中跌落下來，摔了個粉碎。

這個男人，竟然只是個木偶！

周圍的人忍不住一陣喧嘩，不過很快就有賽場的工作人員過來安撫眾人的情緒。

后熠看到巫童變成一個木偶的時候，臉上的表情沒什麼意外，作為黑童的三大首領之一，他要是這麼容易就被自己一箭射死就不是巫童了。

黑童組織的事情之後再說，后熠在數千人的注視下直接從主席臺上跳下去，直奔賽場內。

此時，場內風鳴靈能暴動的範圍越來越大，圖途和石破天他們臉上都露出了焦急的神色。

即便他們知道這個時候應該幫風鳴灌弱化藥劑來控制靈力的暴動，可他們身上誰也沒有帶弱化藥劑！更別說風鳴周圍狂暴的靈力是如子彈般亂飛的水珠和電花，攻擊力極強，他們就算是有弱化藥劑也沒辦法靠近。

就在圖途急得快把草坪拍出了一個洞的時候，一個金髮的青年竟然狂奔過來。

蔡濤和石破天第一時間站起來擋在風鳴的前面，神色戒備，這青年卻舉起雙手，露出了溫和誠懇的神情。

「我並沒有惡意，我是來幫他的，他對我很重要，我有最高等級的神聖藥劑，可以化解他的靈能暴動。」

他在眾人的注視之下，從懷中拿出一小瓶泛著乳白色光芒的液體藥劑，遞到跳到最前面的圖途手裡。

「你可以檢查一下。不過，他需要儘早緩和靈力，不然暴動的靈力會傷到他的身體……甚至壽命。」

所有人都是一驚。

不過他們並沒有猶豫多久，因為墨子雲已經尖叫著開口：「他嘴角流血了！眼角、眼角也開始流血了啊啊啊啊！！」

紅翎咬牙：「那你幫他餵藥！我們就在旁邊看著，你要是敢做什麼傷害他的事情，我們拚了命也會殺了你的！」

理查在心中鬆了口氣，他身周泛起白色的光芒，抵擋暴動的水珠和雷電，伸手想要扶起風鳴幫他餵藥。只是在他的手即將觸碰到風鳴的時候，卻有人比他早一步抱起了昏迷的少年，同時他手中的一瓶金色藥劑也被灌入了少年的口中。

理查倏然抬頭，看到的是后熠鋒銳冷厲的臉。

「抱歉，麻煩讓讓，我有急事。」而且心情非常不好。

理查能感覺到對方是一位非常強大的靈能者，在他還需要用靈能抵擋風鳴暴亂的靈能時，這個男人卻光憑著肉體的強悍，就硬擋下了水珠和雷電之力。哪怕他的衣衫已經被水珠砸出一粒粒的小洞，有地方被電得焦黑，可他露出來的身體肌肉卻沒有表現出任何受傷的痕跡。

但即便如此，理查也沒有直接讓開，他神色平靜地和后熠對視：「這位先生是要帶他去治療嗎？我是義國教廷的騎士，您抱著的風鳴先生對我們來說非常重要，我希望能夠跟隨在他身邊，保護他的安全。我以主的名義發誓，我不會對他做出任何傷害性的行為，甚至會用我的生命來保護他。」

后熠抬起眼皮和理查對視，聲音和表情都很冷淡：

「沒那個必要。有我在，你就是多餘的。讓讓。」

理查皺眉，他還想再說什麼，只是看到后熠愈發冰冷的表情和風嗚依然不穩定的樣子，最終輕嘆一聲讓開了路，不過他還是把手中那管乳白色的藥劑舉了起來。

「這是我們教廷的聖光神聖藥劑，應該對他有好處，你要讓他喝嗎？」

后熠的腳步頓了一下，在理查以為這個男人會像剛剛一樣驕傲冷漠地拒絕的時候，后熠卻特別快地伸手把藥劑拿走了。

「喔，對他有好處的肯定要，謝了啊，兄弟。」

理查：「……」

他高估了這個人的實力，低估了他的厚臉皮。

后熠的臉皮顯然不止這麼厚，他看了一眼那一群在後面眼巴巴地看著他們的參賽孩子們，又轉過頭對理查露出一個假到不能再假的微笑：

「麻煩國際友人在這裡看一下場子，別讓那幾個發瘋的再起來，馬上就會有賽方的人過來處理這邊的事情了，華國會感謝你為兩國做的友好交流。」

理查看了看後面的那群華國孩子，又看了一眼被后熠抱著的天使大人，最終還是有點鬱悶地點了點頭。

作為一個把騎士守則刻在骨子裡的神聖騎士，顯然理查做不到像某隊長一樣沒有任何負擔地耍無賴。雖然這只是他第一次和這個隊長見面，但理查覺得，他可能遇到了他騎士生涯中最難對付的一個對手了，非常非常不想和這種人打交道。

風鳴被后熠用最快的速度帶到了大賽賽場的醫療室。

花千萬和靈能大賽的首席治療師已經在這裡等著了，同時在這間房間裡的還有川城靈能學校的校長木蒼，以及隸屬華國靈能總部的兩位評委靈能者。

顯然，風鳴的大天鵝偽裝掉了之後，他毫無疑問地成為了本場大賽最受關注的人，更別說他之前憑著一己之力控制住了暴走瘋狂的雷兼明等人，展現出了初步覺醒就非常強大的靈能力量。

「后隊長，你可真是太會藏了。之前我就疑惑，到底是什麼人能把您引來這個大賽，還專門問過你這群學生中有沒有哪個特別特殊的，結果你只跟我說你是來看大鵝翅膀的。我竟然還信了你的邪，你良心不會痛嗎？」

靈能總部的兩位評委之一陶華悅看了一眼風鳴，又帶著控訴地看著后熠：「你早知道這裡有一位神話系的靈能覺醒者，怎麼樣也該跟我和杜風說一聲。神話系的靈能者實在太珍貴了，就算您自己的力量確實非常強大，但多兩個人保護他也好啊。」

后熠揚揚眉毛，沒回答陶華悅的話，反而對那個要幫風鳴餵弱化藥劑的治療師開口：「先別給他喝弱化藥劑，等他醒來之後問問他自己的意願再說。我剛剛已經給他喝了月華靈乳，應該能先平穩一下他體內的力量，你們兩個就先看看他身上的其他物理傷勢就好。」

聽到后熠的話，靈能大賽的首席治療師不贊同地皺起了眉。這是一個面容看起來十分嚴肅的中年女士，原本就是川城第一醫院的主任醫師，後來覺醒了靈能透視的能力，讓她成為非常有權威的靈能治療師之一。

「后隊長，既然你是他的保護者，就應該知道他並不是單一神話系覺醒者吧。我看到他體內至少有三種不同的強大能量在互相吞噬暴動，所以，這個少年最起碼也是三系的混合神話系覺醒者。而且，從他參賽時只有一雙白色羽翅，到剛剛爆發的時候才長成了第二對金色羽翅來看，他的覺醒時間應該有一段時間了。根據靈鳥類靈能者翅膀生長的速度來算，這個少年應該覺醒有將近兩個月的時間了，我說的對嗎？」

后熠看了一眼這位女士，心想專業的就是專業的，說的完全沒錯。

嚴慈女士看著后熠的反應，臉上原本就嚴肅的表情更嚴肅了幾分：

「后隊長！既然你知道這些，怎麼能讓這個少年參加靈能者大賽！在我們國家的混合系靈能覺醒者中，從來沒有能活過三個月的！別說我們華國，就算是全世界，到現在也只有一個生命混合系的靈能者在苦苦支撐。他是三系神話系混合！體內的能量就更複雜強大，一個不小心就會靈能暴動、引發死亡，這種人為什麼不把他送到總部的研究院去？

在研究院裡，他能接受最好的保護和治療，國家還會發派任務，儘量在三個月內幫他找到洗靈果，洗去體內另外兩系的覺醒力量。就算洗靈果是S級的天材地寶很難找到，但國家也會給他足夠的弱化藥劑保住他的性命，不至於讓他只活三個月就死亡。而現在，這個本可以健康活著的少年卻躺在這裡，后隊長，你不該如此自我。」

后熠聽著這位嚴肅的女士的訓話，臉上露出幾分苦笑。他會不知道這些嗎？如果可以，他也想讓風小鳥自己老老實實地去研究院保命，奈何這隻小鳥寧願把自己折騰到掛了都不願意去研究院，固執得很，他總不能把人打暈，直接扔到研究院去吧？

而且，他總覺得風鳴和其他混合系靈能者的情況不太相同。

他見過的那些混合系靈能者，越到三個月的時間就會越難控制自己體內的靈力，做出連他們自己都想不到或無法控制的事情，最後精神意識混亂或被血脈意識吞噬，成為靈魔人，或是控制不住力量，爆體而亡。

但這些天他仔細地觀察過風鳴，發現他的精神和意識非常正常，除了有時候會在沉穩和中二之間來回橫跳，也沒有半點意識混亂的跡象。

而他的靈力控制不住，也只存在於沒辦法完全控制自己的兩對翅膀，尤其是新生的二翅膀好像格外難控制，甚至像是翅膀有了自己的意識一般。

但其實這也不算是問題。

許多靈能者覺醒的初期都會難以控制自己的力量，那是一種體內血脈或是久遠的基因碎片甦醒的結果。這些強大的血脈或者基因碎片多少會帶著一些曾經強大的記憶和莫名的意識，覺醒者總會受到一些影響。不過，隨著覺醒者對自己力量的掌控和了解，這些記憶、意識就會被覺醒者吸收，成為他們走向強大的助力。

當然，也不排除一些本身意識薄弱的人會被影響的情況，但單一的靈能覺醒者總有機會恢復，而混合系的靈能者卻非常容易因此發瘋。

如果風鳴也因為體內的三系混合力量控制不住自己的意識精神，從而無法控制自己的行為的話，后熠絕對會在第一時間就打量這小子，把他送進研究院。可是從后熠見到風鳴的第一天開始，到后熠看到風鳴第一次靈能暴動、長出第二對翅膀，風鳴的意識精神就非常平穩——堅持在心裡詆毀他箭人，努力賺錢，好好上學過日子。

除了有時候自己都控制不住的翅膀，他表現得和單一覺醒者沒有任何不同，要不然也不可能偽裝成鵝系那麼久都沒人懷疑。更何況，風鳴昨天還跟他說大翅膀好像已經和他溝通得非常順利了，能完全控制第一對羽翅的力量了，這不就是控制靈力的進步嗎？

因此，后熠寧願自己多操點心，也真的不想把這個充滿活力的少年送到研究院去。國家研究院雖然能保命，也不會做各種亂七八糟、違背人意願的實驗，但每天的配合實驗還是會有，行動也會受到限制。

想到那個畫面，他不忍心。只是，他沒想到在比賽中會出現這樣的意外。在看到風鳴為了保護其他人而傷痕累累的時候，他就覺得憤怒和後悔，現在看著躺在床上仍無法醒來的少年，后熠微微閉上眼，心想難道真的不該放任他？

「抱歉，是我思考不周……」

后熠剛開口的時候，床上一直閉著眼的少年忽然悶哼一聲。他驟然間睜開雙眼，那雙眼在極短的時間內出現極致淡漠的神色，同時身周波動的水珠和雷電之力也暴漲了一圈。

杜風直接抬手在周圍的人前面築起一道風牆，木蒼校長嘆息一聲，有許多細嫩的小草固定住風鳴的手腕和腳腕。

嚴慈一聲厲喝：「快幫他灌一級弱化藥劑！他要暴走了！！」

結果就在嚴慈的兩位助手要上前灌藥劑的時候，風鳴努力搖頭，眨了一下眼。再睜眼，那淡漠的眼神就消失得一乾二淨，取而代之的是滿臉鬱悶：

「不是，我只是長了兩對翅膀，不需要把我捆起來吧？神話系就是這種待遇嗎？你們再這樣，我就真的要去西邊當國寶了啊。

還有這位阿姨，我沒有要暴走，讓他們離我遠一點，我不喝弱化藥劑。以及，是我以性命威脅后隊長不去研究院的，任性的是我，不是他。」

后熠看著那個雖然臉色還很蒼白，卻神情認真地看著嚴慈的少年，幾乎沒控制住自己上揚的嘴角。

而在場的其他人，看著風鳴無比正常的樣子彷彿見了鬼。

說好的靈能暴動後的暴走呢？

風鳴忽然「我靠」一聲，表情震驚且不可置信。

嚴慈和杜風等人立刻一臉戒備，后熠快步上前：「怎麼了？」

風鳴一臉便祕的表情，轉頭看向木蒼校長：

「校長爺爺，麻煩幫我鬆開草，我這樣躺著，壓到我的……翅膀了。」

木蒼校長：「……」

少胡說！你現在兩對翅膀都沒放出來呢！！

對風鳴的話，木蒼校長和嚴慈治療師都不是很相信，有點懷疑這小子是不是想要藉故鬆綁再暴起傷人。

不過后熠卻非常相信風鳴的話，臉上還帶了一分對新生小翅膀被壓的心疼。反正現在風鳴的神話系靈能者身分已經瞞不住了，那知道的人越多，保護的人越多越好。他提醒了一句：

「嚴女士不是說他體內有三種強大的力量嗎？如果一對翅膀對應一種力量的話……」

嚴女士和木蒼校長的臉色一變，前者立刻連拍了好幾下後者：「快幫他鬆開！剛覺醒的小翅膀肯定很脆弱！」

木蒼校長根本就不用嚴女士喊，早就控制那些堅韌的小草鬆開了風鳴，甚至這些小草還特別可愛得被木蒼校長做成了一個可愛的翅膀型抱枕，那青草的抱枕上散發著絲絲令人舒適的靈氣。

風鳴看著這個翅膀型的綠色圓抱枕，覺得這位校長爺爺如果哪天不當校長了，當一位草紮手藝人肯定也非常受歡迎。

然後這位校長爺爺露出了和他們校長十分神似的笑容：

「哎呀，小朋友別生氣，之前你嚴阿姨是不知道你的具體狀態和自己的想法。我們國家的研究院雖然建議混合系靈能者去研究院，但也會充分考慮到靈能者自己的意願，絕對不會做出強迫別人的事情。而且，說到底國家也是為了讓混合系靈能者活久一點，不是嗎？

這個抱枕就當作我和嚴阿姨給你的賠禮，青草的靈氣是細小且舒緩的，每天把它放在身邊睡覺，對身體有好處喲。」

木蒼校長露出慈祥的笑容：「我們國家對神話系靈能者的待遇可好了，在國外生活哪有在自己國內生活來得自在呢？」

風鳴剛剛也只是說說，現在聽到校長爺爺都道歉了，趕緊坐起來擺手：「當然金窩銀窩，都不如自己的狗窩啊。我剛剛就是沒反應過來，其實您這樣也沒錯，我在網路上看過靈能暴動的人的影片和介紹，怎麼防備都是沒錯的。謝謝您的抱枕，我特別喜歡，肯定會每天都抱著睡。」

木蒼校長就笑了起來：「哈哈，順帶一提，用我的靈草做的抱枕，在靈網上可是起價五十萬喔。」

風鳴在心裡「我靠」了一聲，覺得那翠綠色的抱枕更可愛了一點，彷彿鑲了金邊。

「好了好了，別說廢話了，快轉身讓我看看你新長出來的小翅膀。你這小夥子實在太亂來了，這次是你運氣好才沒出大問題，之後還是要做一個全身的詳細檢查和靈能檢查。」嚴慈女士此時開口，她還是不是很贊同地看著風鳴，不過眼中屬於醫者的擔心也是真實的。

風鳴心想，他已經在那麼多人面前掉馬了，再隱瞞也無濟於事。而且，這次的突發事件讓他對無法完全控制力量的自己心生不滿，如果他能更好地控制大翅膀的雷霆之力或二翅膀的水系力量，也不至於最後被逼到絕境，靠二翅膀靈能爆發才扳回一城。他需要更多鍛煉和教導，還需要很多靈能者需要的靈食、裝備、進入祕境和探索的權利。而這些，顯然都需要依靠國家靈能者系統這個強大的存在。

於是風鳴看起來非常老實地點點頭，又轉過身給大家看他背後新長出來的三翅膀。

沒有鏡子，他自己看不到背後，就邊扭頭邊問后熠他們：「三翅膀是什麼樣子和顏色的？記得之前被檢測說是鴻系，鴻是大雁、天鵝的意思，果然我還是真的有天鵝的血脈吧？不過如果是神話系的鴻系，難不成是鳳凰？」

風鳴自己說到最後特別激動，還感覺到小翅膀十分靈活地拍了拍他的背，小三比它二哥還溫柔一點，拍起背來完全不痛。呃，或許這只不過是因為他剛覺醒第三對翅膀，沒辦法控制三翅膀的靈力才會讓它這麼動。

風鳴自己興致勃勃地等著大家的回答，甚至還有點嫌棄又期待地看向后熠，想著他會怎麼誇自己新長出來的三翅膀，結果等半天，這傢伙都一臉糾結地看著他，好像他又要靈能暴動似的。

風鳴：「？？？」

風鳴看向屋內的其他人，大家都是一臉無語地看著他。嚴女士甚至還輕輕嘆一口氣，拿出自己的手機記錄著什麼。

風鳴覺得有點不對，臉色微變：「難不成我的三翅膀長得特別醜？蝙蝠翅膀那種的？還是雜毛雞那種的？總不可能是亡靈翅膀那樣的骨翅吧！」

杜風終於忍不住開口了：「你是不是之前後背的傷口造成的錯覺啊？你後背根本就沒有新生出來的翅膀！」

風鳴一下子瞪大了眼，反駁得擲地有聲：「不可能！！它就在我後背亂動呢，怎麼可能沒有！！」

杜風和眾人看著風鳴，一時之間也有些搞不清楚了。

風鳴就怒瞪這些人，反手摸到自己的大翅膀和二翅膀下面一點的位置，然後食指和拇指捏著一小片翅膀，發現這次的翅膀似乎單從手感，辨別不出是什麼材質，但很明顯不是大翅膀毛絨絨的樣子和二翅膀水晶的樣子，更像是……怎麼說呢，有點不好抓？

木蒼校長和嚴慈他們看著風鳴煞有介事地捏著自己後背的一小片空氣，說著小翅膀的形狀和手感，臉上疑惑的表情更甚了幾分。不過在場的人大都見多識廣，而且靈能者的異變覺醒千奇百怪，說不定這就是個隱形的小翅膀呢。

「咳咳，風鳴同學，不是我們不相信你，但你新的小翅膀我們確實看不見，小劉，去找個大鏡子過來，讓小風自己看看。」木蒼校長對屋內的一個治療助手開口，那個人趕忙放下手中的弱化藥劑去找鏡子。

風鳴看木蒼校長和嚴慈、后熠的神色，也看得出來他們沒在說謊，頓時自己也有點無語，莫名想到一首歌。

心裡莫名就開始哼一首關於看不見的翅膀的歌，嗯，真沒想到能看到活的看不見的翅膀。他趕緊搖搖頭看向后熠：「要不然你摸摸看？就在我摸的這個位置，它肯定在，不過可能它的力量是隱形系的吧……」

風鳴說到最後自己都說不下去，后熠倒是雙眼一亮，毫不猶豫地伸手去摸了。

之前風小鳥可是完全不讓他摸翅膀的，摸一次就得被電一次，還橫眉冷對，送上門的翅膀不摸簡直不是人！！

然而，后熠的手即將觸碰到風鳴的手顯示的翅膀位置的瞬間，風鳴忽然感覺到他捏著小翅膀的拇指和食指一鬆，后熠那帶著薄繭的手指並沒有摸到風鳴的小翅膀，反而直接摸到了他的脊背，引得風鳴身子微微一抖。

閃瞎眼的金光閃閃二翅膀刷地從風鳴背後顯現，一翅膀就拍飛了后熠的手，如薄水晶一樣的飛羽鋒利無比，要不是后熠的身體強度極高，早就被二翅膀的飛羽削掉手指。不止如此，拍飛后熠大手之後，二翅膀對后熠狂砸水球，用實力表示它的狂躁。

風鳴面無表情地坐在病床上，看向一臉震驚的嚴慈女士：「阿姨，我覺得我可能一直處在靈能暴動的情況裡。就像我的第二對翅膀這樣，我有時候完全控制不了它。」

嚴慈女士看著那狂亂地砸了后隊長一身水球，然後又自主消失的金色華麗羽翅，咳了一聲。

「這個，我沒見過這種暴動的情況，你這種更像是因為它的覺醒血脈之力太大無法掌控。其實神話系的覺醒者都會出現你這種情況，就拿后隊長來說吧，他剛覺醒的那半年，幾乎每天都控制不住地對太陽射九箭。」

風鳴：「……噗。」

后熠：「……咳，我剛剛並沒有摸到你的小翅膀。」

風鳴點點頭：「嗯，我知道，你快碰到它的時候它突然自己消失了，我也很疑惑。不過，我感覺它現在好像又出現了。」

屋裡的眾人都有點沉默。

這時候，助手小劉搬了一個大鏡子過來，風鳴對著鏡子看了看後背，發現他後背真的沒有新生的那對小翅膀。

風鳴嘖了一聲：「還真是隱形的翅膀啊？那要怎麼看它啊？還有，有什麼神話傳說的鳥類是可以隱形的？」

就連最博學的木蒼校長也沒搜索到什麼神話系的鳥類是隱形的，而且還是鴻系。不過，那個要鏡子過來的小劉倒是突然來了一句：「那個，這鏡子不是普通的鏡子，是帶有靈能鏡像成像功能的鏡子。要不要用靈能鏡像看看？就算會隱形，但總是有靈能在吧？」

一句話提醒了眾人。

風鳴也想看看這小翅膀到底是什麼形狀，就點頭了。

於是，助理小劉打開了鏡子的靈能鏡像功能。這一次，大家終於看到了風鳴這第三對小翅膀的模樣——

它還是只有剛出生的半個巴掌大小，不過在靈能鏡像之中，它並不是穩定成像的狀態，翅膀邊緣輪廓的鏡像非常不穩定地變化著。如果一定要形容，就像是翅膀形狀的氣流在空中搧動的樣子。

陶華悅忍不住驚嘆出聲，說出了大家此時心中的共同想法：「真是太神奇了。」

嚴慈用自己的透視靈能看向風鳴的後背，這一次她終於看到了那很難被發現，邊緣泛著微微紅色靈能光芒的小翅膀。那是一對非常美麗又虛幻的小傢伙。

就在大家認真地觀察著這個只有透過靈能鏡像才能看到的小翅膀時，后熠的警衛隊腕錶忽然響起了來電鈴聲。

后隊長的鈴聲是最近網路上很紅的激昂戰鬥曲。

后熠一時間沉迷於看翅膀沒接電話，然後眾人就看到鏡像中的小翅膀突然精神一振，伴隨著鈴聲的節奏……翩翩起舞了？

風鳴：「……是我的錯覺嗎？我覺得小三在我背後打拍子？」

大家看著靈能鏡像裡精準打拍子、左右搧翅膀的小三，又看看風鳴背上空無一物的樣子，莫名喜感。

后熠輕咳一聲，有點不捨地又看了一眼還在跳舞的小翅膀，接通了腕錶通訊。

勁爆的鈴聲一停，大家就發現鏡子裡的小翅膀也瞬間停下了動作，然後彷彿有些迷茫為什麼音樂突然沒了，左右搧了兩下，最後喪氣地垂了下來，一動不動。

顯然是個強烈喜歡音樂的翅膀。

眾人心中頓時升起一股憐惜，這麼熱愛音樂的小翅膀怎麼能卡掉音樂呢！

最先堅持不住的是陶華悅，她狀似隨意地拿出了自己的手機，點開自己的音樂。不過和后隊長激昂勁爆的舞曲不同，陶美人放的曲子是舒緩輕揚的。包括還在打電話的后熠，大家都眼睛盯著鏡子不放，然後特別欣慰地看到那對小翅膀又有了精神，開始緩慢地搧動起舞。

這次依然精準打拍，是個音樂小天才啊。

風鳴坐在床上，看著那一群人對自己後背的翅膀露出大伯母熬中藥雞湯時的笑容，身子抖了抖。

「那個，我現在沒事了，接下來可以回飯店了嗎？」

屋內眾人回神。

陶華悅露出迷人的微笑搖頭：

「你身上的傷還沒好呢，而且之前又當著那麼多人的面覺醒了神話系的靈能，這時候回飯店可不安全。還是先在病房裡待兩天，養養傷吧，其他事情校長爺爺會處理好的，你就不用擔心了。」

嚴慈女士也點頭：「之後我會叫幾個人過來，帶上川城最好的儀器來，幫你再做一個全身檢查，包括你靈能血脈的分析也重新做一遍。混合系靈能者的覺醒分析有不少人會在覺醒途中發生變化，我覺得你這次的分析和上一次應該會有所不同。

還有最重要的是，雖然我一開始認為你必須要喝弱化藥劑弱化靈能才能保命，但如果你體內的三種覺醒靈力以翅膀的形式均勻地分布呈現在體外，那說不定你比其他的混合系靈能者更容易控制力量，不至於三個月就死亡。」

風鳴聽到嚴慈女士的話，露出了一個笑容：「如果是這樣就太好了。其實我真的不太想喝弱化藥劑。」

嚴慈女士難得露出一個微笑：「很多人都不願意喝，這是人之常情，但還是性命更重要。生活不一定要波瀾壯闊才美好，平凡的快樂也有很多。」

風鳴也跟著笑了：「比如今天晚上我想聽音樂吃炸雞、海鮮，看搞笑恐怖電影？」

嚴慈女士道：「把炸雞換成雞湯會更好喔。」

大家都笑了起來。

然後后熠的聲音響了起來：「木校長，馮常帶領的警衛隊那邊有收穫了。這次倒是多虧了風勃和楊伯勞那兩個小子，反應靈敏，最重要的是他們可能找到了能讓那些學生恢復正常的方法。」

木蒼校長臉上的表情變得嚴肅起來，「那可太好了。」他又看了一眼風鳴。微笑道：「那風同學，你就在這裡休息吧，接下來還有很多事情需要我這個老頭子站出來處理的。這次竟然在比賽途中發生這樣的事情，是我們監管不周，總要給大家和上面一個交代。好在觀眾們沒有受到重傷，學生們也沒有死亡。不然，我這老頭子可真的無顏面對天下啦。」

風鳴這個時候還不知道最後的那段時間，賽場裡到底發生了什麼事情，不過現在也不是他詢問的好時機。他只能點頭，想了想又道：「現在還是靈能時代的混亂期，大家對於靈能、靈氣的了解也不深，而且他們應該是策劃了許久，您不用太自責。」

木蒼校長忍不住露出了慈祥的笑容，臨走時笑咪咪地看著風鳴：「風同學啊，歡迎你隨時轉學到川城靈能學院喔，我們這裡的靈氣環境比龍城好多了。」

風鳴哭笑不得。

此時，風勃和楊伯勞正跟在白虎組隊長馮常等人的身後，心有餘悸地回想著之前發生的事情。

當風勃和楊伯勞發現選手觀賽區有不少同學忽然接連離席的時候，因為擔憂和任務，就悄悄跟在蒙沙他們那一組蒙城靈能者的身後離開。

一開始跟蹤的時候，風勃和楊伯勞差點被警覺的蒙沙發現，風勃還注意到蒙沙臉上的神情有些古怪，那樣子看起來竟然完全不像是十八九歲學生該有的樣子，更像是陰沉、沒有什麼情感的惡徒。

在這種情況下，風勃為了安全和不打草驚蛇，最終還是請了外援——曾經幫風鳴盯梢過的那一小群烏鴉們，在風勃一袋大米加一袋小米的承諾下，鳥兒們悄悄地跟在蒙沙和大約百來名學生的身後。

楊伯勞看到風勃竟然能跟烏鴉對話，有點羨慕：「伯勞鳥不是一群一群地生活的，忽然覺得烏鴉系也滿不錯的，能夠找到這麼多幫手。」

但風勃想到承諾的一袋大米和一袋小米就滿臉鬱悶。

明明他之前聽風鳴說只需要一袋小米就能賄賂烏鴉們，為什麼到自己這裡，大家都是同系的，烏鴉們竟然還多要了一袋大米！就因為風鳴長得比他帥嗎？不，這必然是欺軟怕硬，鴉德的淪喪！

此時，不光是風勃和楊伯勞在跟著這群學生，警衛隊也已經有所行動，應該比他們更容易跟蹤到人。

然而，讓風勃兩人覺得意外的是，那些川城警衛隊的人竟然有不少人都跟丟了。楊伯勞此時的警衛隊腕錶已經連上了川城警衛隊的頻道，他詢問過風勃之後，就跟川城警衛隊的人說可以找烏鴉幫忙。

於是，在跟著烏鴉走了二十多分鐘之後，風勃和楊伯勞就來到一家十分不起眼的川城冒菜館子。

看著最多應該只能容納十幾二十人的冒菜館，再看看蹲在冒菜館屋簷上的那二十多隻嘎嘎叫的烏鴉。風勃心想要不是這麼多烏鴉都在這裡，他還真不相信這個小冒菜館裡能裝下那麼多學生。

但就是因為這樣才更加可疑，這個冒菜館裡面肯定有問題！

風勃和楊伯勞進了冒菜館，風勃還沒想好要怎麼開口，楊伯勞就道：

「我們在路上去買奶茶耽誤了，是跟蒙沙他們一起的，蒙沙說有蒙城的重要事情要跟我們說，我們看著他們走進了這裡，人呢？」

楊伯勞在半路就把手腕上的腕錶拿下來了，這時候他看起來特別鎮定，還有點不耐煩，完全沒有睜眼說瞎話的心虛。風勃佩服。

那老闆仔仔細細地打量了一下風勃和楊伯勞，沒發現他們有什麼不對，就伸手一擰小櫃檯上的招財貓，小小冒菜館最裡面的那道牆就落了下去，變成一個小門。

「在裡面等著呢，快進去。」

風勃和楊伯勞走了進去。在進去之前，風勃猛地抓了一把楊伯勞的手。楊伯勞心中一跳，手握住口袋裡的警衛隊腕錶傳了一條訊息，並憋住呼吸。

果然一進去，他們馬上就被噴了一臉的麻醉氣體，兩人隨機應變，直接假裝倒地，然後就聽到了這個地下室裡的幾個反派的對話。

「這兩個怎麼來晚了一點？不會有詐吧？」

「哈哈！你這個麻醉噴霧劑也太小心了吧！就算他們真的有詐，兩個小屁孩能幹嘛？而且他們現在已經暈倒了，送上門的肉菜，不要白不要啊！而且我們不是還有殺手鐧嗎？那幾個小子，包括賽場裡的天之驕子可都是中了蠱娘的蠱蟲，和邪道人的失心術，這可是雙重保險，那群學生怎麼可能躲得了，就算是最強的雷兼明不是也中招了嗎？」

「不過雷兼明還是滿厲害的，好幾次都差點破解失心術和蠱蟲了，只是最後還是栽在了頭領的心理暗示下，啊哈哈！我現在都能想像到賽場內的慘烈情況了，那群天之驕子估計已經死傷了一大半，哈哈哈，這樣一來，那些警衛隊未來就沒有人接班了，剛好又能為我們黑童留下發展壯大的時間，嘿嘿嘿，二頭領可真是厲害。」

「那當然，說不定等我們回去的時候，整個賽場都被炸掉了呢！這次可是炸彈人汪雷親自去埋雷，就算他們再怎麼仔細檢查，也檢查不出問題的，哈哈哈。」

這個時候，風勃總算明白了這個反派組織的計畫，忍不住在心中又擔憂又憤怒。

這些人從一開始，目標就有三個——殺掉沒有辦法招攬，被國家重點保護的優秀靈能者少年們、抓一批稍微差一些的優秀靈能者學生去洗腦或者研究，最後再當著那麼多人的面引爆賽場，讓人們控訴靈能者警衛隊的無能，同時彰顯他們這些反派的可怕，簡直是一舉三得的大手筆行動。

至於那什麼拍賣會的可疑人員、拍賣會中出現的各種珍寶被盜應該都是他們的煙霧彈，用來迷惑川城的警衛隊。

這些人簡直是喪心病狂！

就在風勃在心中一個個問候、詛咒這些說到爆炸就興奮大笑的傢伙時，地下室裡忽然響起了刺耳的鈴聲。那些大漢的笑聲戛然而止，瞬間站起來，似乎是開始戒備了。

「怎麼回事？這時候敵襲？」

「難道這群小子來的時候被人跟蹤了？不是已經跟他們說要小心再小心，寧願不來都不要被跟上嗎？」

「不對勁！聽腳步聲，好像是整個區域都被包圍了！怎麼可能來這麼多人？就算他們被發現了，應該也只會招惹到一隊警衛隊才對啊！」

「媽的，他們肯定是早就被發現了！警衛隊那群追著人不放的野狗！快點把那十幾個傢伙叫起來！有他們做擋箭牌，我們還是能跑出去，順便帶走幾個人！」

於是風勃又聽到了一陣噴霧的聲音，心想那應該是一個擁有噴霧劑能力的靈能者，能夠噴出麻醉氣體和解除麻醉。

而就在這個時候，冒菜館的老闆早已經被抓，地下室也已經被找到了。十幾個警衛隊的隊員已經武裝整齊地出現在門口：

「舉起手來！我們懷疑你們私自綁架未成年靈能者！」

根本就不用懷疑，躺在地上的將近百個少年少女說明了一切。

那些惡徒自然不甘心被抓，其中一個領頭的冷笑一聲：「動手！」

於是蒙沙等十幾個帶同學來到這裡的學生們跳起來，隨手就抓了一個同學擋在自己身前，並且做出要殺人的樣子。

警衛隊被這樣的情況嚇了一跳，領頭的惡徒哈哈大笑：「只要你們敢動一下，這群小崽子的命就別想留了！！」

一時之間警衛隊的人陷入兩難，就在這個時候，風勃忽然跳了起來，把藏在懷裡的高光清心辟邪靈符拿出來，用靈力激發。霎時之間，整個地下室正義的金光暴漲，楊伯勞爬起來就對警衛隊大喊：「先攻擊那個能噴麻醉劑的！他們都是黑童的人！」

於是，一場本該僵持一陣子的戰鬥就在金光閃閃的靈符加持下快速地結束了。

甚至在那個領頭大漢被抓的時候，被正義的金光正面照著的蒙沙竟然短時間清醒過來，出離憤怒地把自己的頭髮對惡人們射個精光，邊射頭髮還邊吼：

「讓老子帶兄弟們出來送死！以後要老子怎麼做人！怎麼在那該死的狐狸面前抬起頭來！有本事正面來啊，見不得光的垃圾們！！！」

第四章　長靈白山

不管這場戰鬥是怎麼結束的，反正平安救出了全部被綁架帶走的靈能者學生就是好事。

在回去的路上，風勃和楊伯勞受寵若驚地接受了白虎組隊長馮常的誇獎，風勃都想拿出自己的手機跟這位白虎組的隊長合照一張了，不過最後他還是忍住了，但也收到了白虎組隊長馮常的私人名片，讓他非常高興。

然後這位白虎組的馮隊長就頂著額頭的那個傷疤，狀似不經意地詢問風勃：「今天你那張靈符起了大作用，不過你是怎麼想到隨身帶靈符的？一般靈能者大部分都會使用靈能卡，而不是靈符吧？」

風勃就有點不好意思地笑了一下：

「我這幾天就有點心神不寧，總覺得會有什麼不太好的事情發生，然後這裡剛好臨著青城山嘛，我就想不如買點靈符，以備不時之需，沒想到這次真的用到了。那位吉祥道長的靈符真的很有效，我當時買的時候還以為他是在騙我呢，畢竟他那一張靈符就要一千塊，但是我在對面靈能者市場上買的符是一百塊十張。這次過後，我得再去找他買幾張靈符。」

馮常的表情就變得有些微妙：「你覺醒的是什麼異變或者血脈？」

風勃很自豪地回答：「烏鴉！是又聰明又孝順的益鳥，而且絕對沒有烏鴉嘴的技能。」

楊伯勞在旁邊推了一下眼鏡，遮住自己的白眼。天天說心神不寧、覺得有不太好的事情會發生，這還不是烏鴉嘴？難不成你是喜鵲嘴？

馮隊長就知道為什麼這小子會帶著靈符了。烏鴉嘴這種存在，有時候真的很微妙啊。

然後風勃突然開口問：「賽場那邊的情況怎麼樣了？最後決出前十名了嗎？我離開的時候覺得賽場那邊也會有不太好的事發生，不過現在沒有那種感覺了，是不是沒什麼大礙？」

馮常停頓了一下。如果瘋了十個、重傷八個、輕傷二十多個算是沒什麼大礙的話，那還真的沒什麼大礙。

但他最後還是如常地把賽場內發生的事告訴了風勃和楊伯勞。兩人在聽到風鳴竟然是神話系覺醒者，而且還有兩對翅膀的時候都面露震驚之色，不過很快就消化了這個絕大部分人短時間內都消化不了的消息。

馮常揚著眉毛：「你們看起來不是特別吃驚的樣子？」

風勃就笑了起來：「我堂弟那小子厲害得很，他可是單打獨鬥能幹掉三個大反派的人，我並不覺得驚訝。不過有點可惜，如果是神話系，我們兩個體內有同樣的血脈，那他為什麼不是三足金烏呢？」

馮常頓時就接了一句：「可能是怕被后熠那個自戀狂射死吧。」

風勃：「……」

楊伯勞也笑了一下：「神話系才正常啊，不然我實在很難相信一個普通的鵝系，能在入學的時候就追著我和圖途、熊霸三個人打。他的速度和力量也太高了，而且好像還在練太極？」

馮常聽他們兩人不掩飾的誇讚，也忍不住想要見見那個新誕生的神話系。這可是真•國寶級的覺醒者，就是不明白之前他為什麼一直被放養。

唔，也不算被放養吧，還有后熠那個箭人跟著呢。

之後，風勃和楊伯勞就跟馮隊長他們回到了賽場，馮常和木蒼校長、川城警衛隊以及后熠去會議室商議之後的事情，風勃和楊伯勞就趕到醫療室，見到了還在養傷的風鳴以及偷跑來看風鳴的其他受傷的決賽者們，以及龍城高中的其他幾個同學。

風鳴看到風勃和楊伯勞出去之後全須全尾地回來了，心中鬆了口氣，然後雙方就互相交流了他們遇到的事情。

郭小寶此時脖子和手臂上還綁著繃帶，卻能手舞足蹈、像說相聲一樣地敘述當時的情況，讓風勃和楊伯勞聽著一愣一愣的。而風勃和楊伯勞說出黑童組織的三大目的，也讓在病房內的眾少年們心中憤怒無比。

「這就是見不得光的垃圾，覺得正面沒辦法和我們鬥，就在背地裡使勁來陰的。」圖途一邊憤怒地跺腳一邊道：「老子偏偏不順他們的意，等我傷好了、畢業了就加入警衛隊，非得把他們這個組織搞到破產不可！！」

「你說得對，之後我也要加入警衛隊。雷兼明、齊織織他們到現在還沒完全清醒過來，嚴慈女士他們的治療隊還在努力恢復他們的意識。好在你們聽到了他們到底是因為什麼才這樣，不然不知道他們能堅持多久。」電鋸小哥具東升嘆了一口氣：「唐朗那小子死守在齊織織的病房外面，我說什麼他都聽不進去。其實我覺得他還不如打理一下自己，因為齊織織要是真的醒過來了，什麼都不記得倒還好，要是她記得賽場發生的事估計會崩潰。」

「齊織織這次可是差點把唐朗殺了。」

圖途和具東升的話讓在場的少年們集體沉默了，也說出了他們的心聲。他們實在不願意再看到曾經的好同學忽然對自己刀劍相向，然後追悔莫及的樣子，也更加堅定了要變得強大，去保護朋友和國家和平的心。

或許這決心有些太大、有些中二，但這就是少年們這個年紀擁有的赤子之心，一旦立志，便能伴隨一生。

「嗳，好了好了，不說這些讓人難過的話了，我們說點開心的吧！反正這次黑童的陰謀沒有成功，雷兼明和齊織織他們肯定都會好起來的，這都只是時間問題。我們現在來說說風鳴你吧！」

熊霸大手一揮，像是要掃掉讓人有些沉悶的氣氛，一雙不大的黑眼睛亮晶晶地看著風鳴，雙手變成熊爪，忍不住搓了搓：「兄弟啊！熊哥我作夢都沒想到我能跟一個神話系的靈能者成為兄弟！怪不得你入學第一天我就覺得你氣度不凡，頗有王者氣息！

來來來，快點讓兄弟們看看你的神話系四片翅膀啊！我拍個照、合個影，以後能跟我兒子孫子炫耀一輩子，哈哈哈哈！」

熊霸開了個頭，多多少少都抱著同樣目的的其他少年們也隱晦，或者毫不隱諱地用晶亮的眼神看著風鳴，並且每個人都摸出了他們的手機。

郭小寶一邊摸手機，一邊不怎麼服氣地道：

「這次事件一過，你的粉絲肯定會超過我。我跟你說，你就是占了神話系的便宜，光憑外表來看，還是我們國寶更萌，懂嗎？而且你說你覺醒什麼神話系不行，非得覺醒一個西方鳥人呢？都把西邊的騎士吸引過來了吧？嘖，我聽說他正在透過他們國家，送交流申請給我們國家呢，似乎是要貼身保護你，嘖。」

風鳴不知道理查的事情，但是他得反駁一下郭小寶的話。

「誰說我是西方鳥人？我是混血王子懂嗎？混血小王子。我第二對翅膀的覺醒血脈說出來會嚇死你們信不信？」

郭小寶不屑，風鳴背後的兩對大翅膀就倏然顯現，一下子讓病房顯得擁擠不少，還亮了不少。

如果不是金石在旁邊拉著，墨子雲估計都要流著口水趴到二翅膀上了，因為那第二對像金色水晶一樣的翅膀實在太華麗炫目，那樣子有點像金色的靈石。

風鳴背上眾人都看不到的第三對小翅膀此時正非常得意地上下搧動著，風鳴卻裝得一臉矜持淡定：

「我的第一對翅膀是西方天使神話系，因為我媽是東西方混血。我第二對翅膀也不是什麼特別厲害的血脈，就是你們背過莊子的逍遙遊吧？我就是那個鯤之大……」

「一鍋燉不下？」電鋸小哥神接話。

風鳴抽著嘴角看了他一眼，後背的二翅膀不受控制地上下一搧，七八顆巨大的水球往電鋸小哥砸了下去，差點沒把人砸暈。風鳴面帶幾分歉意：

「不好意思啊，哥兒們，你們也知道我是混合系的初覺醒者，我還不能完全控制好我自己的力量，容易暴走，這不是我幹的，是它可能覺得你嘴賤吧。」

貝東升：「……」這個邪我到底要不要信呢？

然後，大部分時間都專注於玩手機的金逍遙忽然尖叫了一聲。叫聲中帶著毫不掩飾的羨慕嫉妒恨，然後他抬頭看向風鳴，眼睛裡甚至都湧出了委屈至極的小淚花，看得風鳴渾身一抖，小三都不打拍子了。

「你這表情是什麼意思？我離開賽場之後就沒打過你了啊。」

本來打算能以禽鳥類靈能富二代主位出道的金逍遙努力控制自己的情緒和聲音，但還是咬牙切齒地道：「你空降靈網熱搜了。」

風鳴：「……喔。」

「你承包了靈網的前十熱搜！！！」

風鳴：「呃……喔。」

「我剛剛去你的靈網頁面下面看了，你的粉絲暴漲到了九千萬！！一堆人都在哭喊著要嫁給你，還要你主位出道！！！」

風鳴摸了摸大翅膀的前端：「那就感謝大家的喜愛？就算是這樣，你也不需要露出這種表情吧？」

金逍遙終於忍不住，吼了一大段：「我爸打給我，問我是不是在你附近，然後他讓我問你要不要進演藝圈發展，他想S級簽你！還想邀請你拍最新天使偽裝者系列服裝的廣告！嗷嗚嗚嗚嗚，這他媽原本是我看好的資源啊！嗚嗚嗚！」

連親爹都率先叛變什麼的，太打擊他這個未成年真•猛禽了！

風鳴看著金逍遙這樣，多少有點心虛，不過他還是咳一聲問了一句：「拍廣告的話，給多少錢啊？」

金逍遙：「！！！你怎麼會是這種人呢？說好的貧賤不能移呢？」

風鳴：「……」

我不是，我沒有，你別亂說。君子愛財取之有道，我都活不久了，還不讓我多賺點錢嗎！

少年們鬧成一團，說要跟風鳴合影、拍照然後發動態，網路上則早已熱鬧宣天。

之前來觀戰的近萬名觀眾們已經在賽方的安排下，帶著或震驚或懼怕或興奮的心情離開了賽場，但關於這場大賽的話題卻沒有因為他們的離開而結束，反而刷爆了網路。

大家這個時候關心的不是官方公布的黑童混亂組織的陰謀，也不是賽方對此次突發事件的道歉，現在幾乎全網路都在討論華國的第四位神話系覺醒者——憑著一己之力槓上九位發瘋的同學，幾乎保護了所有同學的四翼大天使風鳴！

即便賽場發生問題的時候，主辦方第一時間就關掉了直播，但網路上還是有很多網友們自己拍的風鳴戰鬥影片。

其中一個風鳴先被那九個意識混亂的學生打入湖泊，又從湖泊中飛出、絕地反擊的影片播放量最高，已經破億了。

即便這個影片沒有非常清晰，但每一個看到這支影片的人都會從心底有種震撼感。震撼過後就是壓都壓不住的自豪和興奮，為這個勇敢的少年，為神話系強大的力量。

就如金逍遙所說，風鳴已經徹底在網路上爆紅了，然後東西方的網民們開始了風鳴到底是誰家神話系國寶的瘋狂論戰。

在網路上的混戰還沒有結果的時候，風鳴這邊，大家都滿足地和大翅膀、二翅膀拍了唯美合照，準備離開了。

在離開之前，墨子雲有些擔憂地看了一眼風鳴兩對顏色不同的翅膀，還是沒忍住：

「風鳴，你現在的身體情況怎麼樣？我並不是想要打探什麼消息，就是、就是，我和阿金很有可能有資格去長白山祕境，到祕境裡後，要不要幫你找洗靈果？」

雖然風鳴現在看起來狀態還不錯，但不可否認的他是切切實實的混合系靈能者。混合靈能者的靈能暴動大多都非常可怕，運氣不好的話就會直接死亡。再加上沒有人逃得過三個月的必死定論，墨子雲作為一個不下於后隊的羽毛控，他是真的不想要風鳴帶著這麼好看的羽毛掛掉。

當然，對於夥伴本身的關心也是有的。

走到門口的郭小寶、金逍遙等人聽到墨子雲的話都頓住了腳步，意識到了這個大問題。

「對啊，差點忘了，雖然你是個神氣兮兮的神話系，但也是個倒楣的混合系啊。嚴慈女士有沒有說你這種情況到底要怎麼解決？反正我和小紅是肯定能去祕境的，叫一聲寶哥我就幫你找果子啊！」

「對，洗靈果比較難找，但是你要是需要弱化藥劑，我爸公司那邊和研究院有合作，你跟我家的公司簽約的話，弱化藥劑能幫你打對折。」

風鳴無語地看了這兩個人一眼，又看了看這些共同作戰的小夥伴關心的表情，露出一個微笑：

「多謝關心。嚴慈阿姨會在明天幫我做詳細的檢查，看看我體內的力量是怎麼迴圈的、互相吞噬狂暴的可能性有多大。不過嚴阿姨也說了，不管我體內的力量怎麼樣，還是建議我喝弱化藥劑或者找洗靈果。混合系就像是身體裡埋了一顆定時炸彈，它現在不爆，不代表以後不會爆。

所以祕境肯定是要去的，洗靈果也要找，到時候可能真的要麻煩大家幫我留意一下了。畢竟聽說祕境很大，我一個人怕很難找到。」

風鳴並沒有在這一點上矯情。事關小命，任性到不喝弱化藥劑已經是極點了，洗靈果是一定要找的。

於是，屋內的十幾個同學都點點頭，沒有任何猶豫地表示只要他們能夠有資格進入祕境，就一定會幫風鳴留意洗靈果。

大家都知道神話系靈能者的重要性，現在靈氣還在復甦中，除了一些覺醒的人類罪犯很麻煩之外，有些從隱藏的祕境或深山老林中跑出來的強大異獸更難對付。每多一位神話系的靈能者，就會多一分安全保障。

至於拿到洗靈果以後，風鳴要洗去哪一條血脈？簡直不用思考，當然是留下鯤鵬，洗掉天使嘛。

但風鳴沒有他們這麼輕鬆篤定。他有三對翅膀，很有可能需要兩個洗靈果。而且說實話，不管是東方還是西方，要洗掉哪一個血脈或翅膀，他都覺得不捨，很難抉擇，更別說最後只能留一個了。

如果可以的話，他真的想要找到可以讓三對翅膀都和平共處的方法啊。

彷彿是感覺到他心情莫名的低落，二翅膀難得沒有暴躁，和大翅膀一樣輕輕搧了一下，從後背把人溫和地包了起來。就連小三也像在安慰他似的，輕輕拍了拍他的後背，讓風鳴又忍不住勾了勾嘴角，彷彿聽懂了三翅膀的安慰。

車到山前必有路！船到橋頭自然直！苟到最後我們就是勝利者，別退縮啊！

后熠進屋的時候，就看到用翅膀展現自閉的風鳴。

當風鳴從翅膀裡露出頭的時候，后隊長的心臟受到了暴擊，但他還是穩如老狗：

「吃晚飯了。雞湯和蝦餃蟹黃包，還有一個恐怖爆笑電影，看嗎？」

風鳴聽到這番話是真的笑了，雖然這位箭人隊長臉皮厚、愛好多，有時候說話還特別賤，但真的是一個溫柔細心的人。

炸雞翅換成雞湯，生冷的海鮮換成蝦餃和蟹黃包，再配上恐怖爆笑電影，風鳴的晚飯吃得非常開心，所以二翅膀在后隊「不小心」碰到它的翅膀尖端時都沒扔水球打人。

吃過晚飯之後，后熠開口：

「前十名的排名已經出來了，你是毫無疑問的第一，然後是紅翎、石破天、墨子雲、郭小寶、金石、圖途、蔡濤、金逍遙和唐朗。其實按照實力來說，雷兼明、舒聲聲和戎沐澤有點可惜了，他們三個人的實力是可以穩居前五的。」

但他們卻在最後成為黑童組織陰謀的一把刀，捅向了自己人。

風鳴也覺得可惜，更多的是擔憂。

「他們現在的情況怎麼樣了？恢復意識了嗎？」

后熠嘆一口氣：「蟲蟲和迷心術已經都用強制的方法解掉了，但現在他們九個人，包括那朵鬱金香都沒有一個醒過來。嚴女士說這應該和他們的自我意識有關，最遲大概是明天早上就能夠甦醒。病房那邊有專門的人守著，等他們醒來之後就會有人幫他們做心理疏導，盡量不讓他們因為這次事件留下心理陰影。」

風鳴沒說話。如果心理陰影是心理輔導一下就能解決的話，那這世上也不會有那麼多想不開的人了，只希望這些同學心中都能堅強一些。

他至今還記得剛見到雷兼明他們的時候，那幾個少年神采飛揚、自信欠揍的樣子。

后隊陪風鳴看完了恐怖爆笑片，就因為東邊發生了緊急事件而離開了。

風鳴看了看腕錶，已經是晚上八點半。這時候睡覺太對不起生命，風鳴打開手機上靈網。

手機瞬間震動得像個按摩器，９９９＋的鮮紅標籤刺痛了風鳴的眼。

風鳴沒去看那些私訊，而是翻了一下靈網熱搜榜，發現果然前十名都是他的話題。然後東西方的網民們為了證明他到底是誰家的神話系，基本上把兩邊的神話傳說書籍全搬上網了。

西方力證他是四翼天使，東方認為他是四個翅膀的帝江，風鳴作為混血小王子看得心累，心想好險他們看不見老三，不然西方可以說他是六翼熾天使，東方就沒辦法了。

不過帝江啊，帝江這個的山海經神獸他也聽過。據說特別喜歡音樂，而且還是六條腿四個翅膀的無臉胖球？

山海經裡的神獸有的長相就是很獵奇，要是他長成那樣，估計會直接躲在洞穴裡，不出來見人吧。

風鳴這樣想著，忽然感到背部被瘋狂地抽打。那熟悉的疼痛感讓他一瞬間以為是二翅膀在抽他，結果想到現在二翅膀已經長大了，露在外面的就只有三翅膀，他很是莫名奇妙。

「不是，你沒事突然發什麼瘋？剛剛不還好好的嗎？」

三翅膀還在抽打他。

風鳴鬱卒：「我就是吐槽了一下帝江的長相而已，你激動什麼？難不成你是帝江啊？」

三翅膀不打了，搧了兩下。

風鳴震驚：「你該不會真的是帝江那個無臉胖、呃，好吧，你該不會真的是帝江那個音樂小天才吧？」

風鳴就感覺到後背的小翅膀又開始打節奏，風鳴抹了一把臉。

還真是帝江。

但如果小三是帝江血脈覺醒的話，那帝江是兩對翅膀，小三怎麼會只有一對翅膀？

風鳴就自己給了回答——雖然是血脈覺醒，但並不表示覺醒者們能夠完全返組。從上古到現在不知過去了多少年，即便是體內曾經有過強大的血脈，如今也肯定被稀釋了很多。所以，他的小三應該就是個半吊子帝江，就像老二是個半吊子鯤鵬，老大是半吊子天使？

唔，半吊子聽起來不怎麼好聽，但是強就夠了。而且，風鳴覺得幸好這三個覺醒的血脈都是半吊子，才不至於有一個特別強悍，吞掉其他兩個，或者和其他兩個在他身體裡打架，這也算是他的幸運了。

之後風鳴清理了一下私訊，設定為只有好友能跟他私訊後就不再看靈網。雖然私訊裡有不少代表娛樂公司，想跟他談簽約的經紀人，但現在最重要的並不是賺錢這件事，而是大半個月之後進入長白山祕境的事情。

無論如何都要先保住這條命，才能說其他事。

十點的時候，風鳴難得準備早睡早起。

他剛剛關上病房的燈三分鐘，忽然聽到了一聲淒厲的嚎叫，緊接著是混亂的腳步聲和重物倒地被攻擊的聲音。

風鳴瞬間睜開雙眼翻身下床。身後的三翅膀也特別激動地抖了兩下，彷彿被嚇到一樣。

他快步走到門邊打開門向外看，迎面就對上了能讓人直接暈過去的怒吼聲波。

這是舒聲聲！

風鳴努力站穩，兩顆小水球出現在他的耳朵旁，包裹住他的耳朵擋住了聲音，然後他跑向醫療室最裡面的區域。

同時和風鳴一樣跑出來的，還有被嚇到的圖途、石破天他們。圖途捂著自己的兔子耳朵快瘋了：「這到底是怎麼回事？這是舒聲聲的聲波吧？他又發瘋了嗎？」

圖途話音剛落，整個樓道就出現了許多榕樹的氣根，還有斷裂的蜘蛛絲。

然後是唐朗的吼聲：「雷兼明你瘋了！你快放開織織！！你這是要殺了她嗎？」

片刻後，雷兼明冰冷的聲音響起：「叛徒就該死。我先殺了他們，然後自殺。」

風鳴：「……」

圖途等人：「……」

嚴慈女士的聲音響了起來：「他們都醒過來了，但是六個人都精神不穩，靈能暴動了！快阻止他們！」

聽到靈能暴動這四個字，風鳴和圖途他們心中一驚。他們雖然想過這些昏迷的同學醒來之後，精神肯定會受到一些刺激，但也沒想到那件事對他們造成的刺激這麼嚴重，以至於十個人中有六個都精神不穩，靈能暴動了。

要知道單一的靈能覺醒者並不像混合系的靈能覺醒者，容易時不時就暴動，他們只有在精神受到了極大的刺激時才會。這種情況下的靈動暴動會非常凶險，一旦不容易平息，很容易造成嚴重的傷害，不管是對自己還是對他人。

風鳴和幾個受傷比較輕的同學們對視了一眼，直接開口：

「我對付雷兼明，你們看情況去對付戎沐澤和舒聲聲他們，千萬要小心。這時候不要管什麼公不公平了，直接圍毆就好，用最快的速度把他們全部搞定。」

圖途伸手對他比了個ＯＫ的手勢，然後跺了跺腳：

「上一次老子沒打贏過舒聲聲那個土撥鼠，這一次誰跟我一起去報一箭之仇？非得把他打到喊都喊不出來才行！」

電鋸小哥具東升就把自己的雙手變成特別凶殘的滾動合金電鋸：

「走走走，我跟你去打他，早就看他這個只會尖叫的不爽了！一個大男人，沒事就尖叫個什麼鬼。不過他好像還會挖洞，等等你記得快點，我直接用我的電鋸拍暈他。」

而舍黎的雙手變成鋒利的獸爪，斯文俊氣的臉上忽然多了一分野性的笑：「剛好我很久沒磨爪子了，戎沐澤那棵榕樹就交給我吧。」

郭小寶在旁邊捲袖子：「加我一個加我一個，我也很會抓樹！」

蔡濤在旁邊磨著自己的西瓜刀，不等石破天問他目標就一躍衝了上去。他的速度特別快，幾乎一眨眼就到了俎楊龍的面前，原本想要用厚實的刀面一下拍暈他，卻發現這小子竟然在畫著圈圈詛咒他自己和雷兼明。眼裡還含著特別難過的小淚花，就好像他背叛了全世界，厭世到想死的樣子。

蔡濤：「……」這傢伙根本就不用他出手，自己就能把自己詛咒死了。

他一轉頭就看到謹慎地待在一邊的風勃，想了想就把這個人提到風勃旁邊，在風勃一臉傻眼的表情中道：「你不是特別會碎念嗎？幫他洗洗腦，讓他別把自己咒死了。」

風勃：「你別亂說。」我一點都不會碎念！

但是，最後他還是有些心軟地把俎楊龍拉到自己住的房間裡，準備進行一下心理疏導。雖然他不是專業的，不過也就是十來分鐘而已，至少也能夠告訴他們這並不是他們的錯。

在蔡濤、圖途、舍黎他們很快就圍毆解決了另外四個狂暴、有自毀傾向的學生時，風鳴這邊有點麻煩。

雷兼明一手掐著齊織織的脖子，手中由電光構成的那把雷劍已經抵在了齊織織的心口上。

而齊織織此時的目光暗淡、精神萎靡，好像整個人的精神都被抽走了。

面對著雷兼明的攻擊，她竟然一點都不反抗，就像是默認自己應該被殺一樣。就算唐朗在旁邊緊張地要她做出抵擋、千萬不要做傻事，齊織織都沒有什麼太大的反應。

她現在和雷兼明一樣，都陷入了對自己曾經做過的事情極度厭惡和自責的情緒中出不來，這個時候發洩一下當然是好的，只不過這兩個人發洩的方法顯然不對。

風鳴看到雷兼明手上握著的那把雷劍就覺得後背生疼。他在比賽中的第一次重傷，可是交給這把雷劍了。之前雷兼明偷襲他，他都來不及打回去，現在有這種機會，當然要光明正大地報復回去啊！

於是，風鳴背後的羽翅驟然顯現，二翅膀和大翅膀顯然也記得被刺了後背的大仇，風鳴在腦海中閃過一個念頭，大翅膀和二翅膀就很有默契地扔出了水球和電弧，毫不猶豫地砸向雷兼明。

在大翅膀和二翅膀行動的同時，風鳴還在飛快地往雷兼明跑去。風鳴覺得他的速度原本有大翅膀和二翅膀的加成算是非常快了，但這一次他簡直是一眨眼就到了雷兼明的面前，快到連他自己都覺得驚訝。

不過風鳴把這點驚訝先放在心底，左手直接抓住雷兼明的雷劍，右手握拳，藉著奔跑而來的力氣，直接砸向了雷兼明的腦袋！他這一圈中暗含著太極的力道，真的打中能把人打成腦震盪。

受到攻擊的雷兼明看到風鳴後瞳孔驟縮，顯然認出了這個最後把他們全部打趴的少年。心中憤怒、愧疚、委屈、不甘的情緒瞬間充斥了整個胸腔，讓他感覺更加鬱悶，更想要好好發洩一場。

雷兼明直接散掉手中的雷劍，硬擋下風鳴那一拳的同時也大吼一聲，握緊拳頭，往風鳴砸了過去。他愧對整個家族和爺爺對他的期望、愧對他帶過來卻又被他重傷的好幾個夥伴，他甚至愧對眼前這個沒有光明正大戰鬥的對手。

但是他同樣憤怒委屈。為什麼是他呢？為什麼偏偏是他呢？如果他沒有被控制那該有多好？現在的他，該怎麼堂堂正正地去面對曾經相信他、關心他的那些人呢？

雷兼明少年成名，是家族最有前途的繼任者。在這之前從來沒有受過任何挫折，而這一次是他人生中受到的第一場挫折，幾乎把他打得再也爬不起來。

雷兼明自己放棄使用雷劍，甚至連雷球都不用，就和風鳴肉搏起來。

現在他也沒有要殺了其他背叛者然後自裁的心了，他就是想把風鳴當成心中可惡的敵人，就算是死，也要先把他打死！

雷兼明曾學過格鬥，風鳴用太極的話，兩人近身格鬥估計能打個平手。

但風鳴才沒有那麼公平溫柔，或者說，他的兩對翅膀完全沒有那麼公平的意思。風鳴身體在跟雷兼明你一拳我一拳地對打，但大翅膀時不時放電，二翅膀時不時砸水球，還會趁機狠狠一翅膀拍到雷兼明的臉上，饒是雷大少再厲害，也雙拳難敵六翅，到最後是被風鳴壓在地上狠狠地揍。

雷兼明趴在地上雙目通紅，死死咬著牙一語不發。此時，他心中所有的憤怒和狂躁都變成了悲涼，覺得自己這輩子都完了，然後，他就聽到那個還在揍他的討厭鳥人蹲到他旁邊問：「清醒了嗎？」

雷兼明咬牙不說話。

風鳴又狠狠揍了他一拳：「清醒了嗎？」

雷兼明怒視風鳴。

風鳴卻轉過身，給他看還包著繃帶，現在又滲出血液的後背：「看到沒？這是你偷襲時我刺的，我差一點就直接從這裡癱瘓了。」

雷兼明看著那纏著繃帶的後背印出鮮紅的一道血印，眼中的怒色變成了愧悔。

風鳴放下衣服，又蹲下來。

「你是不是該跟我說點什麼？」

雷兼明：「…………抱歉。」

他的聲音嘶啞乾澀，還帶著顫抖。

風鳴點點頭：「就這樣？」

雷兼明：「……」

當然不只這些，他們的背叛是多少對不起都沒有辦法平息的。

所以啊，乾脆讓他們直接以死謝罪算了啊！

雷兼明深吸一口氣就想要大吼什麼，風鳴就道：

「我需要精神和身體雙重撫慰金。聽說你是大少爺，怎麼說也得賠一點錢吧？錢對大少爺來說可能俗氣了一點，要不然給點天材地寶、靈石靈果什麼的？」

雷兼明有點反應不過來。就、就這樣嗎？不控訴他們的背叛，不罵他們什麼嗎？

風鳴看出了雷兼明那雙眼睛表達的意思，然後他輕輕嘆了一口氣。大翅膀竟然有點溫柔地拍了拍雷兼明的腦袋：

「有心算無心，反派又那麼狡猾，換成是我也會被控制的。自責難過是應該有一點，但千萬別把自己想得太厲害啊。這世界上，哪裡有完美的人呢？大家都是一起比賽的夥伴，我們都懂，你們別難過，也別害怕，大家都在。」

風鳴的聲音溫柔得像拍在他頭上的羽毛，雷兼明瞬間覺得自己的眼睛痠得厲害。而早已經被控制住的舒聲聲和齊織織聽到這番話，都忍不住哭出聲，戎沐澤也有些哽咽。

他們的靈能暴動都是自殘傾向的，所以才會那麼容易被控制住。之所以會這樣，除了悔恨和憤怒之外，他們也是真的害怕。

害怕被曾經的朋友和夥伴當成敵人和異類，害怕曾經的信任和關愛變成懷疑和冷漠，害怕自己還會被控制，再度背叛。

他們還只是少年，真的很害怕。

「嗚嗚嗚嗚，蒙沙，嗚嗚嗚！我好難過、好後悔啊！嗚嗚嗚嗚！我為什麼沒有自己擺脫控制，明明那次我們吵架，我就感覺不對了！」

胡明明扒著光頭的仙人掌精蒙沙嚎啕大哭，蒙沙被他這個醜狐狸哭得心裡難受，一巴掌拍在他背上：「那下次注意一點不就行了！說出去都丟人，一個迷惑別人的狐狸精竟然被控制了，回去就加倍訓練，然後我們一起進警衛隊，搞死那些反派垃圾！」

說完之後，蒙沙又說了一句：「還有，你也別難受，我也被控制了，我們是半斤八兩。你別怕。」

唐朗拍著齊織織的後背道：「我也沒傷得多重，以後我們兩個更加努力地訓練就好了。我之後陪妳去和大家道歉，妳別怕。」

這個時候，偷偷開門看著外面的風勃也對雙眼通紅、默默流淚的俎楊龍道：

「你看，大家都好了，而且大家都和你一樣覺得難過。不過，我們都在這裡呢，不是你們的錯，所以別害怕啊，誰沒有犯過錯呢。」

這時才匆匆趕來的后隊長和馮常隊長帶著自己的隊員們，看著已經恢復了平靜，並且氣氛還莫名溫馨的畫面，一個個都微笑起來。

馮常抱著肩膀：「交情就是這樣打出來的。我很看好他們這一批小子，很不錯。」

后熠就笑道：「嗯，那個長翅膀的最好。」

馮常揚揚眉毛想說話，那邊長翅膀的風鳴就站起來說了一句：

「對啊，其實往好處想，幸好被控制的是你們對不對？要是我被控制黑化了……」

風鳴說著就拍了拍他的兩對翅膀，臉上的表情沉穩中帶著中二。

「你們怕是會團滅啊。」

戎沐澤：「……」

舒聲聲：「……」

雷兼明：「……」

其他所有參賽者：「……」

我們從未見過如此厚顏無恥之人！！！

馮常直接笑出聲，撞了一下后熠的肩膀：「哈哈哈，這長翅膀的小鳥人真陽剛啊！」

俎楊龍看向風勃：「我真想對他畫個圈圈。」

風勃：「……」怎麼說呢？他堂弟是真的可靠，但有時候也是真的欠揍。

因為風鳴的存在和團滅宣言，雷兼明這些原本還滿帶愧疚和恐懼之心的少年們恢復得非常快，不用心理輔導就自發自覺地認真恢復傷勢、努力訓練、提升自己的能力。只過了三五天的時間就有了精神，面貌煥然一新。

嚴慈女士對他們這樣的變化感到驚訝，找雷兼明、舒聲聲、戎沐澤他們談心，想要問問他們恢復這麼快的原因，但這三個人卻緊閉嘴巴，什麼都不說，只是用陰森的眼神盯著風鳴病房的方向，後來還是齊織織的男朋友唐朗說出了實情。

「織織這些天恢復得特別好，也沒空想東想西，只想好好提升自己的力量和能力，然後光明正大地去和風鳴打一場。估計是打算證明即便風鳴黑化了，也不可能團滅了她吧。哈哈！其實這也是好事，總比織織老是萎靡不振，一直處在後悔中好。而且不光是織織他們，我看受傷的大家也都恢復得滿好的，可能都覺得自己其實也很厲害吧。」

唐朗一邊說還一邊快速揮舞著自己變成螳螂大鐮的手臂，完全不放過一絲一毫的鍛煉時間，顯然他也是無比在意團滅宣言的人之一。

哪怕是和風鳴關係最好的圖途、石破天、蔡濤、熊霸也加強了自己的鍛煉。

風勃一邊幫自家堂弟切著火龍果，一邊搖頭嘆氣：

「你說你明明一個帶翅膀的遠距離、可以放風箏的法系，怎麼每次都要當坦，把仇恨拉得這麼穩呢？現在大家都努力想打你呢。」

風鳴吃著火龍果，撇了一下嘴：「不可否認是我的存在激發了他們奮勇向前的鬥志。人總得有一個目標嘛，不然就會很閒，一閒下來就會想七想八，中了那些反派的詭計。而且，」風鳴咧嘴笑了笑，後背的小翅膀也特別高興地拍了幾個鏘鏘鏘的鼓點，「反正我會飛，他們又打不到我。」

風勃抽了抽嘴角，竟然覺得堂弟這番話有幾分道理，然後他又轉頭看向門外正在對峙的兩個高大英俊的男人，搖了搖頭。

他眼尖地看到這兩個人一人拿著海鮮粥和炸雞翅，一人提著一個非常昂貴，寫著他看不懂的外文餐盒，就站在門邊，一個揚眉冷笑一個禮貌微笑地堵在門口，誰也不讓誰先進來。

他覺得自家堂弟除了仇恨拉得特別好之外，好像還自帶什麼招蜂引蝶修羅場的 Buff——

自從兩天前，華國的靈能總部同意義國教廷和靈能部的友好交流申請之後，那個名叫理查的騎士就常駐在病房不走了，然後他就和另一位常駐病房的華國兩大靈能高手的頂流之一，后隊長互相看不順眼，開始了一碰到就暗自攻擊對方的日常。現在估計又是一個人在嫌棄對方拿的不是適合病人吃的養生食品，另一個人嫌棄對方拿的是國外的黑暗料理吧。

風勃輕輕地在心裡嘖嘖兩聲，又看看自家堂弟那張帥哥小白臉，特別有長兄風範地搖了搖頭。這個藍顏禍水。

風嗚：「從剛剛開始你的眼神就很詭異，你是不是在想什麼亂七八糟的東西？」

風勃果斷否認：「我沒有，我不是。我就是在想，那位騎士好像打算一直跟著你了，你要怎麼處理這件事？他看起來是想把你拐到西方當國寶，你該不會為了國寶待遇走人吧？」

風嗚就笑了起來：「像我這樣的，在哪裡不都得是國寶待遇嗎？」

風勃：「……」

論臉皮厚，他自愧不如。

風嗚正色起來：「他來找我，是因為我翅膀的事情。這件事情我已經跟他說清楚了，我確實有西方神話天使系的血脈覺醒，但我身上還有更多東方神話的覺醒血脈。而且我的家就在這裡，雖然親戚有點讓人一言難盡，但親戚和朋友都在這裡，我是不會離開華國去西方的。」

雖然理查告訴他，他去了西方就會享受到最頂級的待遇和無數人的尊崇喜愛，但風鳴不是真正的十八歲少年，不會去考慮那些成年人思考的利益問題。別說他這個神話系要出國有多麼困難了，就算去了西方，他或許真的會受到最頂級的待遇和尊崇，但也同樣的會受到更多限制和約束。

舉個最簡單的例子，天使的地位尊崇，怎麼能去逛街、看電影、打遊戲、玩直播、拍廣告呢？天使自帶聖光，是一言一行都完美無缺的存在，他可能連偷偷摳腳或者挖鼻孔的機會都沒有了。

看理查那個聖騎士謹慎有禮的行為，和三句不離願主保佑你、願主寬恕你、我願意為主奉獻一切的語言和眼神，他估計是把騎士宣言、騎士守則、聖經、十誡全都背得爛熟，然後刻在骨子裡了。

想想以後自己可能也會成為這樣的人，風鳴就忍不住想抖翅膀。

不，他拒絕，是炸雞不好吃還是中二熱血少年不好當了，非要去當假笑大天使？

對比這個以「不存在的神」為主的聖騎士，風鳴還是覺得后羿那個能騎機車，要得了流氓，打得過反派、打得過豪強的傢伙更……順眼一些。

倒不是他討厭理查，他甚至欣賞這種有自制力又嚴謹的人。他也能感受到理查對他的真誠善意和莫名的尊敬，但或許從骨子裡來說，他就不是那種遵守規則、願意被束縛的人。

可能是後背長了三對翅膀，天生驕傲不羈，愛自由，所以，他當時特別乾脆地拒絕了理查的邀請，得到了后熠完全不掩飾的大笑臉和理查相當失落的表情。

風鳴看著理查的表情竟然覺得有些不忍，就忍不住幫自己插了個旗。

「你也知道我是東方和西方的神話系混合靈能者，而混合靈能者一般都活不過三個月，按照這個說法，我現在的壽命已經只剩下十幾天了。所以，就算我以後想要去西方幫忙，也得要先活過五月十號才行。」

當時理查的表情就變得認真嚴肅起來。他來的時候，只是從靈能者大賽的影片上看到了風鳴的第一對雷霆之羽，完全沒有想過他會是混合系的靈能者，想必主教閣下也沒有想到事情會變成如今這樣。而且再往深處一想，混合系靈能者如果想要活命，那必然要吃洗靈果洗掉體內比較弱小的血脈力量。

理查的臉上越來越嚴肅。

靈能者想要洗掉哪一個血脈並不會受到他自己意志的影響，單純是看體內到底哪一種力量更弱小，但也不排除在兩個力量勢均力敵的時候，靈能者本身的意識會有什麼作用。所以不管是為了天使血脈的安危還是為了任務需要，他一定要跟著風鳴進入祕境，找到洗靈果，然後親眼看他吃下去。

他相信雷霆大天使的力量，一定會比東方那個什麼能變成魚鳥的力量大，他不能讓東方這些人對他的大人洗腦或動手腳，從而對天使血脈不喜。

所以，理查之後就沒有再跟風鳴說過請他去西方的話了。他只是去找主教大人，透過國家靈能部交流，得到了陪同風鳴進入長白山祕境的資格。

他去祕境，可不是為了祕境中的天材地寶和靈物，他要為了保護他的天使而努力！

所以才有了理查這幾天總是和后熠槓上的情況出現。

天知道后隊長有多少次都想直接一箭射爆這傢伙的腦袋，但昨天他忽然想通了一點。

於是他一個側身走進了病房，把手裡的炸雞和海鮮粥放到風鳴的餐桌上，然後拿出自己的手機，放了一首節奏歡快的音樂後露出一個讓理查覺得很微妙的笑容。

理查：「……」

總覺得這個射箭的，放音樂的行為和笑容都有點奇怪。

風鳴無語地看著后熠，他後背的小三已經啪啪啪地打著拍子，跳得很開心了。

風鳴覺得他這時候特別懂箭人的想法——聖傻子，你不知道吧，他還有一對隱形的東方小翅膀呢。

理查沒管風鳴，把手裡的餐盒打開，頗為自豪地介紹：「我們國家的名菜，佛羅倫斯丁骨牛排和鮪魚燉牛肉，搭配翡冷翠橄欖油拌的特級靈蔬，對成長中的靈能者非常有好處。」

風鳴看看那華麗的義式料理擺盤和味道，再看看用環保紙盒打包的炸雞和海鮮粥，莫名替箭人尷尬。

但后隊長面對聖騎士的金錢挑釁，半點都不慌。

他哼了一聲，從口袋裡掏出一瓶風鳴非常熟悉的豆腐乳瓶子，拍在風鳴的海鮮粥前面。

「王致和第九代靈能者專供，一瓶三萬的靈能豆腐乳，吃！」

風鳴和被忽略得徹底的風勃同時張大了嘴巴。現在的商家果然與時俱進，連靈能豆腐乳都有了。

風鳴想了想，抬頭問：「那榨菜和酸菜也有特供的？」

后隊長得意地笑了一聲，從口袋裡丟出袋裝酸菜和涪陵榨菜。

「我有這三家品牌的特級安全供奉，每個月都有免費的一箱贈品，隨便吃！」

風鳴和風勃就毫不掩飾地露出了相當崇拜和羨慕的眼神。

后隊長頓時心情特好，心想那個靈雞場和海鮮食堂的供奉邀請他可以考慮接一波。

理查看著桌子上的三種醬菜和自己的靈蔬沙拉，再看看他家天使大人羨慕的表情，莫名覺得自己輸了。

而在門口圍觀了全程，拿著長白山祕境通知的花千萬仰天翻了個大白眼。

這隊長沒救了。

§

「長白山系是東北亞大陸的最高山系，北起烏蘇里江畔的完達山，南抵渤海之濱的老鐵山，綿延一千三百多公里，總面積超過三十萬平方公里，是歐亞大陸東緣的最高山系。自古以來便是北方諸多遊獵民族不可動搖的神山，而長白山天池是華國最高、最大的火山湖，也是世界上最深的內陸湖泊。

長白山一年之中有將近九個月積雪蓋頂，因此很難讓人相信這是一座世界名列前茅、具有災害性噴發危險的大型火山。在長白山上分布著密集的溫泉群，其中近一半的溫泉溫度都有六十度，有的甚至高達八十三度，可以沒有任何壓力地煮熟雞蛋和玉米喔！

這一次大家跟著我上山之後，就能親自體驗一下長白山溫泉，和品嘗長白山的溫泉玉米及溫泉蛋了，雖然它們本身不是異變的靈能食物，但是我覺得我們長白山的溫泉蛋和溫泉玉米不比那些靈食差喔！畢竟光是長白山系內蘊含的靈氣就非常濃郁，長期居住在長白山內，對身體和激發體內的靈能都有很大的好處喔！」

風鳴坐在遊覽車內，聽著車裡導遊小姊姊激昂的講述，看著窗外的景色昏昏欲睡。

今天是五月三日，距離大賽意外結束已經過了半個月。大半個月的時間，網路上對於大賽的討論才逐漸平息，而他們這些參賽者們，除了最後勝出的十個人和個別立功的特殊同學，也都跟著自己的老師們回去了各自的學校。

在臨走的時候，六百六十位參賽學生有不少都成了合得來的朋友，交換了聯絡方式，然後大家在郭小寶的提議之下，建了一個第三屆靈能者學校大賽的超級大群組，各自在裡面說一句話之後，就收穫滿滿地離開了。

雖然這次大賽在最後發生了意外，但經歷的危險和他們得到的收穫是無法相比的。所有人都不後悔參加了這一次的靈能大賽，透過這場大賽，他們更清楚明白地認識到自己的不足、世界的變化和潛藏的危險，為他們的以後樹立了更堅定的目標。

不過，離開的學生們都有點羨慕留下來的風鳴他們就是了。聽說前十名可以跟著厲害的靈能者去一趟祕境，開開眼界。而一般情況下，靈能等級不到A級的靈能者都沒有資格申請進入國家祕境。他們失去了這次機會，以後怕是要等到晉升成A級靈能者才能去祕境看一看了。所以說，還得回去多訓練！！

在這半個月裡，風鳴只用了三天就養好身上的傷，剩下的十二天他申請了靈能訓練。現在風鳴是國家靈能者總部的重點關照對象。在他同意每個月抽出一天時間配合、協助靈能者總部的研究和實驗之後，他得到了非常高的……神話系國寶靈能者待遇。

國家研究出來的靈能技能研究書和各種格鬥教學影片隨便看。

除此之外，弱化藥劑等國家研究出來的藥劑可以按照一折購買，每個月還有五十萬的生活補助。

月入五十萬對普通人來說，已經是可以躺贏的人生了，但對靈能者風鳴來說，每個月五十萬的生活補助費大概只夠他買十顆臉盆大櫻桃和十五瓶特供靈能豆腐乳而已，連靈能米飯都吃不起。

風鳴現在的靈能等級在三翅膀覺醒之後直接到達了A級。不過想要從A級上升到A+級，體內的靈力至少要增加三分之二。而想要從A級上升到S級，靈力必須達到原本的兩倍。

這是什麼概念呢？如果只靠吃靈食提升靈力的話，風鳴每天都要吃一顆臉盆大櫻桃，連吃五年才能累積到升上A＋的靈力。所以，風鳴就算得到了五十萬的生活補助費，他也覺得自己窮得不得了。

還是在長白山祕境中保住了小命後就去拍廣告吧。金逍遙他爸給了最高級別的簽約待遇，拍個天使偽裝者的代言廣告就能拿到一千萬呢。

有了國家給的靈能技能研究書和格鬥教學影片，風鳴開始學習和自我訓練。

只不過他開始訓練的第一天就被后熠看到，這個箭人看他自己在那裡訓練，就露出了一個無比邪惡的笑容：

「一個人閉門造車怎麼行？戰鬥這種東西，打多就熟練了！來來來，剛好你們這群小崽子都要跟我們進長白山祕境，祕境裡的情況瞬息萬變，就算有我們跟著也不一定能保證你們的安全，所以你們自己先努力提升吧。等晚上我再單獨訓練你喔。」

風鳴就此開始了白天仗著翅膀虐同學，晚上被箭人揪著翅膀虐的喪心病狂十二天。

十二天裡，大家都有進步。比如雷兼明他們學會了完美合作、圍毆風鳴，風鳴從一個嘲諷坦變成了打不過就跑，還偷襲的精准打拍法師。再比如一開始后熠能輕而易舉地抓到風鳴的翅膀，像拎小雞仔一樣拎著他，要他別以為速度就是一切，到後來風鳴可以控制三對翅膀的攻擊默契，再也沒讓后熠抓到他。

總之，十二天過得很「充實圓滿」，然後他們就收拾行李，前往長白山祕境了。

距離國家檢測到的長白山祕境開啟的時間還有一週左右，他們一行二十多人要偽裝遊客，先住到長白山內的二道河鎮裡，等待祕境開啟。

除了后熠、理查和高中部、社會部的前十名之外，雷兼明、舒聲聲、戎沐澤、俎楊龍和齊織織也簽了保證書，自費跟過來。這五個人雖然曾經被控制，但相比另外五個被控制的學生來說，恢復得好多了，加上他們非常渴望變強就寫了申請書。靈能者總部考慮到他們的實力和心理狀態，最終同意了他們前來。

然後，還有楊伯勞、風勃和熊霸這三個幸運兒。

楊伯勞和風勃救助同學有功，被允許簽保證書進入祕境。而熊霸這傢伙雖然沒有跟楊伯勞和風勃一起出去，但他好巧不巧地碰到一個比較晚走的被控制者，那個學生想強制帶兩個女生離開，就被熊霸一巴掌拍暈交給了老師，然後，他也莫名奇妙立功了，於是龍城一班五霸又聚集在一起了。

圖途建議加上石破天和蔡濤，組成龍城七人少年天團，被郭小寶和金逍遙瘋狂吐槽了一番。

反正不管怎麼說，他們坐上了去長白山祕境的車，很快就要見到自從靈氣復甦以來，被傳得神乎其神的「靈能祕境」了。

長白山溫泉小鎮是位於長白山深處的高級度假區。

從這個溫泉小鎮步行大半天的時間，就能夠直接走到長白山瀑布，最後登上天池。從前這裡不過是一處有著天然溫泉的溫泉區而已，但自從靈氣復甦之後，這片溫泉區的靈氣就越來越濃郁，於是北城的富豪權貴們就第一時間看中了這裡的優勢，花了大錢和代價，在這裡建了一個溫泉度假區。

基本上，來到這個溫泉度假區的人分為兩種。一種是家中有錢有勢的普通人，他們想要住在靈氣濃郁密集的地方，激發自己體內血脈的覺醒和異變，從而達到從普通人到靈能者，一步登天的目的。另一種則是已經激發了異變覺醒，同樣有錢有勢，想要提升靈能的人。

反正不管哪種都要有錢有勢，不然就只能像溫泉小鎮邊緣的那些「野練族」一樣，在溫泉小鎮的外面搭帳篷自己住了。別以為在外面搭帳篷是什麼簡單容易的事情，現在靈氣充裕的長白山終年被雲霧環繞，時不時就會有大雪降下，山內異變覺醒的植物和動物們數不勝數，危險程度大大增加。一個不小心，可能在你睡覺的時候就會被山裡的異變植物拖走當成肥料，或者成為異變動物的口糧。

這個溫泉小鎮之所以能夠存在，沒有被異變的植物和動物們吞占，就是因為這裡有一位常年鎮守的S級自然系大靈能者——雪婆婆。

有雪婆婆在的溫泉小鎮才安全，她可以一夜之間在溫泉小鎮周圍築起高幾十公尺的堅冰雪牆，防禦覬覦溫泉的異變植物和動物們。

所以說，就算變成了靈能者，還是得正面面對金錢這個要命的小妖精。

風鳴進入溫泉小鎮上最大的靈泉別墅飯店時，問了一下他們房間的價格，得到了六顆臉盆櫻桃一晚的驚天價格。他面無表情地轉頭看風勃：

「幸好我們是公費入住，不然我寧願去外面搭帳篷也不會掏錢的。」

風勃心有戚戚焉地點了點頭，這時候他突然明白了親媽每天精打細算的原因。實在是，你永遠也想不到自己有多缺錢。

然後在旁邊掏錢刷卡的雷兼明、舒聲聲幾個就抽了抽嘴角。

他們雖然被允許跟過來了，但是國家是不會幫他們掏飯店住宿費的。一晚三十萬人民幣的住宿費實在太貴了！就算是大少爺雷兼明不缺錢，完全付得起，但被風鳴這麼一說，他就覺得自己像冤大頭。

偏偏這時候，圖途還和熊霸搭著肩膀走過來：

「風鳴！我和熊霸剛剛去外面看了一圈，我的天！五月飛雪！還是鵝毛大雪的那種！最讓人驚訝的是雪裡好像還蘊含著靈氣！這地方可真是神奇，所以我和熊霸決定明天晚上去外面弄一頂帳篷住住看，你們要不要一起？哈哈，肯定超級刺激，還能下雪泡溫泉！」

風鳴莫名有點心動。郭小寶則嗷嗷叫：「去去去，我也想住帳篷，我還想住冰屋呢！」

雷大少冷笑。這群有房子不住，偏偏要住帳篷的無聊傢伙！

而這時候，舒聲聲也撓了撓頭：「要是這樣的話，我還能省一晚的住宿費。」他家可不是豪富之家呢。

雷兼明：「……」叛徒！

就在他們十幾個少年說說笑笑的時候，飯店的大門又被打開了，迎面走進來一個身高至少兩百三十公分的中年壯漢，有國字臉、落腮鬍，濃眉大眼的，看起來頗有俠氣。他身後跟著三個同樣身材高大的男性靈能者，氣勢懾人。

然後，那個帶頭的國字臉壯漢在大廳裡環顧一圈，樂呵呵地對后熠招手。

「哎呀后老弟，你們來啦！」

后熠面帶微笑地上前，和這個壯漢單手握在一起，「老胡。」

楊伯勞的眼鏡瞬間一閃：「四方玄武組隊長，胡霸天！！」

一瞬間，少年們亮晶晶的雙眼投了過去。這又是一個大神級偶像啊！

在少年們興奮地想和玄武組的靈能者們合照時，溫泉區周邊的雪原密林之中，在不同的地方搭起了毫不起眼的白色帳篷。

「長白山脈是華國的神山之一，這裡的靈氣濃郁至極，就表明祕境會在這幾天開啟。這次長白山開啟的祕境極有可能是A級，甚至A＋級的高等祕境。而上師說過，這個祕境中很可能會有『萬年靈參』這種靈物存在，那是吃了就能直接提升血脈能力到巔峰的至寶。要不惜任何代價，找到『萬年靈參』。」

「是！！」

「還有，如果能夠重創華國的靈能者，不要放過任何機會。」

同樣的對話，也在這深林雪原中的其他地方進行著。

第五章 真・白骨精

之後三天，風鳴和風勃、圖途他們一起在溫泉小鎮玩了個痛快。

不光是足足有一個人高的深雪、蘊含著豐富靈氣的溫泉，還有小鎮外放眼望去蔥鬱白茫的密林，都讓這些少年們興奮快樂。

風鳴還活捉到了三隻兔子、一隻傻麅子，但看在圖途的面子和傻麅子太傻的份上，最終只是強迫牠們合了個照，就把牠們放回大自然了。然後圖途變成原型的時候，還遇到了東北森林狼的圍攻，在大家一邊拍著大腿狂笑一邊錄影片的時候，北極兔圖途呵呵兩聲，當著群狼的面就狂暴了。

狼群看到原本牠們張開嘴就能叼起來的長腿兔子，突然膨脹到比牠們三匹狼加起來還高還壯的怪獸兔子，狼王嗷嗚一聲，就悲憤地帶著狼群跑了。

太過分了，在這裡混日子真難，兔子都比牠們狼大隻還凶！

第三天傍晚回去的時候，走在最前面拍照的風勃忽然皺起了眉頭，看向西邊密密麻麻的雪林一眼。組楊龍敏銳地發現了他的異常：「怎麼了？」

風勃搖搖頭：「總覺得那邊好像有人在看我們，然後有點不祥的預感罷了。」

俎楊龍呃了一聲。

他一路上聽兔子說過這個烏鴉系的覺醒者彷彿點亮了烏鴉嘴的預知功能，基本上說的每一個不祥的預感都會發生，關鍵是不祥的預感都快成為他的口頭禪了，這時候他該怎麼回答？

「你這個烏鴉嘴又開始插旗了！快閉嘴！」圖途直接吼風勃：「有人就讓楊伯勞或者金逍遙飛起來看看吧，要是發現了什麼可疑人物，還可以回去跟隊長他們說啊。」

楊伯勞想了想，還是自己變成原型飛了起來。金逍遙的覺醒血脈是金雕，太大了容易被發現。

不過，楊伯勞小心地飛去那邊看了一圈也沒發現有什麼窺伺他們的人，不過他還是眼尖地看到了雪地上的腳印，以及一些有人存在的痕跡。回去跟大家說完後，少年們就皺眉，迅速回到了溫泉小鎮飯店。

三天的時間，所有被國家允許參加這次靈能祕境的靈能者都到達了溫泉小鎮。除了后熠、理查、風鳴他們一行人和東北玄武組一行人之外，小鎮上還多了差不多兩百多人。

根據國家規定，只有戰鬥實力達到A級的靈能者才能申請進入靈能祕境探險，這兩百多人的實力必然不可小窺。

不過，大家都是華國的人，互相之間雖然有競爭，但是都很友好就是了，至少大家表現出來的是這樣。

回到飯店，風鳴把風勃的預感和楊伯勞的探查結果告訴了后熠。

后熠和胡霸天兩位隊長，還有理查三個人正在玩一種用靈力打牌的遊戲，目前看來，聖騎士輸得有點多。

胡霸天聽到這件事，大手一揮，不在意地笑了笑：「都是正常的事，肯定是我們國家周邊那些不安分的國家派來的人。有些國家，自己家的地盤太小，國家境內沒有一個超過B級的靈能祕境，想要好東西，當然就得去別的國家偷了啊。

還有些國家是不占便宜會死星人，看到別人家的祕境開了，就想摻合一腳得到寶貝。祕境開啟的時間和地點都不一定，所以很難防他們，正常得很，我老胡也幹過去偷祕境的事呢。所以進了祕境後，你們這群小子得跟緊我們，有我們在，那些人就算要搶寶貝也不會傷害你們。

但是，如果你們誰落單了，就一定要記住我說的話。」

胡霸天的語氣忽然間變得淩厲：「一定要找個地方躲好，不要輕易地行動，暴露行跡。雖然國家明令禁止國外靈能者進入我們的祕境尋寶，更會懲罰進入祕境濫殺的外國靈能者，但有些噁心的傢伙還是會頂風作案，他們的想法就是殺死你們一個，他們就賺一個。所以，千萬不要掉以輕心，哪怕這次進入祕境，你們沒有找到任何寶貝，只要活著出來就是收穫。懂嗎？」

少年們鏗鏘有力地回了懂。

胡霸天又看向不怎麼激動的風鳴，揚揚眉毛：「你這小子才更應該注意點。雖然我們封鎖了消息，但是該查的人還是能夠查到你這個新出爐的神話系也到了這裡。相信我，比起在祕境中尋寶，殺了你這個還沒有徹底長成的神話系對某些國家來說，可是划算得多的生意。」

胡隊長就看向后熠：「你這個保護者也說兩句，快點。」

后隊長打出一張大鬼，臉上的表情都沒變：「他火爆得很呢。而且，我幫他貼身連續訓練了十二晚，他要是再輕易死掉，我還要怎麼混？最重要的是，我會一直跟在他旁邊，誰能拔他一根羽毛，我就跟誰姓。」

眾人：「……」

莫名覺得后隊長這番話說得有點奇怪，但又好像不知道哪裡奇怪？

胡霸天倒是有些意外地看了后熠一眼，然後嘿嘿嘿笑了三聲：「大兄弟，我這裡在批發榴槤，你要先囤著嗎？」

后熠呵呵地控制靈力，扔掉了最後一張牌：「我贏了，榴槤你還是自己留著吧。」

第四天，風鳴他們沒有出去，他們聚集在一起，聽玄武組的治療靈能者布騰說這次進入靈能祕境的注意事項。

「首先，長白山祕境的大門會存在一整天，在這一整天內祕境外的人都能進入。祕境會持續多久我們並不知道，但A級祕境通常會持續半個月左右，夠很多人探索了。在祕境即將關閉的那一天，大家都能在祕境中看到可以出去的大門。出口大門也會存在一整天的時間，時間過了，祕境就會關閉。我們不知道它下一次什麼時候會再開，所以一定不要貪戀祕境裡的寶物，耽誤了出來的路，沒出來的人很可能一輩子都出不來了。

然後就是我們進入祕境的兩個目標。一是找到洗靈果，根據我們之前的經驗，A級包括A級以上的靈能祕境裡，有很大的機率會有洗靈果的存在。不管是誰找到洗靈果之後上交，都能夠獲得一百靈晶的獎勵。靈晶大家應該多少都有聽過，那是在黑市裡一顆一百萬的好東西，對你們提升靈力都有很大的效用。

再來是極有可能出現在長白山靈能祕境中的『萬年靈參』。對於這一個，上面的要求並不是非常嚴格，找不到也沒關係，但無論如何都不能讓國外的人得到。如果發現有外國的靈能者得到了萬年靈參，要不惜一切代價奪回來。

另外，在靈能祕境裡是可以使用靈能卡的，大家可以多準備一些治療的靈能卡，以備不時之需。不過依靠外物終究難以長久，還是提升自己的實力最為重要。

我就說這麼多了，雪婆婆預感長白山祕境之門大概會在今天打開，大家都各自再做一下最後的準備吧。祕境之中什麼都有可能存在，什麼事都有可能發生，千萬別大意。」

於是，風鳴他們就開始做最後的準備。

大家拿著靈能白卡把自己的靈能力充入卡裡，以防力竭，偶爾還會交換一下各自的卡片。

墨子雲種出來的補充靈能的蘑菇和毒蘑菇非常受歡迎，被換走了很多。

理查不放心，又給了風鳴一瓶聖光藥劑，風鳴想了想還是接受了。他醒來後，第二天晚上喝了一瓶聖光藥劑，確實讓他的大翅膀感受到了力量的補充。

后熠見狀，又扔了一瓶金色藥劑給風鳴。他全靈網最紅的男人，絕對不會輸給一個老外。

就在風鳴把兩瓶藥劑和一疊靈能卡、一些備用的食物，都放進齊纖纖幫他用靈能蛛絲織成的包包裡時，整個長白山突然劇烈震動了起來，大地似乎發出了轟鳴之聲。一道耀目的靈光從長白瀑布的位置沖天而起，片刻之後，在瀑布之上形成了一扇圓形的入口。

后熠和風鳴他們在大地震動的第一時間就衝出了飯店，看到那個入口，后熠笑了一聲：

「距離不遠，走吧！！」他忽然伸手拉住風鳴的手臂：「來來來，帶我飛一程，我們當最快進入祕境的雙雄，然後掃蕩整個祕境！」

后隊長當然沒能如願，還被大翅膀毫不留情地電了一下。

最終是大家借助飛行靈能卡之力，飛到了入口下面，而後手拉著手進入靈能祕境了。

在他們進入祕境之後，又有幾隊人馬相繼趕到，毫不猶豫地衝進了祕境之中。其中一隊有些奇怪，裡面竟然有三個老人、四個孩童，比起帶頭的三人冷漠殘忍的面孔和眼神，這七個人的面容都有些空洞。

祕境之中，風鳴站在離自己最近的一棵大樹樹頂，覺得他堂哥果然是很靈驗的烏鴉嘴。據說之前開啟的祕境只牽著手就能一起進入，而輪到他的時候，牽手都沒用了。

難不成以後要抱著？

風鳴看了看周圍，以他神話靈鳥類的視力，不用靈力也才能看清兩公尺的視野，而周圍除了白霧和莫名出現在白霧裡、時不時突然刮過來的大風，一個大活人都沒有。他忍不住嘆一口氣，算了，來都來了，小心一點吧。

又一陣大風刮過，風鳴抖了一下，濃霧被吹散了一些。風鳴趁這時把靈力彙集在雙目，終於隱隱約約地看到前方東北極遠的區域沒有霧氣籠罩，取而代之的是鵝毛大雪。片刻後，大風消失，濃霧重新占據了他的視野。

風鳴吸吸鼻子，大翅膀從背後顯現，把自己包成了球：「早知道就再穿一件保暖內衣了。這裡面比外面還要冷十幾度的樣子啊！還好有翅膀。」

大翅膀內裡的羽絨相當保暖，外面的羽毛擋風，是居家旅行必備啊。

「先往沒有霧氣的地方走吧，大雪也總比濃霧好。洗靈果好像是長在水邊或湖邊？還得找湖。」

風鳴搧著小翅膀從樹頂飛了下來，還沒落地，他忽然感受到濃霧之中又有幾道寒風刮來，但這一次的風卻不太一樣，好像是……四面八方都有？

小翅膀啪啪啪啪啪地打出了非常激烈的節拍，風鳴嘴角一抽，竟然莫名聽懂了這拍子。

這是「十面埋伏」啊！

風鳴瞬間一躍而起，拔出金石新製造的靈鐵長劍。在他躍起的同時，他也看清了下方朝他埋伏過來的存在，然後倒吸一大口白霧。

我靠！這些骷髏架子是什麼鬼！現實版白骨精嗎？

站在風鳴下方，分別從四個不同方向攻擊他的，確實是四個渾身只有骨頭，沒有一點肉的骷髏架子。

他們的骨頭手中各自拿著刀槍劍棍這四種不同的武器，恰好都打在風鳴剛剛站的位置上，發出了激烈的金屬碰撞聲。

突襲沒有成功，這四個骷髏架子就喀喀地抬頭看向飛在空中的風鳴，似乎有些不能理解他怎麼會突然飛起來。不過這四個骷髏架子也沒有放棄，而是直接舉起手中的武器，對風鳴發動攻擊。

風鳴看著它們僵硬卻靈活的動作，控制著自己的三翅膀往上飛了一些。對付這種完全不能飛的存在的攻擊，就算它們長得再怎麼凶悍，只要碰不到自己都沒什麼問……靠！

風鳴才飛高了一點，就看到這四個骷髏架子手上握著的武器頂端爆發出灰色的靈光，都朝他攻擊而來。

這種讓靈力透過武器攻擊的方法，他訓練了十二天才勉強會用，但下面的骷髏架子竟然能這麼輕鬆地使用？如果是這樣，這幾個骷髏架子也厲害過頭了吧！

風鳴最後還是躲開了這四個白骨精的灰色靈力攻擊，他並不知道骷髏頭精它們的靈力是什麼性質的。如果它們的靈力帶著鬼怪陰毒的氣息，沾上了肯定很不好。

風鳴看完了他們的攻擊後開始反擊，雖然濃霧讓他看不清周圍超過兩公尺的範圍，但還是夠他低空掠過打骷髏。

風鳴調動體內的靈力，覆蓋上手中的靈鐵劍刃，而後如疾風一般穿梭在這四個骷髏精的周身，很快就把這些沒有靈智，似乎只憑著本能攻擊的骷髏精們打散了。

真・打散。

只要對它們脆弱的關節攻擊就可以了。等風鳴攻擊結束的時候，這四個骷髏架子已經七零八散地堆成了一個小堆，看上去毫無生機的樣子。

風鳴伸出靈鐵劍，先是戳了一下那一堆骨頭，見骨頭沒有反應才把二翅膀召喚出來，裹在身前，準備去看看這些骷髏到底是什麼東西。

結果，在他剛走到這些骷髏旁邊的時候，那些零碎的骨頭忽然動了起來！它們無風自動地圍繞著風鳴旋轉，而四個骷髏頭在濃霧中，發出讓人聽了就渾身發毛的陰森鬼叫聲，配合著全身大大小小，帶著灰色靈氣的骨頭一同攻向風鳴！

「竟然裝死！」

風鳴控制靈力，張開了兩對翅膀。天使之翅向後一搧，帶起狂風，吹散濃霧。然後鯤鵬之翅藉著濃霧的水氣和祕境之中極低的溫度，無數尖銳的小冰錐和那些骷髏們撞在一起，很快又把這些骨頭撞飛下去。

與此同時，風鳴後背的小翅膀快速地搧動著，風鳴手持靈鐵劍，閃現在還在尖叫的四個骷髏頭前方，然後一劍刺進了它們的天靈蓋！

陰森刺耳的尖叫聲戛然而止。

風鳴這時候才伸手掏了掏耳朵，嘖了一聲：

「真要命，要是圖途的耳朵，估計早就聾了。這下它們應該死透了吧？」

風鳴低頭看著這一堆骨頭，最終還是不放心地用大翅膀對這一堆骨頭劈了幾道雷。

他準備離開，卻在走之前想了想，轉身把這堆骨頭打散，開始蹲下來……拼拼圖。

風鳴用了半個小時的時間機智地用冰塊固定骨頭，把這一堆淩亂的骨頭重新拼了一下。最後他站起來，看著這個從四個沒有任何特色的人類骷髏，變成了一個非常時髦，脖子上還戴著三個骷髏項鍊的冰雕指路鳥人，滿意地點了點頭。

然後他召喚老二鯤鵬搞出一大塊冰，用靈鐵劍在上面刻了幾個大字。

『我在東北中心區等你們！』

之後風鳴才心滿意足地離開了。

當他離開時，被風鳴凍起來的冰雕骨頭還想垂死掙扎一下，但是天氣太冷，鯤鵬本身的水之力又壓制了它們，讓它們只能老老實實地站在那裡當冰雕。

四個快成精的骷髏兵覺得，它們好像從來沒受過這等奇恥大辱。

然而，更大的恥辱還在後面——

大約在風鳴離開的二十分鐘後，差點凍到枯萎的蘑菇精墨子雲第一個看到了這個差點把他三觀震碎的骷髏冰雕。

看到這個冰雕背後用骨頭拼起來的兩對大翅膀，再看看這冰雕時髦的裝扮，和脖子上特別有模有樣的骷髏頭項鍊，墨子雲直接感嘆出聲：「不愧是我佩服的人！」

他之前也遇到了骷髏兵襲擊，但是因為這地方太冷，他的蘑菇孢子反應比較遲鈍，雖然最後把骷髏兵的靈力吸得差不多了，但自己身體上也受了一點傷。好在他自己能種蘑菇給自己吃補血，但是這地方實在太冷了，霧氣又濃，他一個植物真的太危險了，還是要儘快找到小夥伴才行。

現在墨子雲看到這個特別醒目的骷髏鳥人冰雕，又看到了那冰雕旁邊的大字，毫不猶豫地加快腳步往前趕過去。

然後過了五分鐘，第二波人看到了這個毀三觀的骷髏冰雕。

「……」這什麼鬼東西？

他們總共五個人，四男一女，顯然是認識的，不知道用了什麼樣的方法，竟然沒有被祕境直接分開。雖然他們也是黑髮黑眼，但皮膚顯得有些黑黃，身上穿的衣服也不是華國常見的服飾。

「奴姑，這些字是什麼意思？」

這一群人中，領頭的那個中年男人皺著眉開口，口中吐出了一連串泰文。

那個叫奴姑的女人妖嬈地走上前，仔細地看了看風鳴刻在冰雕上的字，露出了一個笑容：「上師！這是華國人的暗號，他說會在前方的東北區域等！而且上師，你看這個神奇的冰雕！他背後有兩對大翅膀，胸前還掛著三個骷髏頭！我覺得這肯定代表我們很在意的神話系靈能者也在他們當中！他們總共應該是三個人，所以才用了三個骷髏頭當項鍊！

上師！這是我們的機會！只要我們把那個神話系的靈能者抓住，然後再利用他的血肉和魂魄煉製成最頂級的魔屍，哪怕我們沒有找到萬年靈參，此行也非常值得了！」

那個中年男人聽到這番話，點了點頭，「妳的想法很好，不過妳怎麼能確定這個就一定代表那個神話系的靈能者在呢？」

「說不定……這就是華國他們這一次在祕境中的聯絡暗號而已。畢竟他們的神話系天使很有名。」

奴姑又看了一眼那十分震撼的骷髏冰雕，一時間有點不確定自己的想法了。反而是那個中年男人道：

「好了，我們繼續向前走吧。此處迷霧深重，阻擋視野。無論如何都要先向東北而行。我問了古曼童，他說東北才是重寶存在之地。不管這個冰雕代表了什麼，只要碰上任何一方落單的人，我們就殺掉他們。我們用了祕法才能五人一起來，這就是我們最大的優勢！至於那個冰雕到底是不是代表神話系的天使靈能者……就看緣分吧。」

男人說完，露出一個陰森的笑容：「有緣的話，即便隔著重重迷霧，也能碰見的。」

風鳴和墨子雲就滿有緣分的。

或者說，是風鳴先和那些骷髏精有緣分，然後才和墨子雲有緣——

在風鳴往東北方大雪區域走的途中，他接二連三地被骷髏架子們攻擊。風鳴就只能被迫打了一路的骷髏兵，然後每一次打散的那些骨頭，都被風鳴拼成了各種各樣的靈魂冰雕。

除了第一次幫他自己拼圖，他很認真地花了半個小時之外，後面三次遇到的骷髏兵都被風鳴隨便用大翅膀和二翅膀懸空，然後快速冰凍後拼了起來，從拼好到留言也只不過用了一分鐘的時間。

反正只要展現出他想展現的特色就可以了啊——

後面的三尊骷髏冰雕分別是長腿兔子、嘴巴突出又特別大的鳥類，以及一個隨隨便便拼成的人型腦袋，上面頂著九根長箭。在他們的旁邊都豎著一塊大冰雕，同樣是在東北中心會合。

墨子雲幾乎每十分鐘就能看到一個靈魂冰雕，然後看到一個，心裡就更激動一點！

看那像在一團冰上面插了四個棍子的兔子，這就是圖途啊！還有那個嘴巴特別大的鳥，身上刻了個黑字的，肯定是烏鴉嘴風勃！

最後那個頭頂上有九支箭的人，絕對是后隊長了！

墨子雲幾乎可以肯定走在前面的就是風鳴本人，他甚至在最後的時間裡邊走邊喊，成功地和正在拼大熊冰雕的風鳴會合了。

墨子雲看到風鳴簡直喜極而泣，風鳴凍了一路冰雕，終於看到了小夥伴也高興得很。兩人迅速走到一起，互相拍了拍肩膀，心裡都安穩了一些。

一個人在這種環境中戰鬥實在很危險，有一個可以信任的夥伴在，能多幾分保障。然後，風鳴和墨子雲一同向前，在一小時後碰到正在和兩隊八個骷髏兵艱難戰鬥的雷兼明及蔡濤。

兩人毫不猶豫地衝上去幫忙。

搞定了骷髏兵之後，蔡濤仔細打量了一番風鳴，看到他沒受傷才放下心。雷兼明則是一臉無語地看著風鳴：「那個交叉指天的冰雕骷髏刀，是不是你搞的？」

風鳴聞言一笑：「你們看見了冰雕菜刀嗎？所以才跟著菜刀找過來的？」

雷兼明不想說話。天知道他看到那用骷髏拚起，凍在一起的骷髏菜刀時有多審美碎裂，那真的是兩把醜得出奇的刀啊！偏偏蔡濤還覺得特別有意思，拿出完全沒有訊號的手機拍了照。

「由此可見，我的方法還是很有效的。不這樣的話，我們也不會這麼快就會合啊！現在我們有四個人了，雖然骷髏兵也增加了，但要走到風雪區應該是沒有問題的。現在應該已經快到中午了，來來來，我們先把這一堆骷髏拼起來，搭個房子吧，吃完午飯以後再趕路！」

風鳴說完，就開始用大翅膀和二翅膀把骨頭們全部懸空拼接在一起，準備用骨頭蓋房子，然後他被雷兼明大少爺堅決地阻止了：

「你以為誰都像你這麼奇葩嗎！我只住冰雕的房子！！！你自己去找骷髏房吧！」

風鳴看了他一眼，然後揚揚眉毛點頭同意了。

雷兼明覺得他同意得太快，不太正常，不過風鳴還是召喚了二翅膀，快速拼出了冰屋。

雷兼明這才鬆了一口氣，去和墨子雲、蔡濤一起做午飯。

結果等他從冰屋裡出來，準備叫風鳴去吃午飯的時候，就看到了冰屋外面用骷髏拼出來的他本人。

那是一個醜到他不想看的靈魂冰雕。

雷兼明：「……」

風鳴一邊拍著沒人看得見的三翅膀，一邊頗為得意地對雷兼明道：「怎麼樣，像你吧？我也覺得特別像！我就是一個被耽誤了的靈魂藝術家啊！！」

雷兼明：「……」

靠！！！！！

雷兼明看著那個所有頭髮都變成了閃電形狀的木頭臉冰雕，有一種想要一拳打爆鳥人頭的衝動。但他最終還是克制了自己的這種衝動，畢竟長白山祕境這麼冷這麼長，一開始就幹掉一個強力隊友實在太不划算了，還是等出去以後再一對一吧。

君子報復，一個祕境不晚。

冰屋幫大家隔絕了外面凜冽的寒風和濃霧，屋內又有一個用火系靈能卡升起來的小火堆和冒著泡泡的簡易湯鍋，鍋裡煮著幾朵小蘑菇和小肉塊、蔬菜，看起來又香又溫暖。

四個人坐在小火堆旁才緩了一口氣，墨子雲看著那個便攜金屬湯鍋，嘆一口氣：「要是金石在這裡就好了，他能現場弄出一個燒烤架和鍋碗瓢盆，也不知道其他人現在怎麼樣了。誰能想到一進來，我們就被分散開來了。」

風鳴從自己的背包裡拿出一個折疊的長方形薄片，然後把薄片撐開，就成了四方形的碗。他舀了一碗湯喝一口，果然和他想像的一樣香噴噴的，這才道：

「應該沒什麼事情。胡隊長之前不是已經把注意事項告訴大家了?一個人的時候，肯定要小心謹慎，而且每個人身上都帶了至少十幾張的靈能卡，防禦和生存類的都有，短時間內肯定不會有事。我只是有點擔心時間久了，他們如果在濃霧中迷失了方向，一直出不去就不太好了，只希望他們能夠看到我的冰雕，然後往東北區去吧。

這些迷霧也不知道是怎麼形成的，能夠隔絕和吞噬發出的靈力，也能隔絕胡隊長傳給我們的靈能連接器訊號。好在還有冰雕比較醒目，可以給大家一個提示，不管誰看到了那個冰雕，只要看到了能去前面的風雪區和我們會合，這些冰雕就有發揮作用了。」

蔡濤在這個時候忽然開口：

「但是這個冰雕會被我們看到，也可能會被別人看到，或許會引來敵人。」

風鳴就聳了聳肩膀：「在這種情況下，哪有什麼百利無一害的事情呢?能先碰到你們就說明我運氣還不錯，而且打不過就跑嘛，反正我長翅膀了，飛得很快，想保命還是很容易的。

喔，說到這裡，雖然我覺得我們四個組在一起絕對可以硬槓很多敵人，但如果真的碰到厲害、打不過的傢伙們，大家千萬別有心理負擔，看準機會就逃跑，不要硬上。留得青山在，不怕沒柴燒，我們只要能夠苟活到最後，和箭、呃，后隊和玄武組的人會合，想要報仇就是輕而易舉的事情，知道了吧?」

雷兼明哼了一聲，這還用他說明嗎?這是不傻的人都清楚的事。

在風鳴他們四個人喝蘑菇肉湯的時候，和風鳴他們不是特別有緣，但有點孽緣的奴姑、泰國上師一行五人終於走到了這附近。

他們一路上看到了三個冰雕，分別是有著奇怪大嘴巴的黑鳥、巨大的熊和骷髏架子拼成的兩把菜刀。

他們每看到一個冰雕，就會被那隨隨便便又特別震撼的冰雕畫風洗禮一下眼睛，然後思考這個冰雕到底是什麼意思？黑鳥代表不祥？熊代表危險？菜刀代表恐嚇嗎？越看這些冰雕，這五個人的腦子就越亂。

這些冰雕到底是什麼意思？難不成那是一大群人在前面走著？還是特殊的……陣法？聽說華國的古代道士特別會用陣法殺人，這些冰雕搞不好就有特殊的效果！！

所以，上師巴固就把他遇到的每一個冰雕在不起眼的地方伸手破壞了一下。就算這些冰雕真的是特殊的陣法，他也能夠讓這些冰雕沒有辦法運行！

他當然不知道這些靈魂冰雕其實只是藝術靈魂的展示而已。

然後，他們隊伍裡的豺系靈能者忽然動了動鼻子，開口：

「上師！我聞到了和冰雕上一樣的味道！就在前方！唔……聽聲音應該是四個男人，好像在吃東西？上師，我們要對他們動手嗎？」

上師巴固看著前方的濃霧，瞇起眼睛想了想。

五對四，聽起來他們占了優勢，不過還是要小心為妙，他要的是完全勝利，而不是慘勝。

巴固就看向奴姑：「奴姑，妳去前面探查一下他們的情況，有濃霧遮掩，他們是不可能發現我們的。妳是一個女人，還是魅惑系靈能者，裝一下可憐去誘惑他們吧。誘惑成功了就通知我們，回去我會獎賞妳的。」

奴姑的雙眼亮了亮：「多謝上師！」她嬌笑了一聲，就扭著腰挺胸往前走：「上師放心，只要是一個正常的男人，都不可能逃過我的魅惑，就算他們最終沒被迷惑，只要他們有一瞬間的鬆懈，我就能讓小鬼附身或者攻擊，你們就等著我的好消息吧~」

奴姑的背影看起來非常妖嬈，上師和另外三個男人都對她充滿了信心！畢竟這女人可是他們國家最受歡迎的大美人之一，不知多少人都為她神魂顛倒呢！

這個時候，風鳴他們已經吃完了午飯。雖然在冰屋裡很溫暖舒適，但他們在祕境當中，溫暖和舒適反而是不應該有的，時刻警惕和戒備著才是應該做的。

「好了，繼續趕路吧，越往前走，遇到的骷髏兵可能會越多。而且，應該不是我的錯覺，那些骷髏兵的骨頭似乎越來越硬了。之前我一個雷球砸過去就能電死一個骷髏兵，但之前遇到的那八個裡面，有一個骷髏的骨頭顏色竟然泛著淡淡的銀色靈光，我用了一個雷球和雷劍都無法劈斷它的骨頭。」

蔡濤也贊同：「之前我能一刀砍斷一個骷髏兵的腿骨，現在需要同一個位置砍三刀。」

風鳴就道：「這個祕境裡雖然環境有些詭異，但靈氣比外面要濃郁得多。我甚至感到越往前走，靈氣就越充足，那些骷髏架子在這裡不知道待了多久，長年被靈氣灌體、不對，是灌骨頭，它們的骨頭強度會增加應該是正常的……」

「咦？這樣說的話，一會兒我們在遇到骷髏兵的時候，把他們的腿骨留下幾根吧，說不定出去還能賣錢呢！反正這一路走來，我都沒找到什麼有用的天材地寶，還以為長白山祕境特別窮呢，但現在想想，那些骷髏架子搞不好就是寶貝啊！」

風鳴突然痛心疾首起來：「早知道，我不該用那麼多骨頭凍冰雕的。」

雷兼明直接翻了個天大的白眼，但從前同為窮人的蘑菇精墨子雲卻覺得這句話很對：「那一會兒大家都收集幾根腿骨或者手骨吧。」當然還要收集一點後背的肋骨。

蔡濤想了想，也點頭了。他更想收集頭骨，就算賣不出去也能當個裝飾品。

雷兼明：「……」這三個窮鬼沒救了！

就在這個時候，外面忽然響起了一個柔媚嬌嗲的聲音。

「冰屋裡有人嗎？可、可以讓我進來嗎？外面實在太冷了，我沒想到這個祕境會這麼冷，而且進來之後，我就和另外一個同伴走散了。我是治療系的，武力不高，有點害怕，能幫我一下嗎？」

風鳴四人的對話瞬間停止，四個小夥伴互相看了一眼，最後用眼神推舉風鳴出場應對。

風鳴撇了撇嘴，卻沒直接讓門外的那個女人進來，而是做出了警戒的手勢，就推開擋著門的大冰塊，自己去看冰屋外的女人。

當他和那個女人的雙眼對上的第一時間，就……愣了一下。

奴姑在等冰屋大門的冰塊移動時，已經發動了她的魅惑技能。

她的技能能在五感上給予對方最大的誘惑，無論是對方最想要聞的味道、對方最想要看到的身材，還是對方最想聽到的聲音以及幻想的理想對象，只要她的魅惑技能放出，她就會成為被魅惑的人的女神。

至今為止，除了國內最正統的寺廟高僧，沒人能夠躲開她的魅惑！

奴姑對風鳴露出一個風情萬種的笑：「能讓我進去嗎？」雖然眼前的這個男人小了一點，可能毛才剛長齊，但血氣方剛的少年才是最好引誘的啊！而且這個少年長得非常合她的心意，要來補一下也很不錯呢。

風鳴的表情有點詭異，他在第一時間就知道這個女人對他發動了攻擊——

畢竟在正常情況下，他是不可能看到一個女人的身材是平胸加腹肌，四肢修長有力，還微微帶一點被太陽曬出來的健康小麥色皮膚。好吧，就算退一萬步說女性也可以有陽剛美，但這個女人不應該笑容神似某個箭人，而且整身都是炸雞翅的味道，就連說話的聲音都帶著咚滋咚滋的小節拍。

這些亂七八糟的融合在一起，到底是什麼鬼？渾身散發出炸雞翅香味的野性陽剛愛打拍子的流氓女人？

風鳴被這種彷彿炸雞沾到屎的感覺刺激到渾身一顫。在奴姑等他被誘惑，露出破綻時，金色的二翅膀瞬間顯現，對奴姑狂暴地砸出了冰球。媽的，破壞我食欲！毀我審美！此仇不共戴天！

奴姑被偷偷來的冰球砸得滿臉包，尖叫一聲並後退好幾步，滿臉都是不可置信：「你、你為什麼突然攻擊我？我只是一個手無縛雞之力的弱女子啊！！」她的手已經摸到了手腕上的那串黑色珠子上，裡面有她養的小鬼。

但她一定要先弄清楚這個少年是怎麼掙脫她的魅惑的！

聽到尖叫的雷兼明和蔡濤、墨子雲瞬間就想衝出冰屋，然後他們聽到風鳴沉沉的聲音：「出來的時候都小心點，這女人在說謊，她對我用了奇怪的媚術。」

奴姑：「……」

受不了這個氣！你說老娘無往不利的誘惑技到底哪裡奇怪了？你是個同性戀吧！

雷兼明三人聽到「奇怪的媚術」這幾個字的時候心中都是一驚，心想這突然出現在外面的女人果然奸詐又惡毒，幸好風鳴扛住了這個女人的媚術沒出事，不然他單獨一個人去面對那女人，搞不好就完蛋了。

於是三人提起了十二萬分的戒備才一個個衝出冰屋。他們出去之後，一眼就看到那個站在風鳴對面，正滿面震驚狼狽地被砸冰球、水球的女人。此時的奴姑還沒有放出她的小鬼攻擊風鳴，只是一味地裝可憐哀叫。她一方面想著就算對風鳴的誘惑之力失敗了，說不定另外三個少男很容易被蠱惑誘惑，只要有一個人被誘惑成功，她就能利用那一個人對其他人造成重傷。

另一方面，她的尖叫聲能對上師巴固和豺、飛蚊他們傳遞消息和示警，讓他們明白自己這邊出了問題，對手難纏，從而快速支援她。

於是，雷兼明、蔡濤和墨子雲出來以後就看到了那個被風鳴欺負的楚楚可憐的女人。而後三人眼中的那個女人似乎變了樣子——

雷大少看到了一個十分溫柔大方的少女，蔡濤看到了一個嬌俏可愛的女生，墨子雲則看到了一個性感火辣的大美人，還穿著以華麗羽毛織成的性感睡衣。

這個畫面讓三人都愣了一下，墨子雲甚至覺得鼻子有點癢。只是不等到他們沉淪在這個美人的眼神當中，風鳴的聲音在這時候又響了起來：

「你們不至於被這種奇怪又低級的媚術誘惑了吧？我剛剛從她身上聞到了炸雞味呢，哎呀真是搞笑死了，這年頭有什麼香水是炸雞味的？害我突然想吃炸雞了。」

然後，原本在雷兼明三個人眼中正常的畫面忽然變得很奇怪。雷兼明面前溫柔大方的少女忽然多了一股佛跳牆味，蔡濤的可愛女生多了紅燒排骨的味道，墨子雲則是聞到一股濃郁的榴槤味，他對性感大美人的感官瞬間複雜了起來。

雖然他愛吃榴槤，但不代表他喜歡自己的夢中情人有一股榴槤香水味啊！

雷兼明他們的表情變得一言難盡，瞬間脫離了魅惑的感覺，看到了奴姑的真實樣子。

雷大少之前被控制過一次，對這種誘惑系的技能深惡痛絕，雖然這次他只是被稍稍迷惑了兩三秒的時間，但也讓他憤怒。他抬起手就是六顆雷球砸向奴姑，決定直接把這女的炸得面目全非，他就不信毀容了還能迷惑別人。

奴姑看著朝她飛過來的雷球和蘑菇孢子，氣得尖叫了起來。她聽到風鳴剛剛的話，終於知道這小子到底是怎麼擺脫她的誘惑術了——這小子看見美人的時候，竟然還能分心想吃的！他就不能專心痴迷美色嗎！

她的誘惑之術能夠增強人的五感，自然包括嗅覺和味覺，但通常這兩種會體現在美人的體香和滑嫩的皮膚上。但這幾個毛都沒長齊的小屁孩直接看著美人想美食！！簡直、簡直是拋媚眼給瞎子看！氣死她了！這種男人就不能稱為男人，就不該存在！！

她當然不知道風鳴見到的比她想的還複雜許多。此時她口中的尖叫變成了嘰哩呱啦，讓風鳴他們幾個完全聽不懂的咒語，然後她腕間的黑色手串一閃，在濃密的白霧之中又有另一股陰風忽然刮起，很快就有四個猙獰凶惡的小鬼出現在風鳴四人的面前！

奴姑一邊控制著小鬼們撲上去纏著風鳴四人，一邊身形靈巧地躲過雷兼明的雷球，退到濃霧中。很快。濃霧就遮掩了她的身影，讓風鳴四人無法攻擊她。

雷兼明召回六個雷球，接連劈在撲向她的小鬼頭上，把小鬼直接劈得渾身冒電尖叫出聲，沒撐過五秒就化成了飛灰。

在迷霧中的奴姑頓時心頭大駭，完全沒想到這四個少年中，竟然有人掌控著自然系最強的雷之力，而罡雷是一切鬼物的剋星，她的小鬼在這場戰鬥之中恐怕起不了大作用，好在另外三個少年看起來並不是特別厲害的樣……

奴姑還沒想完，手上代表小鬼的黑色珠串又爆了三個珠子！她不可置信地驚呼出聲：「怎麼可能！」

她的另外三隻小鬼竟然也都被消滅了！而且還有一個同樣是死於雷之力！！

奴姑在濃霧裡看不到風鳴那邊發生的事情，還以為是雷兼明幫風鳴劈死了小鬼，實際上風鳴只是動用了大翅膀的雷霆之力，用一道雷刃劈死了看起來非常凶的小鬼。而旁邊的蔡濤雙手變為長砍刀，附上自己有些狂暴的靈力之後就開始了瘋狂十八砍，在第六刀的時候，小鬼就被蔡濤砍死了，沒砍過癮的蔡濤就順著力量，把旁邊攻擊墨子雲的小鬼也砍死了，因為這個小鬼被墨子雲的蘑菇菌絲吞噬了一些力量，蔡濤只用三刀就把它砍散了。

墨子雲看著蔡濤的模樣，很是真誠地佩服了一句：「刀哥，鐵血真漢子啊！」

蔡濤揚眉，輕輕地磨了磨他的兩把刀。

忽然，蔡濤臉色一冷，轉身對著斜前方就是一記重砍，結果他的刀似乎撞上了什麼極為堅硬的東西，發出了清脆的撞擊聲。而後蔡濤才看清楚從濃霧中走出來的龐然大物——那是一頭足足有五公尺高的白色巨象！而剛剛蔡濤砍到的地方，就是這頭巨象的象牙！！

與此同時，一聲尖銳的豺吠在迷霧中響起，這聲豺吠似乎出現在四人周圍的每個方向，吠聲中充滿恐嚇和凶殘的意味。而後，一道黑影從迷霧中驟然顯現，直撲向了站在東面位置的風鳴！風鳴手中的靈鐵劍在瞬間刺了出去，竟被巨大而靈活的豺用一個空中翻身躲了過去。

之後，濃霧中又有密密麻麻的飛蚊振翅的聲音響起，風鳴四個人心中都是一沉。

此時他們四個人各自占據一個方位，背對著站在一起，就是為了防止敵人從迷霧中出現，從不同方向的偷襲。原本他們對這次的戰況還算樂觀，那個想要誘惑他們的女人看起來並不是很強的樣子。

雖然那個女人可能有同夥，但大家進入祕境之後就被分開了，敵人又不一定有風鳴的靈魂冰雕集合大法，所以大家覺得那女人最多只有兩三個同伴而已，可現在看來，情況絕不像他們想的那麼輕鬆。

光是這頭五公尺高，至少七八噸重的白色巨象和凶猛狡猾的豺，他們四個人應對起來就很吃力了，除此之外竟然還有能夠控制飛蚊的靈能者，恐怕是一場苦戰。

很快，風鳴他們四個看到了那密密麻麻，一個個足有普通螞蚱那麼大的黑白色飛蚊朝他們衝過來。因為飛蚊的體型很大，就連那細長帶著刺鉤的口器、半球形的頭以及複眼都能看得一清二楚，生生讓風鳴起了一身的雞皮疙瘩。

他真的有輕微的密集恐懼症好嗎！！

巨象、豺和成群的飛蚊，直接把他們四個團團圍住，困在原地。

風鳴背後的兩雙翅膀顯現，小翅膀開始激烈地上下搧著。

「不能被他們困在這裡全滅！借助霧氣，逐個擊破！」

墨子雲反應非常快，看了一眼漫天飛著的飛蚊，咬牙：「這群蚊子交給我！」

蔡濤看著那頭巨象，眼神堅定：「我砍象。」

雷兼明看著那一腳就能把蔡濤踩成肉餅的巨象，轉身就跑到了蔡濤旁邊，雙手合併後凝聚出雷劍，一劍刺在巨象的鼻頭：「一起！」

風鳴白色、金色的羽翅同時泛起靈光，一瞬間搧動，便帶起劇烈的狂風，生生把那些飛蚊統統搧飛到墨子雲所在的西邊，並把周圍五公尺的濃霧搧去了，然後一腳踹到那隻豺的頭上，往南方跑去。

豺系的靈能者發出刺耳的吠聲，毫不猶豫地跟著風鳴跑了出去。

風鳴決定用最快的時間把這隻豺打成重傷，然後回去幫小夥伴們。雖然這個追著他的豺速度和力量都很高，應該是一個很有經驗的A級靈能者，但他還是能戰勝他的。

比速度，他從來不會輸。

事實也是如此，哪怕風鳴的攻擊力比這個豺系的靈能者差很多，一劍的力量甚至是大翅膀釋放的閃電之刃都比不上這個豺可怕的咬合攻擊，但風鳴的速度讓這個豺的所有攻擊都落了空。

惡豺越攻擊，心中的震驚就越濃！他的速度攻擊能排到他們國家的前三名，哪怕是矯健的獵豹系靈能者，他都能和對方比速度。但眼前這個有四翼的少年卻讓他所有攻擊都落了空，他的速度快到了什麼程度？

惡豺低低地嘶吼呲牙，心裡既嫉妒又有幾分幸災樂禍。

真不愧是傳說中的神話系靈能者，據說才覺醒不到三個月的時間，就已經成長到了現在的地步。不光是速度極快、能馭風、能控雷，據說還能馭水……呵，這樣的神話系如果真的讓他長成，華國未來就又多了一個頂級的靈能者，這對於周邊的國家都是不利的！

如果是他一個人遇到了這小子，在自己的攻擊全部落空的時候，他一定會二話不說，轉身就跑。因為最後的結果必然是他被這小子的防禦磨死，但現在他不是一個人啊！

在確定了風鳴就是那個有兩對翅膀的神話系覺醒者之後，上師巴固就下令無論如何都要抓住這個少年。只要抓住這個少年，哪怕他們沒有在祕境中找到萬年靈參，他們這一趟也值得了！

他原本還想引誘這個少年落單，然後配合藏在暗處的上師一起搞死這小子，結果這小子就自己飛出來了。雖然他飛的方向並不是上師提前訂好的位置，但是他已經聞到上師的味道了！

上師來了，這小子死、定、了！

風鳴發現他面前的那隻豺忽然只低低地咆哮，做出攻擊的姿勢，並沒有再攻擊他了。似乎是發現他的攻擊沒有效果，正在猶豫，但風鳴不會猶豫。他閉上眼，把體內的力量凝聚在第一對雷霆之羽上，準備等等一擊重傷那隻惡豺。

然而就在這個時候，風鳴感到一陣心悸。

三翅膀在這時突然瘋狂地拍打他的後背，有那麼一瞬間，他竟然透過三翅膀感受到了空間中的波動。他驟然睜眼，搧動雷霆之翅，那紫色的電弧從白色羽翅中射出，卻直接分成兩道，一道瞬間劈在假裝攻擊的惡豺頭頂，另一道卻劈在他斜後方的某處。

於此同時，風鳴抿著唇握緊手中的靈鐵劍，左腳微微往後撤半步，在聽到破空聲的瞬間一聲輕喝，旋身一劍刺出。撲向他後背的第二個偷襲者就被他一劍刺穿了。

斜後方，同一時間傳來一聲慘烈的尖叫。
風鳴看著被他刺穿的東西，抿了抿唇。
——竟然是一個有實體，面容青白的小嬰兒。
之後從濃霧之中，漸漸走出一個穿著長袍的中年男子。他長著一張標準的大忽悠臉，臉上是你等凡人不懂世道的高深表情，看著風鳴微微一笑：
「想必閣下就是華國新覺醒的神話系靈能者了吧？初次見面，果然一表人才。」
「我們願意以國師之禮和待遇邀請閣下來我們國家，如何？」
風鳴看著他，又看看從自己的劍上拔下來的小嬰兒，問了一句：
「我沒別的意思，我就想問，你們國家有我們的一個省大嗎？」
風鳴的問題一出，原本笑得很有佛性的上師笑容凝固了起來。
他的心裡已經做好了各種應對風鳴提問和疑問的準備，卻沒想到這個人問出了這個靈魂問題。這要讓他怎麼回答？他們國家確實還沒有比人家大一點的省大，經濟和發展上似乎也欠缺了很多，他們國家有的華國全都有，但華國有的，他們國家卻大部分都沒有。
上師巴固第一次感受到了祖國強大與否帶來的尷尬。
不過，他的邀請也不過是想讓這個實力和警惕性都超出他判斷的神話系少年放鬆戒備，然後一擊重創他而已，畢竟他剛剛放出的兩個頂級古曼童同時偷襲風鳴都失敗了，這讓他不太滿意。

巴固深深地看了風鳴一眼，手揹在身後輕輕地敲著，努力讓自己的笑容變溫和。

「雖然我們的國家並不如華國大，但我們國家是王權制，國王陛下的指令高於一切，而如果風先生你願意過來，就是一人之下萬人之上。我記得華國有一句很有名的俗語，叫『寧為雞頭，不為鳳尾』，我覺得這句話說得很對！」

在「很對」那兩個字說出來的瞬間，原本停止攻擊的惡豺忽然沒有任何預兆地張嘴，撲向了風鳴，而趴在巴固腳下的兩個面色清白的小嬰兒，也同時如惡鬼一般衝向了風鳴。

除此之外，巴固豎起一隻手掌在前，微閉上眼，口中開始默念古怪的經文。風鳴在第一時間感覺到周圍的空氣變得沉重起來，他不能再像之前那樣輕易地用極致的速度躲開，甚至反擊惡豺和古曼童的攻擊。

那個一身邪氣的傢伙，念的經文能減弱他的速度！

風鳴很快就明白了這一點。他勉強躲開了惡豺泛著黑色靈光的利齒啃咬，卻被那兩個古曼童一起抱住了身後的大翅膀。

「呵呵呵呵！」「嘻嘻嘻嘻！」

陰沉恐怖的嬰兒笑聲在風鳴耳後響了起來，似乎下一秒就要咬在他的翅膀上。

風鳴冷笑一聲，鯤鵬之翅顯現，一飛沖天，同時雷霆之翅上再次聚集了雷電，狠狠地打在兩個古曼童的身上。

尖銳的怒叫聲響了起來，二翅膀飛起來的同時還特別不客氣地向上一搧，鋒利的飛羽邊緣像一把利刃，幾乎劃斷了一個古曼童的手臂。很快，這兩個古曼童都無法抓住大翅膀，掉了下去，但它們也攻擊成功了——其中一個古曼童一口咬在風鳴的大翅膀上。

在這個古曼童攻擊成功的第一時間，巴固就露出一個陰森的笑容。

就算這個小鬼再怎麼防備奸猾又如何，只要被他滿身都是蠱蟲的阿古咬上一口，細小的蠱蟲就會進入他的身體，流進他的血液，到達他的心臟，然後！成為他最新的傀儡！

風鳴飛上天，發現下方的兩個人竟然不再攻擊他了，有些疑惑地皺起眉頭。而後他聽到了一聲聲尖銳，像是笛子的聲音，突然發現身體內似乎有什麼東西在順著他的血液，快速往心臟而去，笛聲越急，那東西越快。

風鳴一下子就想起了很多關於某些國家降頭術蠱蟲的詭異故事，心裡有點發毛，打算直接用大翅膀放電，電死不知道有多少的蠱蟲。然而，咬了他翅膀的古曼童似乎牙齒中就有毒素，加上那笛子和經文的干擾效果，他竟然一時之間沒辦法調動大翅膀的力量。

風鳴面色微沉，他發現自己有點無法控制體內的力量，那不知是什麼的蠱蟲似乎擾亂了他體內的力量平衡，再這樣下去，他搞不好真的會栽在這裡。

主要是不知道那些蠱蟲會對他有什麼樣的影響，要是像之前那個黑童組織控制雷兼明他們一樣，也會讓他難以控制自己、成為別人的走狗，問題就大了。現在他體內的靈力出了問題，暫時沒辦法用雷電之力幫自己驅蟲驅毒，以防萬一，還是趕緊呼叫隨身保鏢吧，那個箭人肯定正在找他呢。來都來了，就該讓他發揮一下作用。

風鳴從包包中摸出一張金色的靈能卡片，毫不猶豫地把卡片捏碎。想了想，他又摸出了一把銀色的十字架。

這是理查進入祕境之前給他的，據說是他們教廷的聖器之一，有驅邪防禦的力量。不過最後風鳴還是把它收起來了，畢竟是西方的聖器，能不用還是不用吧，免得欠了大人情，之後還不了。

當風鳴捏碎金色的靈能卡片時，一股帶著驚天威勢的龐大靈壓降臨在這一片區域。

下方認為自己已經勝券在握的巴固和惡豺都一愣，巴固的臉色非常難看，而惡豺竟然直接被這強大的靈能威勢壓得不敢抬頭。

巴固喃喃開口：「S級大靈能者的靈壓……也對，怎麼說也是國寶級的神話系靈能者，有大靈能者給的靈能卡是很自然的事。但不用驚慌。這只是一張靈能卡而已，只要躲過這一擊，我們就還有機會！」

巴固沒有猶豫地大喝一聲：「快跑！這小子已經中了我的魔心降頭！只要等這攻擊過去，他還是我們的囊中之物！」

然而，他們還是想得太理所當然了一些。雖然后熠對風鳴說過這些靈能金卡只是他無聊時充的卡，並不值什麼錢，也沒什麼大威力，但事實上神話系S級靈能者的靈力哪怕是充到靈卡當中，再釋放出來也是極為可怕的。

那些靈能爆發出來之後，變成了兩支金色的長箭，自動追擊對風鳴有惡念的兩人。其中一箭直接刺上了惡豺的後腿，伴隨著惡豺淒厲的叫聲，他的後腿直接斷掉。

另一箭則是朝巴固的後心而去，巴固用盡了方法，都沒能讓這強大的箭矢消失，只能忍痛讓一個古曼童擋在自己身前。最終，這一箭雖然沒有射死巴固，卻搞掉了巴固的一個頂級古曼童，讓巴固本人也受到了重創，面色怨毒地吐出一口黑色鮮血。

后羿之箭！！這個神話系小子的保護者竟然是華國最強者之一的后羿！！

他心中有些恐懼。他還記得后羿的驚天一箭——

一年前后羿在華國，卻隔著萬里之遙，直接射死了逃往他們國家、尋求他們庇護的華國A級靈能者逃犯。當有如彗星的金色箭矢破空而來的時候，不只有那個A級的逃犯被一箭釘死，連帶著他們當時提供庇護給逃犯，無比堅固的佛廟也頃刻被那支箭的力量震成了廢墟。

這一箭之力，哪怕是他們國家最厲害的大上師都無法抵擋。因此從那以後，他們國家就再也不敢接受華國來的逃犯，並且老老實實地當一個友好鄰邦了。

巴固想到這裡就心中不安。現在他傷害了這個被后羿保護的神話系初覺醒者，如果不能在短時間內控制住這個神話系的少年，把他做成自己的傀儡，一旦后羿追來，發現他的行為，他們絕對會全軍覆沒！

想到這裡，巴固眼中閃過狠戾之色。他咬破手指，把自己的血液滴在那根泛著烏黑色的笛子上，然後急速吹起了能控制魔心降頭的笛子。

風鳴聽到笛音後瞬間臉色蒼白，心頭像是被蟲子咬的疼痛並不是重點，重點是他感覺到自己體內的靈力更加混亂，彷彿要再次聚集起靈力的風暴，無法控制，這就有點糟糕了。

難道真的是三個月的必死魔咒，誰也逃不了？風鳴的腦子被混亂的力量衝擊得有點暈，意識也變得不太清楚了。

風鳴在半空中晃晃悠悠的樣子被巴固看到了，甚至他也有感受到降頭正在起作用。他心中大喜，加速了吹笛子的速度，卻在下一秒被忽然掀起的一陣大風刮了一臉。

當濃霧散開的瞬間，巴固看到臉上帶著冷汗的風鳴冷笑地對他比了一個中指。他的聲音有些嘶啞，卻鏗鏘有力：

「老子就算真的要掛，也不會掛在你面前，讓你撿便宜！傻子，沒看到老子會飛嗎？」

然後他放任體內越來越狂暴的力量，二翅膀和大翅膀同時搧動，幾乎一瞬間就飛到不見蹤影，變成了濃霧裡的一顆流星。

等著用降頭控制風鳴，讓他自己下來的巴固：「……」

再吹笛子，他發現他只能隱約感應到自己蠱蟲的方向，卻因為距離太遠，無法控制牠們。

巴固：「……」可惡！！

而就在風鳴捏碎金色靈能卡的那一瞬間，在濃霧區的某一片地方，邊走邊拆骨頭來玩的后熠陡然抬起了頭，臉上露出了一絲笑容：「我的風小鳥總算知道要用靈能卡報位置了。」

不過下一秒，他的眉頭就皺了起來，臉色變得有些冰冷。

那並不是單純的報位置，而是受到攻擊之後的求救。

后熠直接捏斷了握在手裡，泛著金色光芒的骷髏骨頭，而後歪了歪脖子，略微放鬆了一下筋骨。他修長而健美的四肢泛起淡淡靈光，陡然間，口中發出長嘯，周身的靈力暴漲，聚集於腿部，下一瞬便如一道閃電，衝著靈力爆開的方向劈去！

然後，在天空中胡亂狂飛了十幾分鐘的風鳴突然感覺到下方跑過一個傢伙，速度竟然和他不相上下。

第六章　小三送驚喜

因為雙方的速度都非常快，再加上濃霧隔絕了視線，天空和大地又是這麼遙遠，在空中搧著翅膀亂竄的風鳴和在地上跑得快如閃電的后熠，誰也沒有看見對方，這麼擦空氣而過了。

后熠在狂奔的時候，似乎感覺到天上掠過了什麼東西，但他下意識抬頭，只看到了茫茫濃霧，且他的心思全都在之前靈力爆發的那個位置，想著無論如何都要快點去見到他的小鳥兒，也就沒有在意空中掠過的東西。

后熠奔跑的速度非常快，大約不到十分鐘的時間，他就已經跑到了風鳴捏碎靈能金卡的地方。途中，他看到了地面上被風鳴用骨頭和冰製作出來的靈魂冰雕，還特別有緣分地看到了那個頭上頂著九支箭的靈魂自己。

如果不是情況緊急，后隊長一定會停下腳步，仔細地圍著那個冰雕轉三圈，然後拍照合影留念，甚至再掰走一個小骨頭箭作為紀念品帶走。可惜現在時間不允許，后隊長只能遺憾地看一眼那個屬於自己的冰雕，狂奔而過。

等他到達靈能卡碎裂的地點，雙目泛起淡淡的金光，目力穿透周圍百米的濃霧，很快就發現了身上各處都受了傷，正在和巨象鬥智鬥勇的蔡濤和雷兼明，以及臉上、身上都被飛蚊叮出許多大包，面色卻異常紅潤的墨子雲。

然而，他沒有在第一時間發現風鳴。

后隊長的心中突然一跳，莫名有點不祥的預感。

沒找到小鳥兒，心情糟糕的后隊長看著這群偷渡到祕境的外國宵小，嘴角露出一絲猙獰的冷笑。他沒有召喚出那把足足有一個人高的金色長弓，而是直接抬起雙手，雙手掌心中出現了兩支帶著劇烈靈力波動的金色羽箭。

他雙手猛然握緊，金色羽箭就如閃電一般，刺向了身高十公尺，皮糙肉厚的巨象和控制著一群飛蚊的男人。

控制著飛蚊群的男人本身的防禦力不夠強，通常情況下，他是不會讓別人近身的，他甚至可以召喚蚊子們變成一條黑色的蚊子飛毯，把他托在空中逃命，但這一次他的反應太遲了。

或者該說，心情不好的后隊射出的那支箭太快，當這個控制蚊子的男人驚覺後背有動靜的時候，他已經被一箭穿心，隨著那支羽箭的爆炸死得徹底了。

到死之前，他都沒能看到這個偷襲他的人到底是誰！

墨子雲看到那支金色羽箭的時候，就忍不住張大嘴巴。剛剛旁邊發生了極強的靈力波動，他還以為是風鳴打架的時候遇到了困難，所以捏碎了一張強力的靈能卡保命，結果竟然是直接把最厲害的保鏢 Boss 找來嗎！

墨子雲有點佩服又放下了心，然而，他走到后熠旁邊時，左看右看卻沒看到風鳴？

這時候，另一支射向巨象的金色羽箭也準確無誤地紮進了那頭巨象的耳中並爆裂開來。原本還算占上風的巨象發出了驚天嘶吼，兩根像柱子一樣的前腿高高揚起又重重落下，連帶著整個大地都震顫不已。但最終還是因為無法忍受的疼痛倒地了，雷兼明和蔡濤抓著時機，同時上前補刀，徹底砍死了這頭巨象。

等兩人氣喘吁吁地回過神，才看到面色比剛才更不好看的后隊長，以及老實地站在后隊長旁邊當蘑菇的墨子雲。

雷兼明和蔡濤：「……」

不知道是不是他們的錯覺，總覺得現在的這位后隊長，看起來比他們之前見到的后隊長還冷漠凶殘許多。光是站在這裡看著他們，就讓他們感受到了巨大的心理壓力，然後他們才陡然驚覺，這才是頂級靈能者應該有的氣勢。

所以，之前他們到底是有多眼瞎，才會覺得后隊長平易近人！

雷兼明三個人面對后熠，自動退縮了，后熠看到他們就不順眼：「風鳴呢？他是不是和你們在一起？為什麼我沒看見他？」

墨子雲露出驚訝的表情：「他應該就在這附近啊！之前有個女人帶著同夥突然出現，攻擊我們，因為濃霧可以隱藏身形躲避，單打獨鬥比打群架好，我們就分散開了。」

「風鳴的對手是一個豺系異變的靈能者，雖然豺的單獨戰鬥力很強，但風鳴的速度夠快，還有空中優勢，應該是最快戰勝對手的才對，就算那個豺非常強大，磨也能磨死他才對。」

雷兼明在旁邊贊同地點頭，蔡濤卻皺起了眉頭道：「或許他們還有隱藏著的同夥，剛剛那邊有巨大的靈力波動，去看看就知道了。」

后隊長憋著一肚子氣，面色黑沉沉地快步走到靈力最濃的地方，就在那裡看到了一截斷掉的豺的腿骨，以及死不瞑目又面容青黑的鬼曼童。

蔡濤三個人的臉色也變糟了，風鳴明顯遭到了圍攻。

但這附近又沒有掉落的鮮血和羽毛，風鳴應該沒有生命危險，最大的可能性是搧著翅膀逃走了。

后熠忽然想到他在狂奔而來的時候，那個從他頭頂的天空飛快掠過的東西。

后熠：「……」

這點不能細想，想太多的話，他怕會控制不住自己的手，去抽自己的臉。

「呃、那個……」

雷兼明三人被后隊長越來越陰沉的臉色和氣勢嚇得後退了兩步，不過還是努力地堅強道：「風鳴之前說，他看到東北邊一些的地方沒有濃霧，我們打算往那邊走。就算大家突然因為意外分開了，最後在沒有濃霧的區域會合就好了。這裡的濃霧有點奇怪，似乎自帶遮罩靈力的力量，只要離開濃霧區，到了風雪區，他的眼睛尖一點就能找到我們了。」

后熠聽墨子雲說完這番話，想到現在估計已經不知道飛到哪裡的小鳥兒，心想下次一定要做一個靈力定位器，套在小鳥兒的腳踝上，之後他才淡淡地瞥了雷兼明三個一眼：「走。」

先去殺了那三個漏網之魚，然後……往東北邊去吧。

墨子雲有一點說得沒錯，這個長白山祕境的濃霧很有問題，以他后羿血脈的雙眼都無法穿透濃霧百米的距離，而且濃霧還會吞噬靈力和聲音。在這種情況下去找風鳴，很有可能像之前一樣南轅北轍。

而且他隱隱覺得，長白山祕境的等級或許不是靈能總部判定的A級，甚至是A+級都不一定。

如果這是一個S級的靈能祕境，那可真是……得快點找到風鳴和其他少年了。這時，后熠就覺得自己有先見之明了，風鳴那裡至少還有九張靈能金卡，絕對夠他撐到風雪區。而其他小子們也都有各自保命的手段，按照S級祕境越中心越危險的情況，至少前三天少年們都應該能保命。

他要快速到達風雪區，沒有濃霧的遮擋，他就能夠找到所有人，把大家聚集在一起。

而此時，風鳴正在炸毛。

他在天上亂飛了不知多久，只記得自己的意識被混亂的靈力沖得亂七八糟，當他咬牙努力平心靜氣地內視自我，又推開了混亂意識海中的那扇大門之後，就被門內湧出的龐大力量沖到傻了。

等他從那種渾渾沌沌的狀態中清醒過來時，一切都變了。他揉著額頭，看了一眼周圍的環境，兩雙翅膀包括看不見的小翅膀齊齊炸毛，整個人都驚悚起來。

「這是什麼鬼地方？」

他身在一個黑漆漆的山洞裡，周圍都是巨大的灰色繭狀物，被黏在一張灰黑色的大網上，連他也被一種灰色的絲線五花大綁地纏成一顆球，只有腦袋露在外面。

他試著動動身體和翅膀，完全動不了。

風鳴：「……」

所以才要趕緊來祕境找洗靈果啊，不然每次靈能暴動都這樣，就算他的暴動不容易死，也很容易主動送死啊。總不能在自己腳上綁個鏈子，把一頭交給后熠，讓他在下面牽著，自己在天上亂飛吧。

他拒絕那種糟糕的遛鳥方式。

「小倒楣蛋，讓爺爺告訴你，這裡是骷髏蜘蛛王的巢穴，我們都是牠抓來的補品。你看看周圍的那些繭，等那個骷髏蜘蛛王吃了它們，就要來吃你啦。」

風鳴沒想到還能在這裡聽到人聲，立刻努力轉頭看向聲音傳來的方向，就看到了一個……瘦得跟竹竿一樣，滿頭白毛，一臉皺紋的小老頭。

他頓時沉默了一下：「……為什麼光吃我，你不是也被抓了嗎？」

難不成因為你太老太瘦，吃了會牙痛？

然後風鳴就看到這竹竿皺紋小老頭仰起頭，得意地一笑：「牠想包養我，怎麼可能會吃我呢？你這小子跟我差多啦！」

風鳴再次沉默：「……」

對骷髏蜘蛛王的品味產生了極大的質疑，包養這個小老頭能幹什麼？留著他，講解人生的哲理和怎麼樣才活到這麼老的養生方法嗎？他可能是差在歲月的味道吧。

「你怎麼不說話啊？別又跟我那個死對頭一樣是個冰塊臉啊！爺爺我最討厭光做不說的冰塊臉了。來來來，反正我們都是被抓來的可憐人，你說說你是怎麼被抓的吧？我看你有翅膀，飛還飛不走嗎？」

風鳴覺得這位老爺子有那麼一點嘮叨。不過想了想，這老爺子這麼大一把年紀了，還進入祕境一搏，也很不容易。

「我中途靈能暴動了，意志不清楚就亂飛，然後可能掉下來的時候，被那個骷髏蜘蛛抓走了。」

竹竿小老頭聽到靈能暴動這四個字，喲了一聲。

「小子不錯嘛，靈能暴動還能活下來，你運氣不錯喔。」

風鳴也點了點頭。「我也覺得。」

不過他很快就岔開了話題：「好了，老爺子，我們別在這裡聊天浪費時間了。不管怎麼說還是先逃走比較好，我看現在這個蜘蛛洞裡沒有人，趁現在逃走最好。」

風鳴這樣說著，開始調動體內的靈力，集中到大翅膀上。

結果旁邊的小老頭翻了個白眼：「別作夢了小子，這是骷髏蜘蛛王的蜘蛛絲！怎麼可能會是你這種剛覺醒的小子能掙脫掉——的呃呃呃呃！」

小老頭的話沒說完，渾身上下就被電了個爽，一頭白髮都被電成了爆炸頭。然後他目瞪口呆地看向旁邊的風鳴，發現這小子已經把骷髏蜘蛛的蜘蛛絲電焦了，輕輕一掙就從蜘蛛絲裡掙脫。

小老頭：「……」

風鳴：「大爺，快出來吧，我們得趕緊跑路。」

果然電過之後神清氣爽，好像連之前的蟲蟲都沒了呢。

小老頭被電了個爽，他看著自己身上也變得焦黑脆弱的骷髏蜘蛛王蜘蛛絲，和那張搖搖欲墜，甚至快要支撐不住他們重量的大蜘蛛網，忍不住抽了抽嘴角。

但這並不妨礙他求生。他一邊對風鳴點了點頭，直接誇：「小子，有前途！我看好你！」一邊渾身用力一震，那瘦小的身體竟然發出了強大的力量，把纏在他身上一層又一層的灰色蜘蛛絲掙脫開來。

原本把他們掛在洞穴高空中的大蜘蛛網上還有腐蝕性的黏液，能黏住他們不讓他們移動，但大蜘蛛網過了電之後，品質很明顯也下降了一截，至少小老頭在一層一層往下爬的時候沒有被黏住不能動，很容易地踩著蜘蛛網下到了邊緣。

然後小老頭深吸了一口氣，想一想自己還是比較皮糙肉厚，手一鬆就直接從蜘蛛網上跳下來。之後他揉著自己細細的老手細腿，轉頭就看到風鳴悠哉悠哉地從半空中飛下來，完全沒有他爬蜘蛛網費勁的樣子。

小老頭：「……」

莫名的，他覺得這小子身上有一股欠揍的氣質。明明小傢伙長得很好看，覺醒的力量也很強大。

「現在我們直接跑嗎？我被帶進來的時候還是昏迷的。這洞穴看起來很深的樣子，我們該往哪個方向走，您知道嗎？」

小老頭理直氣壯地回答：「我怎麼知道？這又不是我家！」

風鳴頓了一下：「喔，那就看運氣吧。」

小老頭眼睜睜地看著這後背有翅膀的小子撿起一根斷裂的骨頭，扔到半空中道：「骨頭指到哪個方向就往哪裡走。」

最後那半截白骨落到地上，指向了西南方。

風鳴就轉頭看小老頭：「老爺子，你要和我一起走嗎？我要往那個方向走。」

小老頭眼角跳了跳，「你這小子是怎麼活到現在的？隨便扔個骨頭就走了？不知道用身體感受周圍的靈氣變化和大地的震動嗎？那邊有那麼多爆裂的靈能波動，你是智障了，感覺不到嗎？」

風鳴看著小老頭一臉氣急敗壞，聽著他的話微微皺眉。用身體感受周圍的靈氣變化和大地的震動？這是什麼運用靈力的奇怪方法？國家靈能總部的資料上可沒有這些。不過，既然這位老爺子說了，他可以試著感應一下。

「我沒辦法感應，要怎麼做？您教教我吧？」

小老頭上上下下地打量了風鳴好幾眼，「別跟我套近乎，我才不是那麼隨便的人。不過看在你幫我脫險的份上，就教你一招。這種方法很簡單，只需要把你的靈力和意識凝結，然後釋放出去，當作探測的意識波動就行了。爺爺我可是憑著這一招，不知道躲過了多少覬覦我的傢伙，我的意識波動能夠覆蓋近周圍千米的距離，要不是爺爺我被抓的時候非常虛弱，就那個破骨頭蜘蛛怎麼可能抓得住我。」

小老頭忍不住開始碎碎念，說到最後，他又帶著一點得意地看向風鳴：「不過就算我告訴你這種技能，你也是很難學會的。畢竟這算是意識力和空間波動，還有借助大地之力的結合，沒有一兩年的特別訓練，你就別想……」

風鳴在他說的時候就已經閉上眼，凝聚自己的意識力和靈力，釋放到周圍的空間中，沒有把過多的意識和靈力釋放在腳下的土地上。當他的意識力和靈力被他釋放到周圍的空間中的時候，他感覺到後背的小翅膀忽然震動起來。它十分有節奏地動著，由慢到快再由快到慢，風鳴竟然覺得自己的意識力和靈力開始隨著這搧動的頻率釋放出去。

有那麼一瞬間。他雖然閉著眼，卻似乎看清了整個地底洞穴的樣子，他看到了一閃而過，孕育著很多骨頭蜘蛛的西南巢穴。還看到了黑暗中往這邊疾馳而來，有著彷若鬼火的腥紅色眼珠的龐然大物。

「！！」風鳴猛然睜眼，臉色有些蒼白：「快走！那個什麼蜘蛛王正在往這邊來！我覺得我們不是牠的對手，還是跑吧。」

小老頭的話被風鳴打斷，一臉「你小子在唬我」。

「你別告訴我你剛剛透過靈能波動，感應到了這些？你就算是想要展現你很聰明，也不要撒這種謊，爺爺我可是會生氣的啊！」

風鳴理都沒理他，直接往他驚鴻一瞥，看到的安全方向跑。

小老頭瞪著風鳴跑走的方向，差點拔掉自己的一根小白鬍子。這小子選的真的是正確的路啊！嘿！果然人類的孩子就是很聰明。

小老頭迅速跟上，然後風鳴看到他奔跑的速度，差點把眼珠子瞪出來。

誰能想到這個身子像是乾柴的瘦小老頭，跑的速度竟然比他這個有翅膀的還快！

然後風鳴仔細注意著這個小老頭每一次奔跑的情況，發現他像是會傳說中的「縮地成寸」這種術法。難不成這個老爺子是個土系的靈能者？

風鳴和小老頭幾乎速度不相上下地往洞穴外跑，只要跑過前面的那個分岔路往右走，就能夠直接避開朝洞穴狂奔的大傢伙了。然而，就在風鳴即將轉身的一瞬間，他下意識地把靈力集中在耳部，聽到了一個讓他渾身一震的聲音。

『圖途、熊霸，你們堅持住啊！我們已經放了求救的靈能卡出去，只要周圍有人，肯定能夠感應到，來救我們的！這個時候千萬不能睡，千萬不能睡！！而且我有預感！會有很厲害的人來救我們的！我們這次死不了！！你們聽到了嗎？千萬要堅持住啊！』

這是風勃極度沙啞的聲音。

風鳴抿起了唇。

小老頭原本在前面跑得飛快，突然發現後面緊跟著的小傢伙停了下來。他轉過頭去，就看到剛剛還渾身輕鬆的人類孩子臉上露出了非常凶狠又陰鷙的表情，那樣子特別像他即將發飆的死對頭。

骷髏蜘蛛王已經如一陣黑色旋風，衝進了最深處的洞穴。

小老頭小小喊了一聲：「小子，你愣在這裡幹嘛？憑你是打不過那個骷髏蜘蛛王的！你該不會是想回去救人吧？」

風鳴深吸一口氣：

「老爺子，你先走吧。我得回去看看，而且我發現我的小包包也不見了，我得回去找找。如果你在外面碰到和我一樣黑髮黑眼的人，還很厲害的話，幫我跟他說一聲，讓他們來救人，不過量力而為吧。」

骷髏蜘蛛王帶走的是他最好的朋友和兄弟，他是沒辦法量力而為的。而且，他也完全不想把后熠給他的靈能金卡和月華靈乳弄丟，還有理查的十字架以及聖水，都得找回來。

小老頭見到風鳴這小子的語氣和表情，跳著腳罵了兩句：「怎麼越小越喜歡作死，別人的命哪有自己的命重要？」

風鳴搖搖頭：「那得看是哪個別人的命。而且，我不會和那個骷髏蜘蛛王正面打的，我又不傻。我……要偷偷地把他們三個救回來。」然後找回小包包。

小老頭又嘖了幾聲，在原地轉了好幾圈之後，特別不爽地瞪了風鳴好幾眼，把風鳴瞪得一頭霧水才憤憤不平地開始拔自己的頭髮。

風鳴嚇到了：「不是，您再生氣也不至於這樣自己拔頭髮吧？」

小老頭兒翻白眼，然後一臉心疼地把拔掉的頭髮塞到風鳴的手裡。

風鳴低頭一看，看到了手心裡的七根乾癟的……蘿蔔乾？這是什麼鬼？這位老爺子是蘿蔔乾的異變覺醒者嗎？他是特別愛吃蘿蔔乾所以才覺醒的嗎？

小老頭哼了一聲：「算你走狗屎運了，爺爺我從來不欠別人人情。這七根小蘿蔔，你省著吃，吃一根就能補充你全身的靈力，你想做什麼就去做吧，不過老爺子我可不參與。」

風鳴看著手中的七根小蘿蔔乾，忍不住笑了起來，他非常鄭重地把蘿蔔乾揣進懷裡，然後對小老頭笑了笑：「那真是多謝您了，非常感謝。您出去的時候務必小心。」

小老頭看著風鳴的笑容嘖了一聲，差點就忍不住留下來幫忙了，好在他意志堅定，轉身就走。

「我會幫你看看有沒有能救你們的人！」

等小老頭的背影消失，風鳴才深吸一口氣，轉身重新往洞穴裡走。

他走到距離那個主洞穴還有十幾公尺的地方時，裡面忽然傳來了那個骷髏蜘蛛王憤怒的嘶吼聲，連帶著整個洞穴都震動起來。

風鳴手中冒出了冷汗。他找到一個小角落閉上雙眼，再次用剛剛領悟到的靈能波動探查整個洞穴的情況。

這一次，他背後的三翅膀搧動的頻率極為緩慢，他的意識和靈力也隨著洞穴內的微風，以最輕柔的方式往四周擴散開來。

他「看」到了被扔在洞穴裡的骷髏白骨上，被灰色蜘蛛絲纏住且四肢受到重傷的風勃、圖途和熊霸三個人，還「看」到了除了他們之外，另外兩個大口吐著鮮血，似乎很快就要不行了的男女。

然後他「看」到了在巨大的洞穴頂部跳躍，開始重新織網的骷髏蜘蛛王，還有第一次靈能波動時被他錯過，那巨大蜘蛛網後面、被骷髏蜘蛛當作廢棄物堆在一起，還閃著靈光的各種材料。

最頂端，就是他白色有翅膀的天使小包包。

風鳴的心瞬間激烈地跳動起來。現在這個骷髏蜘蛛正背對著風勃、圖途和熊霸他們，正在織網。

是個好機會！要趁這個機會救出風勃他們三個！

風勃他們三個的情況非常糟糕，撐不了多久，這次有了機會，下次不一定會有！

風鳴從懷裡掏出一根蘿蔔乾直接塞進嘴裡，凝聚全身的靈力到三對翅膀上，陡然之間，他面前的空氣扭曲了一下，他身帶殘影地穿過了那將近五十公尺的距離，幾乎是瞬間就到了已經昏迷的圖途、熊霸的面前。

風勃還清醒著，看到風鳴的瞬間他眼睛瞪得極大，但控制住了自己，沒有尖叫出聲。

風鳴伸手一手抓住圖途和熊霸，只看了一眼風勃，風勃就咬著牙抱住了風鳴的腰。他們全程動作極輕，用時不到三秒。

而後風鳴沒有片刻耽誤，就要搧動翅膀轉身逃離，卻在這個時候，躺在圖途和熊霸旁邊的一男一女忽然大聲尖叫了起來。

風鳴不可置信地看向他們。那個男人的語言他聽不懂，可女人是實實在在的華國人。

此時，那女人滿臉怨毒和憤怒地盯著風鳴他們，尖叫道：「你為什麼只救他們三個？為什麼不救我們！明明我們才受了更重的傷，就要死了，你還有沒有良心！」

他們的怒吼和尖叫自然驚動了正在織網的骷髏蜘蛛王，風鳴神色複雜地看了女人一眼，而後在骷髏蜘蛛王震怒的嘶吼聲中再次衝了出去。這次他的速度比單獨一人的時候慢了一些，卻還是快過骷髏蜘蛛王許多。

風鳴咬牙嚼著口中的蘿蔔乾，感受到因為調動全身的靈力逃跑，飛速流逝的靈力更快速地得到了補充。他身後的二翅膀每隔一段時間就扔出巨大的水球、凝結出冰牆，阻擋追來的骷髏蜘蛛王，小翅膀則是飛快地震動著。風鳴閉著眼睛，用靈力波動感知著通往出口的路。

就在風鳴已經感應到漫長洞穴的出口時，他忽然倒抽一口冷氣——洞穴的出口處不知何時已經堵滿了密密麻麻的骷髏兵，正凶殘地站在那裡等待獵物自動送上門！

前有狼，後有虎。

風鳴看著掛在身上的三個重傷患，一時間都愣住了。

就在他想著他會不會又被抓回去當一回肥料，或者就這麼被骷髏蜘蛛吃掉的時候，腳下的土地忽然陷落，他帶著三個拖油瓶掉進了一個密閉的土坑中。

風鳴：！！

他們對面，小老頭正一臉晦氣地看著風鳴：「看看你選了什麼路，門口被堵住了，要怎麼出去？先等著吧！」

風鳴有些擔憂地看了一眼上方，小老頭撇撇嘴：「看什麼看，我挖的坑，就算有最靈的狗鼻子也聞不到一點我的氣味。」

過了好一會兒，骷髏蜘蛛王和骷髏兵們都已經打起來了，這個地下的洞穴還十分安全。風鳴才真真正正地鬆了口氣，對著小老頭笑：「老爺子，真是多虧了您。」

小老頭看著風鳴掛在身上的三個快命絕了的孩子，撇撇嘴：「好吧，你小子也真不賴，這樣都能讓你把人搶回來。」

這樣說著，小老頭的臉上忽然閃過一絲驚喜：「嘜！仔細想想，你這小子的速度特別快，還聰明，能力也很不錯。這樣的話，你跟我去救一個人吧，只要把那傢伙救出來，這祕境裡的東西，你想要什麼，我們都能給你什麼！」

風鳴聽到這番話，心中忽然略過幾分異樣，開口道：「洗靈果和萬年靈參你們也能給？」

小老頭忽然僵住，然後咳一聲：「洗靈果要多少就給多少，靈參太難找了，這個，我們儘量吧。」

風鳴定定地看著小老頭，從上到下，把人看得渾身發毛，他才忽然笑了一下：「那……如果不是特別危險的話，我盡力幫您救人，就看在您幫了我和我朋友們的份上。」

小老頭笑了起來：「好小子，夠義氣嘛！來來來，先給他們三個吃點蘿蔔保命，這可是爺爺我的獨家頭髮，錯過這村，就沒這店啦！」

風鳴完全沒聽說過蘿蔔可以補氣血的說法，只知道白蘿蔔水可以止咳。

但是剛剛他逃跑的時候，嘴裡嚼著的那根蘿蔔乾確實發揮了很大的作用，如果不是那根蘿蔔乾，他很有可能逃著逃著就沒有力氣再跑了，而且，總覺得那個蘿蔔乾應該是變異了的蘿蔔乾，吃到嘴裡，渾身上下都有一點溫暖的感覺。

但這就更奇怪了，不是嗎？

風鳴想到這點卻沒有說出來，而是接過了小老頭遞過來的一根蘿蔔乾。他正準備把這個蘿蔔乾往圖途的嘴裡塞，旁邊的小老頭就開始跳腳：「你這小子是不是想害死你這個朋友！他要有多大的臉和天賦才能，才能吃掉老頭子我的一整根小蘿蔔！三分之一懂嗎？三分之一就夠他養傷補血了！一整根蘿蔔吃下去，他非得爆體而亡！

跟你說，爺爺我的蘿蔔是大補，大補記住了！大補之物不能多吃，不然會噴鼻血而死，然後還要我賠你一個兔子精嗎？」

小老頭說到最後四個字時忽然頓了一下，仔細看了一眼圖途渾身上下，然後臉色瞬間難看起來，往後退了好幾步。

「讓這兔子精離我遠一點，爺爺我討厭兔子。」

風鳴莫名想到了食物鏈，忍住沒有笑。他一邊把手中只有手指長的蘿蔔乾掰成三分之一，餵進圖途的嘴巴裡，一邊疑惑地問：

「可是我剛剛塞了一整根在嘴裡吃，也沒流鼻血啊。圖途傷勢比我重，需要的力量肯定比我多，怎麼會爆體？」

小老頭聽到這番話一愣，黑豆似的小眼緩緩睜大，似乎比發現圖途是個兔子精還要震驚，他走到風鳴旁邊，上上下下打量了他一番，忽然伸手握住了風鳴的手腕。

風鳴有一瞬間下意識地想要反抗，不過他沒有感受到老爺子的惡意，也就隨老爺子去了。

難不成這位老爺子還會醫術？唔，考慮到他的那點懷疑，倒也不是不可能。

風鳴正想著，就聽到老爺子發出了一聲怪異的嘀咕，然後用更怪異的眼神看著他：「你這小子好像是個混血兒，怪不得要洗靈果。」

風鳴驚訝起來。他只在這位老爺子的面前展露過自己的大翅膀，沒有把二翅膀露出來過，就算是掉進這個土坑中的瞬間，他也下意識地收起了兩雙翅膀，免得地方太小撞到。但這老爺子只是握了一下他的手腕就能判定他是個混血兒，實在很厲害。

風鳴沒有否認，他把大翅膀和二翅膀顯現出來，跟蘿蔔老爺子打了個招呼。

小老頭看到風鳴的大翅膀時點點頭：「這就是你能放電的緣故吧？像是雷震子的翅膀，不過好像不太一樣。」

但是當他看到風鳴如金水晶般的二翅膀時，嘴巴就微微張大了。

「你這小子很厲害啊，這是鯤鵬之翅吧？就是顏色有點刺眼，而且好像長得不完全。」

風鳴越聽小老頭說的話，心中的驚訝就越多，這位老爺子真的是眼光毒辣，光用看的就能夠判定他翅膀的力量體系。

更讓他驚訝的還在後面，他並沒有把自己當成殺手鐧的老三也說出來，但這位老爺子竟然直接開口問了：「不對啊，我剛剛感應到你應該是三系的混血，你的第三對翅膀呢？別想瞞過我的感應，快點讓我看看你的第三對翅膀是什麼？」

他真的嚇到了，這位老爺子連他有第三對翅膀都能猜到，果然人老成精。

他想了想，覺得自己的身分就算再怎麼金貴，可能也不如這位老爺子隱藏的身分金貴，於是開口道：「我的第三對翅膀還沒長好，不過現在它就在我背後，只不過大部分的人都看不見它而已。我還沒有完全弄清楚它的力量，現在只知道它對音樂很敏感，應該是帝江血脈。唔，它應該是輔助系的吧。」

風鳴看到小老頭用「這個傻憨憨」的眼神看著自己。

風鳴：「……呃，怎麼了嗎？」

小老頭嘿嘿嘿地笑了幾聲：

「鯤鵬和帝江的混血，嘿嘿……怪不得你這小子吃了我一整根蘿蔔也不會爆體。你覺醒的血脈，別說是我的一根蘿蔔了，我把頭髮都拔下來給你吃，估計也吃不死你。嘿嘿嘿，你這個小怪物真是運道不淺。

不過很多時候，我們說命運或者天道要把這些東西都堆積到你一個人的身上，就代表了你未來要付出的肯定更多。所謂能者才能多勞嘛，天將降大任於斯人也，嘿嘿，必先給你一點強大的力量和你拒絕不了的好處，然後再逼著你上戰場。」

風鳴：「……」總覺得這位老爺子在幫他渾身上下插旗。

「而且，帝江是輔助系？嘿嘿嘿嘿，帝江是輔助系？這是爺爺我聽過最好笑的笑話之一。可別把你從山海經上看到的那個只會聽音樂、沒有臉的胖球當成真正的帝江，作為曾經的十二祖巫之首，那廝強得可以捅破天。」

小老頭晃著腦袋，似乎回想起了什麼久遠之前的事情，不過很快，他就收回了思緒，笑著看風鳴：「你應該比我想的還要強一點，光是帝江血脈，就夠我帶你去闖一闖那裡了，要救出那傻子也多了幾分把握。而且，如果爺爺我沒猜錯，你想要洗靈果是打算洗掉身上混雜的血脈之力吧？」

風鳴點點頭，此時他已經餵了三分之一的小蘿蔔乾給圖途和熊霸，風勃也吃了一個。風勃吃完蘿蔔乾之後，感覺到體內之前枯竭的靈力被迅速地補充，就連之前戰鬥時受的傷也以極快的速度在癒合，臉上的表情別提有多驚訝了。那是什麼神奇的蘿蔔乾啊！

不過，這時候他可沒功夫管自己的傷，他更在意他堂弟的混血情況。

小老頭看到他驚訝的神色，得意地撓了撓頭，看著風鳴：「要是其他的血脈混雜，你想吃洗靈果洗掉比較弱的血脈，有九成的可能成功。不過，是帝江和鯤鵬的血脈的話，嘿嘿嘿，我覺得你十有八九洗不掉。」

風鳴還沒說話，風勃就道：「為什麼？風鳴他第三對翅膀的血脈力量在他體內是最少的，半個月前才又做了一次精密檢查，他體內的血脈力量，第一對天使系占四成、第二對鵬系占四成，最後的鴻系才占兩成。所以如果吃洗靈果，應該是鴻系被洗掉的可能性最大啊、呃，怎麼回事？」

風勃的話還沒說完，就感覺自己的後腦處傳來一陣風聲，然後就被打了。他驚悚地轉過頭看了一眼四周，但是真的什麼都沒看到。臉上表情有點慌，直覺看向了自己的堂弟。

風鳴神色特別淡定：「怎麼了？」他剛剛只是感覺後背的三翅膀動了幾下而已。

風勃：「……」

小老頭就哈哈笑起來：「因為你的血脈之力裡有帝江啊！哈哈，之前檢測的時候，鴻系不是占兩成吧？」

風鳴想起來了，臉色微妙：「對，之前是只占一成。」

小老頭點頭：

「那就對啦。雖然帝江的血脈占得最少，但絕對是最凶殘的。祖巫帝江掌握空間之力，它會慢慢地壯大自己，壯大它的空間之力。如果是其他比較弱的血脈力量，早就被它吞掉、同化為空間之力了。不過因為它在你體內的力量最少，另外兩個力量又很強，所以最終的可能就是它們三個在你體內達到平衡，然後帝江找別的方法壯大力量。而別的方法裡，就有『吞噬』法喲，洗靈果可能還沒到你肚子裡就沒啦！」

風鳴有點傻愣：「不至於這麼凶殘吧？那，您的意思是我不用吃洗靈果，體內的力量就可以達到平衡嗎？」

這是連總部過來的研究專家都沒有研究出來的說法，但風鳴更希望自己體內的力量能達到自我平衡，畢竟他是真的不想洗掉任何一個翅膀。那是體內的血脈之力帶來的不捨，也是在這個孤獨的世界裡陪伴著他的存在。

小老頭聳聳肩：「能不能自主達到平衡，爺爺我還不能確定，這就得問我那個死對頭啦，他說不定能夠幫你。但是你之所以能混血到現在，靈能暴動的時候沒有掛掉，應該有很大一部分是帝江的空間之力在幫你。我的推測是帝江的空間之力，幫你吞掉了靈能暴動時體內大部分的混亂力量，留下了剛好能讓你承受，又能增加你能力的混亂力量。這樣你每一次靈能暴動之後，力量都有所增長。」

風鳴點頭。

第一次靈能暴動，大翅膀長到了一半大，第二次靈能暴動，二翅膀就長齊了。今天這是第三次，三翅膀……

風鳴快速伸手去摸自己背後的三翅膀，然後發現，小三沒變。

「呃，這一次好像沒什麼變化？」

小老頭嘿嘿一笑：「那我就不知道了。說不定它變了，但是藏起來了。那可是空間之力，你用你自己的靈能波動感知一下，周圍的空間有沒有什麼變化？」

風鳴看了一眼四周沒什麼變化的土牆，將信將疑地閉上眼，開始用意識力加上靈力，組成靈能波動感知周圍：「我覺得應該沒有什麼變化，畢竟有的話，我自己就能感……我靠！！」

風鳴的頭向上側轉一百二十度，忽然停住，雖然他閉著眼，但臉上的表情像是活見鬼。

我靠我靠我靠！！頭頂斜上方那個像是大長方體的東西是什麼鬼！為什麼之前我都沒有發現！

老三：哎嘿～

風鳴差點因為自己「看」到的那個東西而扭到脖子。

他在一瞬間的震驚過後，打算轉身，正面用靈能波動「看」那個長方體的東西，結果他更加驚悚地發現隨著他轉身，那個懸浮在他斜後方，差不多有棺……呃，有普通家用長桌那麼大的長方體也跟著他轉身了。

那個東西似乎非常堅定地選擇了他斜後方上方的位置，立志跟他共同進退。

要不是風鳴的承受能力比較好，他現在估計都要叫出來了。在身後上方的位置突然多了像棺材的長方形空間，這感覺就像多了一個隨身棺材，隨時等著死後進去一樣，誰能淡然處之，那真是要敬他是個英雄。

好在風鳴還感覺到那個長方體裡面有一些東西，不是真的空的，但他的靈能波動並不能透過那個長方體「看」到裡面，自然也不知道那裡面有什麼。

風鳴緊緊地皺起眉頭，思考要怎麼才能搞清楚那個長方體到底是什麼。在想要不要和老三靈力溝通一下的時候，剛剛還昏迷不醒的圖途和熊霸都醒了過來，一睜眼就看到風鳴快把自己脖子扭斷，一臉震驚地思索，旁邊的風勃也滿臉慎重擔憂的樣子。

圖途的性子最急，忍不住拍了兩下腳底板開口：「風鳴，你到底在看什麼？你後腦勺上面有什麼東西嗎？還是我們上面有什麼事情發生，被你感應到了？還有這裡是哪裡？我記得我被那個骷髏大蜘蛛被抓了。」

風鳴聽到圖途的聲音迅速轉頭，看到圖途的臉色雖然還有一些蒼白，但已經比一開始見到的時候好很多，才笑起來：「你們醒了。身體感覺怎麼樣？我算是走運，把你們救出來了，不過最後還要多虧了這位老爺子，我們現在算是安全的。你們身上的背包應該還在吧？要不要再吃點什麼藥治療一下？我的小包包掉在那個骷髏蜘蛛王的洞穴裡，等等我要去拿。」

圖途和熊霸聽到風鳴的話，臉色都變了一下，熊霸趕緊站起來轉了兩圈，拍拍胸：「沒事沒事！我身體素質多好啊，恢復得也快，我現在感覺渾身都是力量，之前受的傷好像也恢復了很多。咦？可能是我經歷了生死之後，能力又進化了吧！所以你不用再去找你的小包包了，你缺什麼東西，我和圖圖再湊一點給你，別作死。」

熊霸原本只是想要安撫風鳴，讓他不要冒著危險再去找包包，結果他越說越發現自己的身體狀態確實很好。明明他之前和骷髏蜘蛛王戰鬥時，被那蜘蛛的大腳一下子捅穿了腹部，受到了極重的傷，他都覺得自己快掛了，但現在他的狀態卻好得不得了。

他看著自己的身體，露出了驚訝的表情。

圖途顯然也發現了這一點，他身體的狀況好得出奇。要不是他身上的傷口還在，顯示著之前他經歷過一場惡戰，他很難相信自己之前受到了沒有及時治療，就可能會直接去見閻王的重傷。

不過圖途沒有熊霸那麼不用大腦，把這些異常歸結到身體素質上。他看向風鳴，臉上露出不怎麼贊同的神色：「你是不是給我們兩個用了什麼后隊長給你的好藥？那種特別值錢又稀有的救命藥？那東西應該在關鍵的時候再用，我們用放在包包裡的急救止血藥和治療靈能卡就行了。」

風鳴聽到這番話，笑了起來，他還沒有回答，旁邊的小老頭就特別不爽地哼了一聲，瞪著圖途道：「小兔子精沒見識，救你們命的，可不是什麼后隊長和珍稀藥劑，而是這世上除了爺爺我以外，別人都沒有的補血小蘿蔔！

你們說的那些亂七八糟的藥劑，怎麼能夠跟我的補血益氣小蘿蔔比？遇上爺爺，算是你們走狗屎運，懂嗎！要不然就你們那種傷，至少會有三五天緩不過來，當你們同伴的拖油瓶，想要在這祕境裡生存下去就更難了。」

小老頭摸著自己有點短的白鬍子哼哼兩聲：「不過我也不需要你們對我怎麼感恩戴德，就是之後在路上當個稱職的打手就行了。還有，你這個兔子精離我遠一點，爺爺我不喜歡兔子！」

圖途和熊霸這才注意到這個地下的坑洞裡還有一個人。這個老爺子瘦得跟麻杆一樣，還滿臉皺紋，頭髮花白淩亂，怎麼看都是一個糟老頭的模樣，圖途看他一眼就忍不住想開嘲諷。你不喜歡兔子，我還不喜歡糟老頭呢，結果話還沒說出口，圖途忽然動了動鼻子，聞到了一股沁人心脾的香氣。

然後他震驚地捂住了自己的鼻子，臉上的表情仿若便祕。為什麼他竟然會覺得這個滿臉皺紋的糟老頭子特別好聞！天啊，這太可怕了！他甚至覺得因為香氣，這老爺子變得越來越好看了！

都不用小老頭說，圖途就一跳三尺遠，跳到和小老頭直線距離最遠的角落：「你都年紀這麼大了，竟然還在身上噴香水？」老天爺，這老爺子也太騷了吧！！

小老頭瞬間瞪大眼：「誰噴香水了？爺爺我天生體香就這樣！嘖，光是讓你們聞到我的體香，你們就占了大便宜。」

圖途、熊霸、風勃：「……」這是真的槽多無口。

風鳴聽到這番話，卻笑著安撫了快暴走的圖途。

「這位老爺子是蘿蔔的靈能異變，之前你們吃的，就是他的頭髮變成的補血蘿蔔。他老人家的蘿蔔應該不是普通的蘿蔔，所以還是我們占了便宜。至於香味……應該是蘿蔔的清香吧。」

圖途歪著腦袋，一臉呆愣。不是，他覺得好像有哪裡不對。他又不是沒吃過蘿蔔，蘿蔔聞起來很香嗎？

最後，圖途只能把這個香味歸結為蘿蔔的變異了。

然後他和熊霸、風勃就問風鳴為什麼一直看著斜後方，風鳴才想起他後腦勺還懸著一個長方體呢。他看向小老頭，小老頭卻完全沒有什麼表示。

「小子，你別看我啊，我又不是你那個看不見的小翅膀。」

風鳴有些無奈：「這件事情我不知道該怎麼形容，等我搞清楚了再跟你們說。」

然後風鳴就深吸一口氣，閉上眼，開啟了內視。他的意識沉入自己的身體裡，靈力集中在三翅膀的位置。

然後——

風鳴感受到了某種興奮和喜悅的情緒，這讓他也忍不住彎起了嘴角。

下一瞬，他的意識像是接通了什麼，些微的混亂過後就「看」到了一堆亂七八糟、稀奇古怪的東西，那些東西太過混亂，以至於風鳴「看」到傻眼。

忽然有兩個活物衝著他的意識眼而來，風鳴一驚之下身子猛地後仰，然後就是劈哩啪啦東西掉落的聲音，還有圖途、熊霸的我靠。

「我靠！怎麼回事？天花板塌了嗎？」

風鳴猛地睜開雙眼，就看到坑裡的其他人都在看自己身後。他轉過身，自己也呆了。

他後面有一堆亂七八糟的東西。

有野雞彩色的羽毛、長短不一的各種骷髏兵骨頭、一團在空中飄著沒散去的白色濃霧，甚至還有讓風鳴覺得非常眼熟的墨子雲的各色蘑菇，總共六顆……

而在那東西上面胡亂飛著的，是像螞蚱一樣大的蚊子，這不是那個飛蚊異變的靈能者控制的飛蚊嗎？

風鳴抽著嘴角，在短暫的發愣過後，一個十分詭異的想法冒了出來。他伸手摸了摸背後自從東西掉下來之後就沒再動，彷彿在裝死的小翅膀，彷若滄桑的老父親說了一句：

「老三啊，你可真厲害。」

小翅膀似乎嬌羞地拍打了兩下。

風鳴覺得自己簡直槽多無口，他完全不知道三翅膀是什麼時候吞掉這些東西的。但更讓他驚奇不已的，是三翅膀竟然在他的斜後腦那裡開了個隨身空間。

「啊啊啊啊啊！風鳴！！！帝江啊！空間系的啊！這是不是！這是不是就是傳說中的隨身

空間啊！！」

風勃難得激動成這個樣子，他說完之後，圖途和熊霸的雙眼也瞬間亮了起來。可見隨身空間對於中二少年們的誘惑力有多大。

當風鳴猶豫地點了頭之後，風勃三人用痴漢的目光看向風鳴的後腦。

然後就是小老頭突然跳腳的聲音：「這裡為什麼還有我的小蘿蔔！！你這小子的翅膀竟然偷偷拔我頭髮！」

風鳴就看著在那堆東西裡閃著靈光的小蘿蔔乾，青筋跳了跳。

「老爺子，這個真的和我無關。它可能有收集癖，覺得您的頭髮特別香吧。」

絕對不是我！

小老頭一臉懷疑地看風鳴，最後擺手：「算了，看你的樣子，應該也不知道這個空間早就形成了。不過，這就能解釋為什麼你的小翅膀沒變化了，估計它都把力量用到擴大空間了吧。嘖，都是收集狂。

好了好了，別在這裡耽誤時間了，你有了空間是好事，之後行動也更方便。我們趕緊離開這裡，去救我那死、咳，朋友吧。喔，你還要去找你的小包包吧，我們頭頂那個骷髏蜘蛛王已經把那些骷髏兵幹掉了。牠現在已經回到了洞穴裡，你要怎麼找你的包包？你現在還不會空間瞬移吧？」

風鳴聽到瞬移，眼睛亮了一下，然後有些遺憾地搖頭：「我還沒掌握瞬移的能力。」

不過可以解釋之前他為什麼有時候會突然跑得非常快，就像跨越了空間一樣。

「不過，我想到一個方法，可以低風險無傷地拿走我的小包包。而且，運氣好的話，說不定還可以把那個骷髏蜘蛛王收集的東西一起帶走。」風鳴看向小老頭：「老爺子，這就需要您出手啦。」

小老頭瞇起眼。

「你這小子想出什麼鬼主意？」

風鳴笑起來：「其實很簡單。嗯，就是簡易版，骷髏蜘蛛打地鼠吧。」

第七章　它成精了

小老頭聽到風鳴說打地鼠的時候，心中就有那麼一點小小的不祥預感，果然，之後他就聽到這個小子開口：「這次戰鬥，最重要的還是需要老爺子您的幫忙，您的土遁術和隱匿氣息的功夫都是天下無雙，我也沒什麼別的請求，就是想讓您在牠的洞穴底下多挖幾個坑，讓我能快速地進出就行。對您來說，這應該是非常簡單的事吧？而且全程都不需要您露頭當那個地鼠，危險的事我來幹，您就在下面幫個忙就行了。」

老頭聽到這番話，十分無語。

「你讓我幫你挖坑？？？」讓我堂堂一個！！來挖坑？

風鳴臉上的笑容有些奸詐：「那個骷髏蜘蛛王應該收藏了很多好東西吧，沒有老爺子您想要的東西嗎？如果有，只要我拿到了，一定會雙手奉上，怎麼想這都是非常划算的買賣合作，不是嗎？還是說，您打算入寶山而空手歸？」

小老頭沉默了片刻，然後咳了一聲。

「嗯，那個骷髏蜘蛛王的那堆東西裡面，應該有一顆非常大的靈石。你要是真的能夠搶走那個骷髏蜘蛛的收藏，那我要那個靈石。主要是回頭去救人的話，還是需要補充靈力的，我可不是為了私心。」

風鳴直接點頭：「沒問題。您不要其他的東西嗎？我看那堆東西裡似乎有很多寶貝。」

小老頭擺著手，一臉不在意：「當爺爺我是什麼都看得上的嗎？那些渣渣就不要跟我提了。好了，先說說要怎麼挖你的地鼠洞吧。看在合作的份上，我幫你挖得深一點、好一點。」

於是，興奮的風鳴跟著小老頭在地下偷偷地挖地道，興奮的圖途、熊霸和風勃則去洞穴外面抓骷髏兵。

大約半個小時之後，雙方在洞穴口下面的地道處集合。

圖途小聲喊風鳴：「快點過來把它們凍住！這幾個掙扎得很厲害！」

風鳴過去就用二翅膀把這些骷髏兵凍起來了，回頭逃跑的時候，它們可是大有用處。

這個時候，在小老頭的配合之下，骷髏蜘蛛王完全不知道牠的洞穴下方已經有了另一層的地道，而且在最深處的洞穴靠牆處已經準備好了十二個細長的地下深坑。

在挖地道的時候，風鳴看著小老頭伸出手，就無聲無息地鬆開了那緊密的土質，甚至連大塊的土石在他手中也能變成細小的沙粒時，才驚覺這位老爺子控制土壤的手段有多麼高明。

此時，他更堅定自己心中的那個猜測。異變成蘿蔔的人或許會有，但是單純是異變蘿蔔覺醒的人，絕對不會有比石破天更純屬精密的控制「土壤」的力量，只有長期接觸土地、了解土地的存在才會這麼純熟。

然後風鳴忽然就對小老頭道了謝：「老爺子，之前多謝您。要不是您特意在那裡守著，我和我的朋友們今天恐怕都得死在這裡了。」

以這位小老頭的實力，只要他腳下踩著土地，就不可能逃不出去。所以在他從蜘蛛網上下來的時候，他就完全可以獨自離開了。然而這位老爺子卻在即將走出洞口的時候等在那裡，為的或許就是在關鍵時刻幫他一把。

風勃的預感沒有錯，確實有特別厲害的人會救他們。

「您放心，之後我一定會盡全力幫您救人的。」

小老頭聽到這句話，揚了揚眉毛，忽然嘿嘿笑了兩聲：「你這小子聰明得真像我，心善這一點也像我，哈哈哈！救你們這件事，你不用太放在心上，畢竟一開始還是你幫我擺脫了蜘蛛網，不然爺爺我就算再怎麼厲害也沒辦法跑。

投我以木瓜，報之以瓊瑤，不過如是。好了，地道和坑都挖好了，骷髏兵也都抓了，接下來要怎麼做，就看你的了。你可千萬別讓那骷髏大蜘蛛把你拍扁了。」

風鳴笑了起來：「別的方面我沒什麼把握，但是速度這方面，我是真的滿擅長的。而且，我又不是真的陪牠玩打地鼠遊戲。」不過是一開始吸引一下注意力，好控制小三多撈點寶貝而已。

說完，風鳴就進行最後的準備，在小老頭挖地道和坑洞的時候，風鳴再次內視了三翅膀開闢出來的那個長方形，像是棺材的隨身空間。

雖然風鳴一開始看那個長方形十分不順眼，但現在他越看越喜歡了。怪不得是棺材的形狀呢，棺材棺材，升官發財嘛！升官先不說，但是他應該馬上就能發財了。

於是他在心裡默默地碎碎念。

『老三，你等等一定要給點力啊，能裝多少是多少，一次裝不了太多也沒關係，我們可以多裝幾次。唯一的重點就是一定要輕拿輕放，千萬不能讓那個大蜘蛛察覺到。任務完成了，以後就有高級耳機聽，還有各種數不盡的美食了！』

三翅膀彷彿聽懂似的，開心地搧了搧，然後風鳴在小老頭和風勃他們的注視下，深吸一口氣：「那我就去了。老爺子，開始的時候，您可一定要控制好土地啊。」

小老頭擺手：「快走快走，方圓一千公尺都在爺爺我的掌控之下！」

風鳴還有點不放心：「等骷髏蜘蛛王開始打地鼠的時候，你們就跑啊，有多遠就跑多遠。那個蜘蛛王發現地道以後肯定會攻擊地面，到時候整個地道就會被發現了。」

這次是風勃回答：「放心吧，等你那邊有動靜了，我們就直接跑。抓骷髏兵的時候，我們發現那邊有個樹林，我們會在樹林那邊藏好等你的。」

風鳴這才點頭，然後以防萬一，拿出一根小蘿蔔乾塞進嘴裡含著，走到地道上的洞穴內，然後悄悄地到了骷髏蜘蛛王所在的最大洞穴外面。

此時他透過靈能波動「看」到了洞穴內的景象——那看起來巨大凶殘的骷髏蜘蛛王，正在牠的蜘蛛網上吞吃著兩個人的屍體。

風鳴一瞬間沉默，然而很快就恢復了神色。

以他當時的情況，確實是帶不走更多的人了。而在那種情況之下，選擇風勃和圖途他們是他的必然，只能說，生死有命吧。

摒棄了多餘的思緒，風鳴身後的兩雙翅膀悄然張開，三翅膀也已經準備就緒地打起了拍子。

下一秒，風鳴的雙腳陡然加速，直接衝到骷髏大蜘蛛的蜘蛛網之下，三翅膀隔空抓取，骷髏大蜘蛛堆在角落裡的那一堆東西上，直接少了三角頂端。

骷髏大蜘蛛有一瞬間的怔愣，然後當牠發現風鳴在牠的寶藏堆旁邊的時候，整隻蜘蛛都憤怒了！

牠還記得這個被牠半路撿回來當儲備糧的傢伙！這個該死的狡猾鳥人！一定是他放走了牠的人參！！他竟然還敢回來！！

洞穴中瞬間響起了骷髏大蜘蛛刺耳又恐怖的嘶吼聲，像巨大挖掘機一樣的大腳帶著一陣破空的聲音，朝風鳴攻擊而來！同時攻來的，還有從這個骷髏大蜘蛛的骷髏頭骨中吐出來的灰色蜘蛛絲，一旦被這種蜘蛛絲纏上，就是怎麼樣也逃脫不了的命！

然而，骷髏大蜘蛛的速度雖然不慢，風鳴的速度卻比牠快上太多，風鳴一個閃身就到了蜘蛛網的西南方牆邊，之前他和小老頭挖好的位置。這裡和大蜘蛛的那一堆寶藏是斜對角。

骷髏大蜘蛛毫不猶豫地揮動著牠的八隻大足，跟到了西南的牆角。牠看到這個鳥人自己走到了死路，又興奮地嘶吼了一聲。

雖然這個鳥人體內的靈力比牠的大人參差太多了，但是牠能感知到這兩人體內的血脈力量對牠的吸引。那是強大的力量，只要吞吃掉這個鳥人，牠就能得到進化！！

於是，八隻大足中的四隻齊齊伸了出去，務必要一擊必殺！

結果下一秒，骷髏蜘蛛王發現牠的四隻大足都落了空。原本應該被逼到死角，哪都逃不掉的那個鳥人一下子就掉進地裡了？

骷髏蜘蛛王一時間有點傻眼，正想用自己的大足刺進地裡看一眼，忽然牠就被攻擊了。

那個掉進地裡的鳥人竟然從旁邊一點的地方冒了出來？

骷髏蜘蛛王頓時大怒，四隻大足又繼續朝風鳴攻擊而去！

結果這個鳥人又落下去，不見了！！！

骷髏蜘蛛王：「……嗷吼！」

然後骷髏蜘蛛王發現牠面前的這片地方，突然多了很多圓形的洞，那個鳥人就在這些洞裡面時不時地冒頭，還對牠比中指，或者用自己的靈能力攻擊牠！

以牠用大足打這個鳥人的速度，竟然比不過他逃跑、縮進洞裡的速度！於是出離憤怒的骷髏蜘蛛王就直接走到那些洞口，用自己的八隻大足一起上陣，就不信牠堵不了這麼多的洞！！

當骷髏蜘蛛王堵著洞，準備下次一定要打死那個躲進洞裡的鳥人的時候，風鳴已經通過地下的通道，又搬運了骷髏蜘蛛王堆在對面牆角的東西。

這一次他直接搬走了三分之二的尖端，但是還沒有看到老爺子說的大塊靈石。風鳴有點著急了，他的空間已經快裝不下了。

這時候他忽然明白為什麼小三寧願不長大，也要努力擴大空間了。

長不長大哪有囤東西重要啊！囤夠了好東西，還怕長不大嗎！

然而，這時候苦苦等著打地鼠的骷髏蜘蛛王發現那個掉進洞裡的鳥人很久沒出來，有點懷疑那個鳥人是不是已經被牠弄死了。骷髏蜘蛛王忽然智商暴增，牠看著這些煩人的洞，口中突然吐出毒絲，直接用毒絲封住了洞口，最後只留下了一個洞。

然後骷髏蜘蛛王就守在那個洞上面，四隻大足高高舉起，等待一擊致命的時機。

這時候，風鳴已經透過小三把那一堆東西搬成一堆一堆的了，在最後終於看到了那個閃著淡綠色光芒，光看就讓人心曠神怡，像足球那麼大的靈石。

當風鳴激動地把那顆靈石塞進空間的瞬間，原本還在等著打地鼠的骷髏蜘蛛王驟然轉頭，那猩紅如鬼火的雙眼散發出了無比森然的恐怖殺意！

——該死的鳥鼠！！！

寶物被盜走的憤怒讓牠徹底暴走，風鳴甚至能感受到讓他頭皮發麻的可怕靈壓。無數灰色的絲線從牠的口中和腹部噴射出來，和剛開始單個的絲線攻擊不同，這些絲線就像天羅地網般撲向風鳴，速度也比之前快了一倍。

風鳴連頭都沒轉，直接跺腳縮回了腳下的地洞，同時咬碎嘴裡的蘿蔔條，順著地洞中的通道向出口而去。

這是小老頭早就打好，直接通往外面的直線地道，方便他逃走而不是在洞穴裡繞彎。而且最重要的是，他的體型比骷髏蜘蛛王小太多，從地道逃離對他更加有利。

骷髏蜘蛛王想要追他，就只能選擇順著他的氣息在洞穴的在地道上面跑，想要攻擊他還要用大足刺進地面很深才可以，這樣就幫他爭取了逃跑的時間。因此哪怕是暴走的骷髏蜘蛛王，風鳴也有八成的把握能安全離開。

事實的發展也和風鳴設想的差不多，只不過稍稍驚險了一些。

骷髏蜘蛛王看到那個長著翅膀的鳥鼠又縮回洞裡去，整隻蜘蛛都不好了，牠帶著可怕灰色靈力的八隻大足有四隻高高抬起，狠狠地刺入了地下，而後四隻大足同時用力往上一掀！最深處洞穴的大半片地皮就被牠掀了起來，露出了下面細長的地道。

當牠掀掉這一大塊地皮的時候，風鳴的身影剛好消失在主洞穴邊緣的出口處，骷髏蜘蛛王狂怒地嘶吼著追了上去，一邊用六隻大足快速奔跑，一邊用最前面的兩隻大足疾速刺入地下攻擊。那樣子……就像是一個巨大的蜘蛛骷髏鋤地機一樣。反正，牠跟著風鳴從地道中洩露出來的氣息，橫衝直撞地戳著、追著。

風鳴有兩次都差點被骷髏蜘蛛王揮舞的大足戳到，但得益於地道的直線和洞穴的蜿蜒，越往前跑，風鳴跑得越快越遠，而骷髏蜘蛛王就算再怎麼狂暴地直接衝破所有的阻礙，那些山石也減緩了牠的速度，更別說在出口的地方早已經有風勃、圖途他們抓來的七八隻骷髏兵在那裡等著。

就算這些骷髏兵不是狂暴的骷髏蜘蛛王的對手，最終也會阻擋住骷髏蜘蛛王的腳步，為風鳴爭取逃跑的時間。

風鳴狂奔了五分鐘左右，終於從地道中逃了出來，等他站到地面上的時候，發現他已經不在骷髏蜘蛛王的洞穴中了。甚至因為濃霧的關係，他都看不清楚骷髏蜘蛛王的洞穴在哪裡。不過他透過靈能波動感知周圍的空間，發現他其實離骷髏蜘蛛王的洞穴只有兩三百公尺的距離。甚至站在這裡，他還能感覺到出口處傳來了蜘蛛王憤怒的嘶吼聲，和攻擊地面產生的震動聲。

真是好險，但是好在一切順利。

風鳴臉上露出了鬆了口氣的笑容，背後的三對翅膀都同時搧了搧。小翅膀更是搧得飛快，彷彿非常高興。

只要讓他跑出來，在這片濃霧區裡，骷髏蜘蛛王就別想再抓住他們了。現在只要用靈能波動感應一下風勃、圖途他們的位置就可以繼續上路，然後邊走邊跟大家分享一下收穫啦！

風鳴先飛到空中，保證自己的安全之後才動用靈能波動探查，很快就找到了風勃他們說的那片林子。而且，他的靈能波動似乎和另一股靈能波動碰上了，他猜那應該是屬於老爺子的靈力波動。

但比起雙眼看到的表象，風鳴透過意識和靈力感受到的那股波動實在和眼睛看到的差太多了。他眼睛看到的老爺子渾身乾癟枯瘦、淩亂又粗糙，但老爺子的靈力波動卻溫和而強大，甚至帶著勃勃的生機和力量。

那並不是狂暴的攻擊類靈力，是讓人接觸到就覺得舒適的溫和力量，真是有些出乎意料。不過，風鳴想到那位老爺子可能的身分，也就釋然了。果然，他和老爺子的味道差了太多歲月，這種集合了日月和時間精華的存在值得骷髏蜘蛛王珍惜地吃。

風鳴笑笑，後背的羽翅張開，飛速地朝那邊飛去。十分鐘之後，他就和小夥伴們會合了。風勃三人看到風鳴平安無事地回來，臉上毫不猶豫地露出了大大的笑容，他們看到同樣笑著的風鳴就知道他成功了。

熊霸直接上前給了他一個熊抱：「你這小子真行！虎口奪食也能平安回來，哈哈！回去我能跟同學們吹上一個月！」

風鳴被拍得齜牙咧嘴，反手就狠狠捶了這隻熊精幾下。

「幸不辱命！那隻骷髏大蜘蛛再也找不到我們了。走走走，我們一邊向前走一邊看看那隻大蜘蛛到底存了什麼東西，我那個棺材空間裡已經裝得滿滿的了！」

一說到分贓，大家臉上的表情就變得興奮。哪怕是看起來最穩重的小老頭，也忍不住摸了摸自己的小鬍子。

「小子，你找到那塊大靈石了嗎？找到了就拿出來看看，那個骷髏蜘蛛王就是憑那塊靈石才進化成蜘蛛王的。牠一開始也不過是一個比骷髏兵和其他骷髏架子大一點、精明一點的骷髏蜘蛛而已。」

風鳴就用靈能波動連通了他的棺材形空間，把裡面放在最顯眼位置、足球大小的靈石拿了出來。

那看起來就像是最上等的寶石，一旦脫離空間，就散發出了極其濃郁的靈力。風鳴只是用手捧著它就感覺到一絲純淨的靈力往他體內湧入，如果他每天都捧著這顆大靈石修煉靈能，他想，或許不用吃五年的臉盆大櫻桃，只要抱著這顆靈石一個月，他就能從A級靈能者升到A＋級了。

風鳴感覺到了這顆靈石內蘊含的強大靈力，圖途和風勃他們自然也感受到了，然後被嚇得說不出話來。

即便他們已經成為了靈能者，見過靈網上很多和靈物相關的東西，還在教科書上看過靈石和靈晶的介紹以及圖片，但是這麼大的靈石，絕對是他們人生中的頭一次。而且眼前這顆靈石比他們教科書上的國家鎮館之寶的照片還要大，風勃三人都捂著自己的心口，表示他們需要緩緩。

小老頭看著這幾個沒出息，只知道盯著靈石看的人類孩子撇了撇嘴，直接把靈石拿到了手裡，上拍拍下拍拍，左拍拍右拍拍，最後帶著一點小嫌棄道：

「靈力果然被用掉很多了。之前裡面蘊含的靈力，估計比這還濃郁一倍吧，不過給那個傢伙補充靈力應該勉強夠用了。」他喃喃地說了兩句，臉上一閃憂慮之色。

小老頭抬頭看向東北的方向，很快收斂了神色，把像足球一樣大的靈石扔給了風鳴。

「小子，把它收好。接下來的時間我們要快點趕路去中心區，時間久了，還不知道會發生什麼。也算是你們運氣好，遇到了我，不然就憑你們這四個孩子想去祕境中心，不知道要遇到多少搏命之戰。」

小老頭一邊說著，一邊揹著雙手快步往一個方向走去。

「這個靈能祕境正在異變，你們來的時機非常不巧。原本這個長白山祕境並不是特別凶險的祕境，按照你們的危險程度劃分，大約也就是B+級或者A級吧。實力弱的人進來，只要老老實實地找個地方躲著，最後總能平安出去的。

原本祕境裡的濃霧區、風雪區及最中心的火湖區，各種異變和覺醒的妖物、靈物都按照等級和實力的強大程度和平共處。誰也不會主動靠近其他存在的領地，或者主動挑釁發起攻擊。但是在半年之前，最中心的火湖區下面，也就是火山口開始有了莫名的震動。原本冰涼的湖水忽然變得炙熱起來，有大量混沌的靈力從湖口中溢散出來。

受到這種混沌靈力的影響，這半年來，整個祕境裡的存在都起了變化。有生命和意識的妖物、靈物變得狂躁起來，沒有意識生命的濃霧、風雪變得更危險混亂。光是在祕境中自相殘殺的靈物、妖物就有一大半，實力差一點、弱一點的幾乎都死了，剩下這些都是殘暴凶猛的。」

小老頭說著，表情變得很不開心：「好好的地方都被莫名其妙的東西禍害了。」

連他老人家的家都被襲擊了好幾次，要不是有那個更加凶殘的傢伙守著，他恐怕都被啃了好幾口。

不過，那傢伙也只幫他守到了三天前，就跟那個突然從火湖裡跳出來，腦子壞掉的惡獸一起落入火湖中了。

他沒有了那個凶殘的傢伙守著，被一群妖物追著攻擊，受到了重傷，最後才被骷髏蜘蛛撿了便宜。

不過現在，他拿到了靈石，還找到了一個掌握著空間之力，會飛會游泳的機靈小子，或許這小子能幫他去幫那凶殘的傢伙一把。畢竟他們兩個相依為命了數萬年，不管少了哪個，對另一個來說都是多了數萬年的孤獨。

「你們應該還有其他同伴吧？有沒有特別厲害的人？如果有，爺爺我用洗靈果當報酬，雇你們和我一起去救人。」

風勃和圖途、熊霸從剛剛開始就覺得這位老爺子說話有點不太對勁了。

他們原本以為這位老爺子也是從祕境外進來的靈能者之一，但老爺子越說，越讓他們心中猛跳——如果是單純的外來者，怎麼可能會知道祕境這半年來發生的事情呢？

而且老爺子話中的一些用詞也有點奇怪。比如四個孩子、濃霧區、風雪區和火湖區。

一個猜測像是驚雷一般，在風勃三人的腦海中炸開。

而風鳴沒有任何意外地點點頭：「有的。老爺子，這次我們這邊有很厲害的人進來，一定能幫您把人救出來的。不過，您打算以什麼身分見他們呢？或者，您乾脆不要露面，由我們跟他們說？

我很相信我的這三個同伴，以及那位厲害的人和另外的幾個小夥伴。但是畢竟人多，人多了，貪念就重了。」

風鳴雙眼直視著小老頭，片刻之後，小老頭就笑了起來。

「哈，你這小子，果然聰明得像我，善良強大得也像我啊！」

風鳴：「……」

風勃三人：「……」

這是什麼詭異的新誇法？

老頭顯然並不害怕自己的身分被他們猜到，雖然他之前被困於蜘蛛巢穴裡，但只要他腳踩著大地，還保持著意識，就不會有任何一個人能抓到他，至少面前的這四個人類孩子不可能。

而且說實話，小老頭對風鳴他們的觀感也滿好的，團結友愛，不說廢話，戰鬥力也不拖人後腿，是很好的小團體。尤其是風鳴，聽小老頭的誇讚就知道這位萬年靈參爺爺十分喜歡這個人類孩子。

風勃和圖途、熊霸在震驚了片刻過後，終於收回了自己的下巴，然後他們不可避免地一路都在打量這位在整個長白山祕境中，最被人覬覦的存在。

這次進入長白山祕境的靈能者們無一例外，每個人心中都有一個隱祕的渴望，就是能走狗屎運地找到萬年靈參，並且得到它。雖然大家知道這種可能和機率小得不能再小，但萬一呢？

萬一這種好事被他們碰到了，那就是一本萬利，走上人生巔峰的事情啊！

之後都不用小老頭自己開口誇自己，圖途就一臉感嘆地和風勃、熊霸他們來了一句：「我們可真是太走運了！誰能想到呢？」

風勃就在旁邊點頭，誰能想到萬年靈參不是老老實實地長在地上等人去採，而是早已經成了精，變成老爺爺到處亂跑呢？誰又能想到這位老爺子不老老實實地待在自己家裡，反而被骷髏蜘蛛王抓到了洞穴裡呢？

現在想想，就連他們遇到了骷髏蜘蛛王這種倒楣的事都變成了一種運氣，要不是他們剛好碰見骷髏蜘蛛王，被打成重傷帶走，又怎麼可能會在骷髏蜘蛛王的洞穴裡碰到風鳴和這位老爺子，然後有幸每人都吃到了一口萬年靈參鬚！

風勃想到自己當時還有點嫌棄老爺子從頭上拔下來的萬年靈參鬚，忍不住唾棄自己。他是哪個村的豬，變得這麼膨脹了，竟然嫌棄萬年靈參鬚！就算那只是鬚鬚，也絕對是頂級的靈植寶貝。

唔，感覺自己離開這個祕境之後肯定會飛升，喔不，是晉級。

小老頭在旁邊得意地笑著，看這個小兔子精特別會說話，而且另外兩個孩子都用崇拜和渴望的眼神看著他，萬年靈參老爺子一個沒控制住，伸手拔了三根鬍子，遞到風勃三人的面前：

「好啦好啦，知道你們心裡特別崇拜爺爺我，這個就當作爺爺給你們的紅包啦。等等記得幫爺爺打掩護，再好好為爺爺當打手，要是之後事情做得好，爺爺我到最後再送你們一人一根小蘿蔔。」

反正長了這數萬年，身上的鬚鬚又長又多，拔下一大把都沒事。當然，不能被那個凶殘的傢伙看到，不然肯定會被咬。

風勃、圖途和熊霸就露出了特別乖巧討好的笑臉，一個個都化身成了二十四孝真孫子，圍著小老頭打轉，讓風鳴看得十分無語。

結果小老頭還轉過頭來安撫他：「拿最多的就是你這小子了，所以你可不要嫉妒他們。畢竟在我不注意的時候，你那小翅膀不知道偷偷地拔了我多少根頭髮，反正不會少於七八根，你這小子不吃虧。」

風鳴有些不好意思地摸了摸鼻子，實際上他剛剛透過靈力波動，翻了翻他的棺材板空間。發現三翅膀已經把空間的東北角劃分了出來，十幾根小蘿蔔、喔，應該是小人參鬚、六七片墨子雲的各色蘑菇，以及從小包包裡被小翅膀挖出來的，后熠給他的月華靈乳和金色靈能卡，還有理查給他的聖光藥劑這些好東西都被整整齊齊地擺放在這個角落。

角落的邊緣處還被幾根看起來很結實的白色骷髏棒子圍住，以示和其他堆成一堆的東西的區別。很明顯，這個東北角是寶貝，其他東西就先放那裡吧，懶得看。

風鳴對這樣的擺放既滿意又有些微妙的無語。他咳一聲，轉移話題：

「那您現在要帶我們直接去中心區救人嗎？如果是這樣，我們可以在前面的風雪區裡停一下，和我們的其他同伴會合，至少我們能有兩位非常厲害的同伴幫您。」

結果小老頭擺了擺手：「去中心區肯定要經過風雪區。在那裡停留找幫手是必要的，不過在和你們的夥伴會合之前，還要先去一趟我家。我得先把我的日常防身裝備穿上，之前急著出來，沒有穿裝備，爺爺我就被抓了，這次肯定不能再沒有防備了。

而且你這小子不是需要洗靈果嗎？洗靈果那種東西，雖然在爺爺眼裡完全沒什麼特別的，但對血脈駁雜的人和妖物也算珍寶了。祕境當中也是很難找的，還有守護獸看著。所以說你這小子運氣很好嘛，要不是遇上我，這次你就算把整個祕境都找遍了，也不可能找到洗靈果的，那傢伙現在就在我家裡紮根呢。」

小老頭又得意了起來：「雖然說我推測洗靈果對你的血脈不一定有用，但說好了，這是讓你們那兩個強大的同伴幫我救人的報酬，總是要給你們的。先去一趟我家讓你們開開眼界，然後我們再去和別人會合。記住了，從現在開始我就姓羅，你們喊我羅爺爺就行了。在人類裡的身分，我就是一個蘿蔔系的異變靈能者，擅長幫人補充靈氣和土遁術。」

風鳴和圖途他們三個都認真點頭，熊霸拍著胸口道：「老爺子放心，有什麼危險，您第一時間就往我身後躲，別的不說，我防禦力還是很強的！」

這位老爺子不光是給了他們極為難得的萬年靈參鬚，還是他們的救命恩人。就算知道他並不是人類，只是一個成精的生靈，他們也不會用異樣的眼光看待他。

非我族類，其心必異這句話，在現在這個世界上已經很難有精準的界定了。因為有時候，熊霸都搞不清他到底還算不算是完全的人類。所以，不管面對的是什麼種族、怎樣的血脈、怎樣對待他們，終歸是要心靈和品性的。

就像小老頭看風鳴和風勃、圖途、熊霸他們順眼，確定這四個人類孩子心性純良，就像風鳴四人看小老頭，認為他雖然傲嬌，但氣息溫和沉穩，沒有惡意。

這才是人與人，或者人與非人之間最好的相處方式。

小老頭又笑了起來：「哈哈，你這小子很上道嘛！剛好我知道風雪區有一個老熊的山洞，那老東西死之前，應該在山洞裡留下了一些東西。雖然老熊最後沒能化形成功，不過牠有一套自己攻擊和修煉的法門，到時候帶你去看看，能讓你這個小熊受益匪淺。」

熊霸的雙眼瞬間就瞪得非常亮，恨不得直接變成熊扛著老爺子走。圖途忍不住在旁邊用亮晶晶的兔子眼看小老頭，兔子耳朵還直接比了個心形。

奈何，老爺子不待見兔子。

「你用耳朵對我比心也沒用。長白山是有兔子，但那些兔子都是被狩獵的存在，沒有像你這種奇葩的四條大長腿，還特別凶殘的兔子精。你的機緣不在這裡，別想啦。」

圖途的耳朵瞬間就垂了下來，嘴裡碎碎念著他要不要去一趟北極找機緣，聽得風鳴和風勃在旁邊抽嘴角。

在走向羅老爺子位於風雪區的家裡路上，風鳴把棺材空間裡屬於蜘蛛骷髏王的寶貝一一拿出來展示了一番。

骷髏蜘蛛王囤積的東西，大多是牠獵殺的長白山祕境中的妖獸或靈物的皮毛或骨頭，還有一小部分稀奇古怪的石頭和木頭材料、一大團灰色卻極其堅韌的骷髏蛛絲，還有極少量的靈能者裝備、一些防禦和治療的靈能卡片，應該是不小心誤入這個祕境的靈能者的東西。

異變的妖獸和靈物的皮毛、牙齒、骨骼被風鳴他們四個分了，圖途三人執意要風鳴拿走最多，風鳴沒拗過他們，最終拿到了一堆皮毛和骨頭，還有一堆帶著靈氣的石頭和木頭。

在那些皮毛和骨頭裡，有兩張非常漂亮，像是雪狐的皮毛，還有一根金色，大約有一公尺長的骷髏骨頭。風鳴覺得這兩樣東西和其他的皮毛骨頭不同，決定囤著不賣，回頭可以鑑定一下它們的價值，再幫自己做成衣服和骨劍用。

他還決定把那一堆骨頭和皮毛分給楊伯勞一點，那小子最近在學習靈材的煉製方法，很有天賦，這些應該夠他好好練習了。

然後他們就開始專注地趕路。羅老爺子說這片祕境非常大，光是濃霧區就要趕兩天兩夜的路才能走出去。

一開始圖途他們跟不上羅老爺子的速度，風鳴也不過是仗著翅膀和空間天賦勉強跟上，然後他們就被老爺子吐槽了。

「一個個孩子的天賦都不錯，怎麼功法都那麼弱？我記得之前你們不是也有一些吐納、修煉的法門嗎？怎麼越活越蠢了？」

然後老爺子就得到了世界上已經完全沒有什麼功法存在，想要晉級只能靠自己摸索總結經驗的答案，頓時就連連搖頭：

「哼，也幸好是現在靈氣復甦了，要是再等個一兩百年，這種傳承估計就要徹底斷了吧。好吧，爺爺我教你們一套簡單的吐納法，把你們體內到處亂流的靈力都收一收，然後自己學著掌控體內的靈力，不要每一次都亂用，要在自己的體內形成靈力的迴圈才是正確的。」

於是剩下的兩天，風鳴四人都在學習運用靈參吐納法，跟著小老頭狂奔。中途還要兼職打遇到的越來越厲害的怪，實在累得夠嗆。

然而不知不覺之間，他們對體內靈力的運用已經比一開始純熟太多，終於趕到風雪區的羅老爺子家時，他們已經有了極大的收穫。

不過，這個時候，風鳴他們可沒功夫管自己的靈力怎麼樣了。

他們看著眼前這個充滿精純平和的靈氣的園子，驚呆了。

「我有沒有看錯？那個結滿了銀色果實的大樹是洗靈果樹嗎！」圖途扯著風鳴的手尖叫出聲。

那可是一顆就能讓靈能者們打破頭，能買到京城一套小別墅，還沒有人願意賣的救命東西啊！

風鳴扯開了圖途的手，低著聲音道：「別吵，我還看到了它旁邊那棵洗髓果樹呢。」洗髓果比洗靈果的價格更高三倍，然後這兩棵樹都在用樹枝對他們招手。

在萬年靈參羅老爺子隱祕的深山花園裡，風鳴和圖途四個人類孩子就像是土包子進城，被眼前的那些靈植和蹦來蹦去的異變珍稀動物繞得眼花繚亂。

如果不是親眼看見，他們是怎麼也不會相信有這麼一個園子——園子裡種滿了珍稀靈植，周圍還沒有強大的凶獸在守護，像普通的園子一樣可以隨意進入並且摘取果實，簡單而極其快樂。

四個人就眼巴巴地看著。那樣子看得羅老爺子十分滿意，嘿嘿笑了兩聲之後，指著那個用樹枝擺著手的巨大洗靈果道：「那小傢伙的果子早就成熟了，原本應該會自然地被祕境裡的異變動物或者靈物摘下來吃的，但是因為那些異變動物受到了混沌靈氣的影響，異獸們都不想要它的果子，想要吃它的樹心，沒辦法就逃到爺爺這裡來避難啦。

這個園子裡的不少植物都是這樣來的。等這次祕境的動盪過去之後，它們就能回到原本的地方了，這裡對它們來說還是擠了一點。

洗靈果樹上面有幾百顆果子，你們隨隨便便摘個六七十顆，應該就夠我雇你們幫我救人的酬勞了吧？如果不夠，旁邊的洗髓果你們可以一人摘一顆帶走，再幫那兩個最厲害的幫手帶兩顆，不能多摘了。它們是屬於長白山祕境的，大部分的果子也要給長白山裡的存在。

洗髓果吃了以後能夠淨化、提升體內血脈的力量，雖然沒辦法讓你們從黑烏鴉變成金烏，但也能讓你們一下子提升一個靈力等級。如果拿出去賣，估計也是天價吧。

剩下的那些靈草靈花什麼的，你們暫時都用不上，而且還有一些沒有成熟就不給你們了。不過你們可以在我的園子裡逛逛，自己和那些動植物們交流一下，說不定看順眼了，還能得到點好處。在這個園子裡的動物們都是比較弱小、熱愛和平、不想打架的，性格溫和，不會傷害你們。但你們也不要主動招惹牠們，等我穿好我的裝備，我們就出去和你們的夥伴們會合。」

羅老爺子說完，就徑直走向了園子中間非常雅致的小木屋，留下風鳴四人在這個充滿花花草草的園子裡小心又認真地逛著，風勃還掏出手機拍照。

園子裡的草木，風鳴最多只能認出來一小半，剩下的那一大半他都沒見過，只是也能感覺到它們的珍貴稀有。當風鳴走到園子西南邊的小湖邊時，他感覺到背後的三翅膀有些興奮地動了動，因此伸手反摸後背，像在自言自語，又像是在告誡老三：

「這裡面的東西可不能亂帶走！都是有主人的！而且它們都很有靈性，你要是偷偷摸摸的拿了，搞不好會被打啊！我可不揹這個鍋！我小學的時候就學過想要什麼就得公平交換了，你是我的翅膀，不能……」

風鳴的話剛說到一半，他面前的空氣就波動起來。然後一顆帶著淡淡靈氣和腥氣的小土塊就出現風鳴面前。

風鳴看著這塊土塊心想，難不成三翅膀想要打水漂？但用這個土塊打水漂是不是有點太大了？

只見湖中心半盛開的一朵白蓮忽然抖動了幾下，三顆如玉一般的蓮子就從蓮心的蓮蓬裡飛出來，落到了水中的一片小荷葉上。

荷葉從白蓮那邊徑直漂到了風鳴所站的湖邊，風鳴頓了一下，試探性地拿起了那三顆白玉般的蓮子，想了想，把面前的那個小土塊放到荷葉上。然後他就看到湖中央的那朵白蓮對著他輕輕地彎了彎，像是點頭示好一樣，之後那片蓮葉就托著那個小土塊漂回了白蓮的旁邊。

風鳴：「……」

所以這是一場三翅膀和白蓮花的公平交易？

作為翅膀的主人，他竟不知道該怎麼評論。

然後風鳴在園子裡走了一圈，又看著三翅膀和園子裡的動植物們做成了幾筆公平交易，收到了一個長滿鹿茸的鹿角、一卷半公尺粗的青蛇皮，還有一大塊帶著濃郁檀香的紫色木頭。

最後，風鳴坐在園子中心，閉著眼用靈能波動看到棺材空間裡放著寶貝的東北方角落又被擴大了一些。添加了三顆玉蓮子、一架鹿角、一卷蛇皮和一塊木頭，和之前的足球大靈石、人參鬚、各色蘑菇以及兩瓶珍貴藥劑放在一起，顯示它們的高貴和特殊。

其他的東西還是堆成一堆。

風鳴：「……」他回去之後得好好查查帝江的資料，這種什麼東西都想囤的性子絕對不是他本人的問題。

羅老爺子很快就從小木屋裡走了出來。走出來的羅老爺子看起來比之前有精神許多，那頭亂亂的白髮被梳在腦後，綁了個小揪揪，衣服也從單衣變成了黑色長款的羽絨衣，不知道是不是風鳴的錯覺，他總覺得現在的老爺子彷彿比之前年輕了一點？

圖途在旁邊動了動鼻子，驚訝道：「羅爺爺，你身上的靈氣香味沒有了，我聞不到了！」

羅老爺子就嘿嘿笑了兩聲：「聞不到才是正常的，之前我就是因為沒穿我的裝備，才會被一群異變動物們追著咬，最後被骷髏蜘蛛王撿了便宜。現在我穿上背心了，就誰也認不出我來啦！」

喔，不對，他那個死對頭不管他有沒有穿背心都能認出他，嘖。

「好啦，看起來你們都有點收穫？洗靈果和洗髓果也摘到了吧？我建議把這些果子都給嗚小子放到空間裡，不然光是這些靈果散發的味道，就能讓你們被妖獸們激烈地圍攻。」

顯然圖途他們也是這樣想的，風嗚把棺材空間裡的那堆雜亂物品往西南方角落推，把洗靈果放在東北和西南的正中間，以示這是公家的東西。

小翅膀有點不高興地搧了搧，風嗚也在同時搖頭感嘆了一句：「空間還是有點小啊。」之後得多幫小三補充營養。

他覺得後背大翅膀和二翅膀的印記有點發熱，趕緊在心裡補充，雞翅和海鮮也是要有的。

圖途看他的樣子，眼睛都要紅了：「你知足一點吧！連隨身空間這種逆天主角必備的神器都有，你讓我們這些什麼都沒有的小配角怎麼混？」

風嗚忍不住笑了起來：「還好啦，如果我真的是主角，你們好歹也是重要配角，跟著我有果子吃啊。」

圖途就拍拍腳板：「但我相當於主角，比如《風流狂兔傳》。」

熊霸摸了摸下巴：「我覺得《巨熊修仙傳》更好。」

風勃在旁邊翻了個大白眼：「那要不要乾脆叫《金烏飛升記》？」

風鳴搖著頭，笑著跟上往前走的羅老爺子，看著這位萬年靈參爺爺用神奇的方法把位在風雪區的小山谷封上，才聽到羅老爺子揹著手搖頭：「你們幾個小子有什麼好寫成傳的，還是爺爺我的人生更波瀾起伏啊，應該叫《逆天靈參之唯我獨尊》！」

風鳴沒忍住，噗哧一聲。真看不出來這位老爺子心裡這麼野。

走出山谷就是風雪區了，和溫暖如春的山谷裡比，外面簡直就是生命禁區。

此時的風雪區應該叫暴雪區更合適，比起最外層的濃霧區只是寒冷、偶爾吹陰風、被濃霧隔絕了視線和靈力，風雪區的環境更加惡劣。巴掌大的雪花片夾雜著小冰粒從天空中飛下來，伴隨著凜冽不停歇的寒風，吹刮在臉上生疼。氣溫至少達到零下五十度，積雪沒超過膝蓋，每走一步都頂風踩雪，十分艱難。

要不是風鳴他們異變覺醒後的身體強度都得到了增加，身體的抵抗力變強了，在這種環境下別說和在這裡土生土長的異變妖物、動物們戰鬥了，就算要在這裡老老實實、認認真真地生存幾天都非常困難。

好在他們已經學會了老爺子教的吐納法，體內的靈力在寒冷的刺激下開始在體內自動運行起來，當血脈經絡內的靈力流過四肢百骸之後，也不是不能抵抗寒冷了。

喔，最重要的是他們四個人都借了老爺子的兔絨背心穿，相當於加了一層高級保暖內衣，十分舒坦。

然後，他們來到老爺子選定的風雪區中心等待夥伴們的到來。

風鳴想了一下，最終還是張開翅膀飛到了天空中。雖然這樣一來其他人也可以看到他，但他們同期的，那些相對較弱的夥伴們更需要快點找到隊伍會合，而且他在天空也能觀察四周情況，及時發現有危險的同伴們。

在他剛升上天的那一瞬間，他就感覺到後背一涼，然後渾身上下的寒毛都接二連三地起立站好。

風鳴莫名覺得這種被窺視的感覺有點熟悉，抽了抽嘴角，他抬頭看著漫天的風雪，後背的大翅膀一裹，把自己裹成了球。然後倏然轉身，風鳴的雙眼泛著淡淡靈力的光芒，對上了西邊遠方某個位置的一雙淡金色，帶著笑意的眼眸……毫不猶豫地比了個中指！

這場面忽然有點熟悉不是？如果把漫天風雪換成電閃雷鳴，把身上的羽絨衣和褲子、包包都去掉，那就是風鳴最不想記得，往事不堪回首的一幕了。

隔空沒能再耍流氓，只能欣賞修長中指的后隊長終於在冷著臉四天之後，露出了一個極為溫柔得意的笑。

哎呀，突然想到夜幕之下、雷雨之中，某個銘記在心的美景了呢。

雖然風鳴的中指是對后隊長比的，但是在西邊風雪區的所有靈能者們看到空中忽然升起一個有翅膀的鳥人，還來不及高興，就看到那鳥人隔空對他們比了個中指？

有那麼一瞬間，眾人都是傻眼帶著一點煩心的。這什麼意思？難不成是集體挑釁宣言？

在西邊的這群靈能者裡，還有變成大熊貓、馱著紅翎的郭小寶幾人，看到風鳴竟然又隔空拉仇恨，都集體翻了個大白眼。真是不管什麼時候看他，都覺得這個人十分欠揍啊。

不過風鳴的目的還是達到了，在這個時候已經有不少靈能者走出濃霧區，來到了風雪區。眼看到處都是風雪，天地白茫茫的一片，不知道該到哪裡和小夥伴們會合的時候，風鳴就升空了。

那金色的第二對翅膀就像是一顆閃亮的星，讓他們毫不猶豫地選擇了風鳴所在的方向。即便不是這次一起來的那十幾二十個小夥伴，不少的華國靈能者也選擇了那個方向。

在祕境中，大家都是同國家的人嘛，人多力量大，這個長白山祕境實在比他們想像的凶險很多，他們已經有不少夥伴重傷或者死亡，不管是為了活命還是為了聚集起來之後更容易渾水摸魚，大家都朝那個方向而去。

而在風雪區的其他地方，那些偷偷潛入的靈能者們自然也看到了升起來的風鳴。

這些潛入者們幾乎沒有任何猶豫，在第一時間就改道過去了。雖然在最終的天池那裡，他們還是能和大部分的人相遇，但他們的目標除了祕境裡的各種寶物之外，這個新的神話系靈能者也是他們的重點關注對象之一。

或許可以拉攏他，或許可以用祕法控制他，又或許可以在他旁邊偷偷關注，說不定能夠占些便宜或者偷襲成功。

總之，隨著風鳴的升空，在長白山祕境裡分散了整整四天的靈能者們都開始朝他的方向彙集了。與此同時，因為靈能者們的行動，風雪區裡被混沌靈氣影響的各種異變動植物們也循著人的味道，朝那個方向前進。

牠們被混沌靈力影響，腦子裡只更渴望戰鬥和殺戮，不會思考危險或者其他事。回歸獸性的牠們渴望靈能者的血肉，要捕食這些外來者。

在這個長白山祕境中，人類和祕境中的存在是雙向關係，互為獵食者和獵物，沒有明確的哪一方有優勢，一切都只看實力而已。

風鳴裹著大翅膀，用二翅膀當旗子在天空中懸著。

他把體內的靈力集中在眼部往四周看去，即便在空中有風雪遮擋，但或許是本身神鳥類血脈的優勢，風鳴還是清楚地看到了千米之內下方的情況。

他看到了許多往他們這邊而來的靈能者以及一些異變的動植物們。

他看到了穿著一身鎧甲、堅定地向前行走的理查。他獨自一人，銀白色的鎧甲上沾染了血跡，卻更顯凌冽和無畏。

在他看向理查的時候，他心有所感地抬起頭，即便鎧甲遮住了他的大半張臉，但風鳴還是看到他碧綠的眼睛中露出了喜悅的笑意，然後將長劍舉在胸口，對風鳴比了漂亮的騎士禮，風鳴也對他露出了溫和的笑。雖然性格不同，但他確實欣賞堅定又有信仰的強者。

在風鳴對理查溫和地微笑的時候，一直抬頭盯鳥的后隊長忽然輕哼了一聲。那聲音讓在前面拉著雪橇的雷兼明、墨子雲和蔡濤一抖，剛剛放緩的腳步又加快了一點。

這四天和大魔王在一起的日子實在太煎熬了，他們以前是有多眼瞎，才會覺得后隊平易近人啊啊啊啊！

想想那些毫不留情的魔鬼教育和訓練，蔡濤他們就特別想早點見到風鳴同學。據說，后隊長是翅膀羽毛控，所以有風鳴，他們就有美好的生活！

后熠看著在空中無比顯眼，甚至有些耀眼的風小鳥，哼過之後又搖頭。算了，他才不會嫉妒生氣什麼的，誰讓小鳥兒長得好看還很厲害。反正那個西方的傻子肯定沒看過他看到的美景～

總結起來，他還是贏了。

風鳴看過理查，感覺到某個箭人的眼神似乎更明顯了點，在心裡又比了中指，就轉頭看向其他方向。

能來到中間風雪區的靈能者們顯然每個都有保命的方法，雖然有些人看起來非常狼狽，但要走到他們這邊還是可以的，不需要風鳴飛過去救援。

風鳴還看到了朝這邊奔跑而來的小夥伴們，他看到那些熟悉的面孔都還活蹦亂跳的時候，心裡鬆了一口氣，嘴角也帶上了一絲微笑。然而很快，他在空中看到了一行和其他人完全不同的人。

那是一隊集體穿著黑色衣服的人。

他們在密林之中行進得非常快且隱蔽，如果不是他們的黑衣在白雪的映襯下實在太顯眼，以他們那種可以避開人的行進方法，風鳴或許沒有辦法發現他們。只能說有時候「夜行衣」的選擇，也是要看周圍的環境和天氣。

那一群穿著黑衣的人，領頭者是兩男一女，他們後面卻跟著四個身形佝僂的老人和四個大概十歲的孩童。靈能祕境中有老人過來，還可以說是為了自己的壽命和境界想要再搏一搏，但是像孩童這樣弱小又有時間可以成長的人，是怎麼樣都不應該來這裡的。

風鳴皺著眉多看了那邊幾眼，孩童之中，忽然就有一個小男孩突然抬頭，隔著千米的距離和他對視了。

風鳴在那一瞬間心中微驚。

那明明只是一個孩子，勉強可以稱作小少年，可他的眼神卻冰冷又凶殘，沒有孩子應有的天真活潑，更像是一頭野獸。他看到風鳴後停頓了片刻，突然咧嘴一笑，露出了森然的白牙。

彷彿看到了自己要殺的獵物一般。

風鳴皺起眉，看著那個男孩對前面領頭的兩男一女示警，然後領頭的兩男一女也抬頭看到了風鳴，似乎有些意外風鳴竟然能發現他們，他們才終於意識到可能是白雪中的黑色衣服暴露了的鍋，很快，他們就躲進了密林之中藏起來，之後風鳴就沒有再看到他們了。

不過，只是這一次就已經讓風鳴心中升起了警惕。那些人顯然不是正規進入靈能祕境的靈能者，憑他們那一身黑衣和四個老人、四個孩童的隊伍組成，讓風鳴想起他好幾天都沒有想過的名字。

「……嘖，反派真是陰魂不散。」一會兒他得告訴大家小心。

之後就沒有什麼特殊的情況了，風鳴在天空中被大雪吹打了半小時，忍不住飛了下來。空中實在太冷了，風還很大，吹得他頭痛，雪片就像大伯母的巴掌一樣往他臉上搧，酸爽死了。

下來之後，風鳴發現羅老爺子指揮著熊霸、圖途和風勃蓋了一個遮風避雨的小雪屋，甚至開始蹲在裡面吃肉喝湯了，他的心情就更酸了。他在貢獻，這幾個人吃肉喝湯！最終他想到了一個能解放他的辦法——

風鳴用棺材空間裡的青色蛇皮做出一個非常長的……長條氣球，然後對這個氣球使用了一張半小時的飛行靈能卡，用骷髏蜘蛛王的蜘蛛絲綁著足足有五公尺長的青蛇氣球，讓它升空。然後風鳴就扯著蜘蛛絲坐在雪屋裡，和大家一起喝肉湯。

那些原本抬頭準備看金色翅膀定位的靈能者們再抬頭，就發現金色翅膀沒了。心中一愣，剛開始發慌，就看到一條在暴風雪中打轉，扭成麻花的……蛇？升空了。

有一說一，這青色的長條蛇比金色大翅膀更顯眼好認。但是，給人的心理感受是完全不同的。

總覺得那個扭曲的蛇頭在嘲諷他們，突然就不想往那個方向走了呢，呵呵。

但是兩個小時之後，靈能者們還是陸陸續續地會合了，和他們同時到來的，還有咆哮著衝向眾人的祕境野獸和靈物們。

受重傷的被帶到雪屋休息，有戰鬥力的直接和那些野獸們對上。

風鳴一手扯著蛇皮大風箏，飄在半空中，一邊運行吐納術，精准地操控著每一次的靈力攻擊和力量。二翅膀和大翅膀一凍一雷，就是戰鬥中最亮眼的那個人了。

然後，風鳴突然發覺這群人裡，他的實力真的很強了。

他正在變強。

又一小波的異變動物被聚集在一起的靈能者消滅掉後，那些被混沌靈氣侵染的祕境野獸們在面對死亡的時候，終於清醒了一些。

當敵人變得非常強大又聚集在一起時，即便牠們心中渴望殺戮、渴望撕咬人類的血肉化為牠們的力量，但即將成為殺戮的對象、恐懼的本能讓這些異變動物們終於停下了腳步，夾著尾巴轉身逃走了。

聚集到這裡的靈能者大約有一百五十多個，比風鳴在溫泉小鎮看到的靈能者數量少了一些。這是自然的，畢竟進入祕境總有危險，重傷或者死在祕境裡的情況也是靈能者們心中有所準備的結局。能夠走到這裡的，實力都不弱。

而且沒來的也不一定就是死亡了。如果實在感覺太危險，大可以在一個地方老老實實地待到最後幾天，休養生息，等待祕境出口開啟就可以出去，最多就是白來了一趟，沒有什麼收穫罷了。

驅趕走野獸之後，大家終於放鬆下來。熟悉的人開始聚在一起討論之後要做什麼，風鳴圖途和楊伯勞、郭小寶、金逍遙他們也都站在一起，他們大部分都是和玄武組隊長胡霸天一起來的。

有玄武組的靈能者護著，大家的狀態都還不錯。

不過風鳴發現后熠和理查他們還沒到，就和大家一起等著，估計也只是五六分鐘的事了。

在等待的時候，風鳴注意到旁邊的幾隊靈能者還有視線在打量他。其實之前在戰鬥的時候風鳴就已經感覺到有許多打量的視線掃在自己身上，那些視線中有善意的，也有帶著惡意的情緒。風鳴對此很是敏感，甚至他還透過靈能波動追到了惡意最強烈的一個靈能者。

竟然是一個長著一張娃娃臉，笑起來很甜美可愛的女性靈能者，在順著靈能波動找到她的時候，風鳴心中很是意外。

不過，雖然打量他的各種意義不明的眼神很多，但或許因為風鳴在這場野獸突襲靈能者的戰鬥當中表現得太過顯眼及輕鬆，那些心中蠢蠢欲動的靈能者們雖然打量，卻沒有任何不好的行動，甚至有人直接打消了趁風鳴弱小時做什麼的想法，實在是這個剛覺醒的神話系靈能者和他們想像中的不太一樣——

他沒有半點靈能者初覺醒的不知所措和弱小，也沒有身為混合系靈能者為了壽命緊張的擔憂急躁。他看起來自信且強大，簡直就像一個真正長成了、極其厲害的神話系大靈能者。

不能對他做什麼，至少在現在這個時候絕對不適合動手，而且除了極少部分的人還不死心之外，其他華國的靈能者都對風鳴起了交好的心思。哪怕風鳴現在還沒有完全成長起來，但身為一個神話系的靈能者，只要他這次在祕境中能成功活下來、洗掉混合的血脈，那麼未來就不可限量。

所以風鳴站了一會兒，就接到了三位靈能者的示好。這三位靈能者在剛剛對異變野獸的戰鬥裡都表現得非常突出，而且顯然是他們一起來的小隊中的領頭人。他們走到風鳴這邊，先恭敬地和胡霸天這位玄武組隊長問了好，然後才笑著和風鳴介紹自己。

三個人分別是金屬系靈能者鐵斬風、長髮異變的靈能者常水水和道士朱信。

風鳴和其他學生們都忍不住把目光放在常水水的頭髮和朱信羽絨衣下的道袍衣襬上。

常水水是一位風情萬種的大美人，和屠迎迎帶著魅惑的美不同，她的美像是一團烈火，美得危險而野性。她看到風鳴也在看她的長髮，頓時就伸出手撥了一下及腰的長髮，而後那頭黑色的秀髮就開始瘋狂生長，像是有生命一般分成了八股，直接捲上了風鳴的手臂，把他拖到了常水水的懷裡。

對，就是懷裡，這位大美人的身高竟然比風鳴還高兩公分。

當風鳴的臉差點埋到常水水的胸前時，風鳴後背的大翅膀已經忍不住炸了出來，差點就要放電了。但常水水比他速度更快，鬆開了頭髮並把他狠狠地推開，臉上的表情從剛剛的「弟弟過來，姊姊疼你」直接變成了「莫挨老娘，老娘莫得感情」的高貴冷豔。

風鳴：「……」

這是突然發什麼瘋？

不過，很快風鳴就看到常水水的額頭上開始冒著細汗，而後他身邊的圖途忽然叫了一聲：

「后隊來了！！」

他驟然轉身，就看到了坐在一個簡易雪橇上，被雷兼明、蔡濤和墨子雲合力拉過來，像是皇帝陛下一樣的后隊長。

此時的后隊長臉上帶著標準假笑，手上還把玩著一支金色的小箭。而那支小箭的箭頭一直都對著常水水，不曾偏移。

風鳴覺得他可能明白那位常大姊為什麼突然發瘋了，然後，他對上了后熠那張過分英俊，笑得肆意的臉。

「喲，小鳥兒，還活蹦亂跳呢，我就知道你不會有事。」

風鳴揚起了眉毛：「那是自然，我厲害得很呢。」

后熠就愉悅地笑起來，然後一直拉著雪橇的雷兼明三人看著這個總算恢復成「溫和可親」樣子的青龍組大隊長，差點激動到熱淚盈眶。

后熠走到胡霸天旁邊，兩人互相擊握了一下手，然後后隊長才面帶「溫和可親」的微笑看向現在還不敢動的常水水，道：「常大姊，妳年紀都這麼大了，就不要啃太嫩的草了，不然頭髮說不定就不會長長，反而禿了。」

被明裡暗裡威脅了的常大姊表面認真點頭笑嘻嘻，心裡瘋狂大罵。

老娘是頭髮異變！老娘永遠不會禿頭！！而且老娘才二十九歲，你這個只比我小幾個月的好意思叫我大姊！我要是啃嫩草的話，你他媽比我好多少？

可惜打不過，不敢大鬧。

后熠到來之後，靈能者們似乎徹底安定下來。

不管他們心裡有什麼想法，但在兩位國內頂級靈能者面前，他們的想法都不重要。大家就聚集在一起圍成一個大圈，討論祕境裡的事情。

風鳴莫名就坐在了后熠旁邊，想一想，似乎是墨子雲把他推到這裡的。

「這祕境很不正常。我們一路上遇到了超出B級許多的骷髏兵和骷髏妖獸，有三個同伴都受了重傷，不能再繼續前進了。」

「對！長白山祕境之前也不是沒有人碰巧進來過，但是我搜索的那些關於祕境的攻略都不對！攻略說祕境裡雖然有濃霧，但是濃霧不會隔絕靈力，更不會吞噬靈力！」

「而且最重要的是風雪區的風雪太大了！裡面的動植物也變得太凶殘了一些，像剛剛那些動物和植物集體圍攻人類的情況，怎麼想也不可能是正常的。這個祕境到底發生了什麼事情？如果能知道就好了！」

大家聚集在一起，膽子也大了起來，開始說出自己的想法和意見。

這時候，羽絨衣裡套道袍的朱信就開口了。

「如果能抓到一隻活的異變妖獸，我倒是能夠幫忙探查一下。」

眾人的目光就齊齊轉到他的身上。朱信旁邊，另一個身材有點胖的道士驕傲地抬頭：「我們大師兄不光是道門百年內的奇才，還覺醒了感應靈能！只要大師兄伸手摸摸你的腦袋，就能感應到你一個月內的記憶。」

風鳴頓時睜大了眼，后熠和胡霸天沒什麼多餘的反應。但不少人看著朱信的眼神都帶了戒備之色，這種靈能可不是什麼讓人愉快的靈能，不會有人想要被人感應記憶和想法的。

就在這個時候，一個溫和、帶著異域腔調的聲音響了起來。

「這樣的話，我抓到的這頭雄鹿可以感應嗎？」

所有人都轉頭看過去。風鳴看到了理查金色的頭髮和碧綠的眼瞳，以及他手上牽著的一頭角特別粗壯的雄鹿。

如果那頭雄鹿不是鼻子喘著粗氣，時不時就想要用角去頂、用蹄子踢理查的話，這畫面還是非常有衝擊力的。

不少人都看呆了，但更多人戒備了起來。祕境裡有偷偷潛入的外國人很正常，但是敢明目張膽來到他們中間的，這還是頭一個。

后熠瞇起眼。

理查對緊張的眾人笑了笑：「各位不用擔心，我是義國教廷的神聖騎士，來此是為了風鳴大人，他體內有我們視為珍寶的血脈。」

眾人就看向風鳴，然後了然了。

翅膀嘛！神話系，大天使！

風鳴被看得有點不自在，后熠停止把玩手中的那支金色小箭，抬起眼。所有人頓時渾身一冷，一個個都看天看地，就是不看風鳴。

而理查牽著雄鹿走上前：「我覺得風大雪大，在這裡行路肯定不便。剛好看到了一頭雄鹿，就覺得可以帶回來給大人當坐騎。雖然牠之前性格暴躁了些，但您放心，我等等再說教一下，牠就會老實了。能馱著您，是牠的榮幸。」

理查看著風鳴微笑，「不過在那之前，他或許還能提供這一個月的記憶給大家。」

風鳴看著那頭看起來就很健壯的雄鹿，忍不住就想點頭，結果他嘴巴裡就被塞了一個烤到流油的烤兔腿。

旁邊的后隊長收回手，哼一聲：「騎鹿會舒服嗎？這隻鹿看起來就不聽話，又沒有鞍，萬一騎上去以後亂跑亂跳，卡住蛋怎麼辦？你負責嗎？」

風鳴差點把自己嘴巴裡的兔肉噴出去。

其他靈能者也沒好多少，但一個個都用崇拜的眼神看后隊長。這位真的是霸道真漢子！

理查臉上的微笑凝滯。如此粗魯野蠻的話，他都想掏出十字架，給這個東方的隊長一個語言淨化了。

偏偏后隊還在繼續說：「這隻鹿不適合直接騎，但是用來拉雪橇是極好的。你看，我剛好手工做了硬木雪橇，上面還鋪了厚實溫暖的野獸皮毛，我已經坐在上面體驗了一把，舒適度極佳。剛好讓你這頭雄鹿來拉雪橇，然後讓風小鳥和我坐在雪橇上，滿好的。真謝謝國際友人啊！」

國際友人的笑容消失，在一群人更加佩服后隊的目光中冷漠道：「不用謝，因為你坐上去

的話，我就會直接砍鹿。」
后隊呵一聲。
「那我再去抓匹狼。」
還怕你不成？
眼看兩人之間氣氛快要比過寒風暴雪，道士朱信突然開口了。
他臉上的表情有些驚疑不定，卻又帶著一絲興奮。
「我剛剛看過牠的記憶了，長白山祕境確實出現了異變。從一個月之前，祕境中心的天池水就莫名開始升溫、溢散出濃郁的靈氣，就是這種靈氣改變了祕境的情況，還讓吸入了靈氣的動植物們變得狂躁嗜血起來。別的我感應不出來，但是這頭鹿的腦海中有一個很強的念頭！」
朱信看著看向他的眾人，緩緩道：「天池之中有重寶，所有祕境內的生物都想要得到。」
所有人的心都狂跳起來。
「難不成是萬年靈參在天池裡？」
朱信的表情卻變得有些奇怪。
風鳴下意識往一直不顯眼的小老頭前面挪了挪，小老頭卻半點不慌。
「不，不是萬年靈參。我們此行怕是無法得到萬年靈參了，因為我從牠的記憶裡感應到，這祕境之中有兩個極為厲害的存在，幾乎算是祕境之主，其中之一就是萬年靈參。」
眾目睽睽之下，朱信咽了咽口水才道：「它成精了，變成人的那種成精。」

瞬間，周圍響起了接連不斷的抽氣聲。

片刻後，有人問：「那它變成什麼樣子了？」

風鳴的心一瞬間提到最高。

第八章　打飛機嗎？

那個靈參變成了什麼樣子，是在場所有人都想知道的事。哪怕現在眾人知道靈參已經成精變成人了，想要捕捉到它是一件非常困難的事情，但那可是萬年靈參！吃了之後，說不定能夠原地飛升的那種重寶！要讓他們直接放棄，實在太難了。

而且，說不定他們就運氣好，之後能碰到那個變成人的靈參呢？他們也不一定非要和萬年靈參為敵啊，跟他做朋友不可以嗎？聽說成精的動植物們都很單純，智商肯定也不高，說不定就是一個剛成精的人參小娃娃，這樣的話，把它拐走或者對它好一點、引發它的好感，最後哪怕得不到完整的萬年靈參，弄到一點靈參血、靈參鬚或者靈參皮也滿不錯的，不是嗎？

所以，眾人都目光灼灼地看著朱信，期待他描述一下那個可愛人參精的樣子。

羅老頭現在正吃著一塊烤兔肉，吃得正香，抬頭看到在場的那麼多人眼中流露出來的貪婪眼神，用腳趾頭想都能想到這些人類骯髒的心思。

肯定是覺得他們這些成精的動物或者植物傻得很，特別好哄好騙，只要裝個好人、製造一個邂逅來騙取他的好感，就能得到他的身體，甚至是心靈了。

「呸！」

羅老爺子吐出一塊兔子骨頭。做你們的青天白日夢去吧，爺爺連洗腳水都不給你們喝！

風鳴看了一眼羅老爺子，伸手又撕下一大塊烤肉堵他的嘴。可別添亂了。

這時候，朱信開口：「這頭雄鹿並沒有正面接觸過那兩個祕境之主，只是曾經遠遠地看到過幾眼。能夠確定的是，那個萬年靈參是一位容貌非常美的男子，我能夠感受到這頭雄鹿每次看到萬年靈參之後，都會升起羨慕而崇拜的那種情緒。

還有一點，那萬年靈參有一頭銀色的長髮，就像是最上等的綢緞一樣，而另外一個祕境的主人則是黑色的長髮，有著金色的眼瞳。

似乎是在幾天前，那天池下面有什麼東西跑出來，然後和黑髮的男子打了起來。之後這頭雄鹿就沒有什麼相關的記憶和見聞了，但再往前走的中心區非常危險，能待在裡面的都是祕境裡最強大的獵殺者。」

眾人聽完朱信的話，都在第一時間偷偷打量周圍的靈能者們。雖然可能性非常小，但說不定那個萬年靈參就是那麼傻，混到了他們之中呢？大家都在偷偷摸摸地找靈能者裡有銀色或者白色頭髮的人，然後他們看到了一個白髮的中年男人，和正在沒什麼形象地啃兔子肉的羅老爺子。

大家看了羅老爺子和那個中年白頭的男人三秒，集體移開了視線。

這兩個人絕對不可能是那個特別美，像仙人一樣的萬年靈參！那老頭滿臉皺紋，瘦得跟麻稈一樣，一頭亂糟糟的白髮就算綁起來也特別沒有美感。而那個中年男人渾身粗魯男人氣息，身體五大三粗，也不可能是萬年靈參美男！

果然萬年靈參還是比較膽小，不敢跑到他們這群人當中。不過沒關係，既然已經知道了萬年靈參的特徵，以後遇見了，就一定不會放過他。

然後大家都放鬆地稍稍討論了一下，連盼盼的聲音響起：

「真想知道美到成精了的萬年靈參到底長什麼樣子。如果碰到他，我肯定不會傷害他的，我一定會和他交朋友，然後帶他去看看祕境外面幸福美麗的世界。」

連盼盼旁邊正在追求她的靈能者就笑起來：「還是盼盼人美心善。不過非我族類，其心必異，那萬年靈參就算長得好看了一點，還是很危險狡猾的，妳不要冒險喔。」

羅老爺子又仰天翻了個大白眼，他覺得這是人美心善這個詞被黑得最慘的一次。當他老爺子從來沒出過祕境，下過山嗎！

風鳴這時已經徹底不擔心老爺子了，顯然老爺子做了偽裝，就是不知道老爺子的原本樣貌是現在的樣子，還是那個俊美的銀髮男子，但這都沒有什麼關係，只要他不暴露就行。

而那個開口的娃娃臉女人連盼盼，就是在戰鬥時對他惡意最大的那個人。風鳴有些不懂，他並不認識這個女人，為什麼她會對自己有那麼大的惡意？

風鳴的眼神沒有什麼掩飾，連盼盼感受到了他的眼神也抬起眼，看到他之後對他露出了一個很甜美友善的笑容。

要不是風鳴之前順著靈能波動找到了她，他還真不敢相信這麼一個「人美心善」的女生會對他有極大的惡意。

風鳴垂下了眼。

之後，胡霸天和鐵斬風、常水水及朱信他們商量了一下，決定今天晚上在這裡休息一夜，明天一早就從風雪區趕往天池區。中途大概需要走三天的路，大家可以選擇一起行動，也可以自己去祕境中尋找他們自己的機緣，沒有什麼硬性要求。

胡霸天和后熠他們進入祕境的目的就是尋找洗靈果，以及不讓萬年靈參或者祕境裡的其他重寶落入其他國家的人手中，最終肯定要去天池看看。好在萬年靈參自己會跑，應該很難會被抓，他們只需要去找洗靈果就行了。

其他靈能者各懷心思，但暫時也都決定先去天池那裡看看。一方面跟著大部隊比較安全，另一方面萬一渾水能摸到一條魚呢？

晚上要休息，自然不能直接躺在雪地裡。大家都直接蓋雪屋或者刨個雪坑睡覺，也有默契好的人砍樹建木屋，或者直接用異能建造屋子。

比如石破天用沙石蓋了個大屋子，得到大家一致好評。比如常水水的頭髮睡袋，看得風鳴等眾少年一臉糾結抽搐。

二翅膀在這個時候又炫了一把。只用了五分鐘，風鳴就搧著他的二翅膀直接建造了一個扭曲風格的冰屋。其實冰屋並不扭曲，就是幾大塊冰疊在一起，很快就凍得結實。扭曲的是冰屋上面的靈魂冰雕，那看起來應該是鹿拉著雪橇，但是怎麼看都覺得那隻鹿更像是長角的驢子，那雪橇像極了長方形的棺材。

不少人都想起了在濃霧區突然看見靈魂冰雕的反悶感，偏偏后熠還在誇：「有那種感覺了啊！風趣！」

理查騎士看了好幾眼那靈魂冰雕，又看了一眼面不改色誇人的后隊，最後抽著嘴角道：「嗯……頗有個人藝術風格。」

后熠和風鳴看著他的表情，同時忍不住笑出聲。

理查：「……」心累。

在最大的石破天建的土屋裡，風鳴把在半空中看到那一隊人的事告訴胡霸天和后熠。

兩人同時嚴肅了表情。

旁邊的布藤斷定：「是黑童的人！他們那個組織為了目的，無所不用其極，老人和孩子是最好洗腦和控制的，他們組織裡有不少透過非法手段覺醒的靈能者老人和孩子。」

胡霸天皺眉：「那他們來到這裡是想幹什麼？為了萬年靈參？如果他們只是為了祕境裡的東西倒是還好，就怕別有用心……」

胡霸天說著，就看了風鳴一眼，然後又掃了一眼在這裡的十九個少年們，怕這些少年裡還有有問題的人。

雷兼明和舒聲聲他們幾個也在這時候身體一僵，后熠倒是搖頭：「這些孩子們的身體和意識都是沒問題的，嚴慈女士幫他們做了近半個月的治療，每天都有意識評測，所有人都做，要再被人為控制幾乎不可能，除非有人心甘情願地為那個組織賣命。」

電鋸小哥具東升就哈哈兩聲：「誰會去幫那個壞事做盡的組織賣命啊！腦子壞掉了嗎？」

大家就都笑了起來，你一言我一語地開罵黑童，蔡濤也跟著罵了一句，之後就低頭看著自己的雙手沉默起來。

而後胡霸天提醒大家都小心一些，早點休息。

風鳴回到自己的冰屋時，后熠笑咪咪地跟了進來。風鳴轉身堵在門口，揚眉用眼神問話。

后隊長一臉認真嚴肅：「這裡危險，你身分又敏感，我要貼身保護才行。」

風鳴正想呵呵兩聲，羅老頭的聲音就在冰屋裡響起：「哎呀，要進來就快進來，不進來就出去，風都吹進來了！」

后熠瞬間一臉震驚：「為什麼那個老頭在你的屋裡！」

風鳴抽著嘴角，把后熠拉進了冰屋裡，旁邊雪屋的理查搖搖頭進屋。而對面把自己裹成一個黑髮蠶繭的常水水則是陰陽怪氣地笑著。

呸！吃嫩草的老流氓！

先用冰塊堵住了冰屋的入口，風鳴才看向后熠：「這位羅老爺子救了我和風勃、圖途、熊霸的命，然後他還有六十顆洗靈果的生意想跟你和胡隊長做，這生意你接嗎？」

后熠的瞳孔瞬間一縮，剛剛又皮又野的樣子消失不見，整個人的氣勢陡然變得鋒銳，伸手就把風鳴扯到了他身後，雙眼如刀地看向在嗑瓜子的小老頭。

「六十顆洗靈果……可不是任何一個普通靈能者能拿出來的生意。」

羅老爺子扔掉了手中的瓜子殼，腳踩大地，他無所畏懼。不過，看向后熠的眼神還帶著一些奇異。

「真沒想到我還能看到一個有遠古大神血脈的小傢伙。嘿嘿，不過你的血脈之力不夠純，不然老爺子見你第一眼就跑了。你又不是個傻子，看不出來爺爺我到底是不是普通靈能者？爺爺就問你，幫忙嗎？不幫的話，洗靈果我就全扔進天池裡了。」

后熠看著眼前這個藝高人膽大，真的跑到他們這群靈能者裡的萬年靈參精。想到洗靈果對於國家的重要性，沒半點猶豫：「幫！」

后熠才不管眼前的這個萬年靈參精是不是他們的同類，畢竟他又抓不到這個成了精的小老頭。他剛剛已經試著用自己的靈力鎖定這個萬年靈參，然而對方給他的感覺像是一整片大地，完全沒有辦法鎖定他。

然後后隊長就想到了不少動畫片裡，關於人參娃娃會自己跑的傳說。想來眼前這個靈參老頭就是會遁地的那種升級版人參吧。

所以，抓不住這個靈參精，又是小鳥兒他們的救命恩人，還帶著一大堆珍品洗靈果和他交易，不同意交易的人才是傻子吧？

比起和一個實力深不可測的靈物成為敵人，和他交好並且能長期做生意才是成年理智的人會做的選擇。

后隊長甚至露出了十分熱情好客的笑容：「真沒想到您會親自過來。真是久仰大名，風采驚人。您放心吧，只要洗靈果到位，哪怕上天入地，我也會努力把人救上來的。而且我希望以後我們能長期做交易，這對我們雙方都是有益處的好事，便於我們雙方互相深入了解啊。」

羅老爺子看著后熠那一秒變臉的樣子，手裡的瓜子都有點嗑不下去了。當年的后羿大神可真不像這小子這樣，至少肯定不比這小子能說。

「長期交易還是等這次的事情結束以後再說吧。要是不能把那個凶殘的傢伙救出來，別說以後繼續交易了，這個祕境以後你們都可能再也進不來了。雖然我不知道天池下面到底發生了什麼變故，但我有預感，如果那個人敗了，這個長白山祕境也就毀了。」

羅老爺子說到這裡，神色變得嚴肅：「那個怪物絕對不是唯一一個會莫名其妙從天池湖底跑出來的傢伙。牠只不過是第一個而已，一定要阻止牠才行。」

然後羅老爺子又說了他知道關於祕境異變的所有事情，還形容了一下那個突然從天池下面跑出來的怪獸的樣子。

「有點像山海經中的上古妖獸，但感覺都非常野蠻凶殘，沒有多少腦子，一出來就到處獵殺牠看到的一切活物。嘖，反正過幾天你們就能看到牠了，到時候就知道情況了。

原本我只是想把那傢伙撈出來，但既然你小子有后羿血脈，再加上鳴小子的空間和鯤鵬之力，應該可以直接滅掉那個妖獸了。既然可以斬草除根，那就做到底吧。」說這句話的時候，羅老爺子的神色才和他這一臉滄桑的樣子相符了。

這是他和傻子的地盤，想和他們搶地盤，總得付出一點代價。之後后熠倒是沒有賴在風鳴的冰屋裡，而是去找胡霸天商量這件重要的事情。他倒是不打算洩露羅老爺子的身分，不過老胡也是個優秀戰鬥力，不用白不用。

至於風鳴身下墊著厚厚的獸皮墊子，打算在今天晚上好好休息一晚，明天大家一定會一起趕路。

在他即將閉上眼的時候，羅老爺子的聲音卻響了起來。

「睡覺的時候，繼續按照我教你的吐納法運行你體內的靈力，還有，就算意識沉睡了，靈力也不能沉睡，守著空間之力就要好好運用，別浪費了你那一身天賦！」

風鳴受了老人家的教導，只好閉上眼睛卻運行著體內的靈力迴圈，並且把潛意識和空間波動同頻融合，努力感受著周圍空間裡的一切變化。

漸漸地，他感受到了周圍空間的各種波動，甚至「看」到了他能感應到的空間裡的一切。

他「看」到了走出雪屋，在一棵樹下面撒尿，邊撒尿還邊喊冷的電鋸小哥，「看」到了在雪地裡走來走去的一個靈能者，甚至，如果他願意，他還能感應到雪屋裡面的人的行動。

所有人都在空間之中，他們的一舉一動都能引起空間的波動，甚至連天上的雪花和風、隨風搖動的樹枝葉子，都有它們的空間波動。

然後風鳴就睡不著了。

空間的波動這麼多、這麼亂，不斷絕感應怎麼可能睡得著啊！他做不到意識沉睡，但靈力不沉睡啊啊啊啊！

於是風鳴就在夜色之中閉著眼睛「乾瞪眼」，然後努力地尋找意識、靈力以及睡覺之間的平衡。

也不知過了多久，可能是他已經適應了大部分空間波動的變化，又或者實在太睏了，他慢慢地閉上了眼睛。

可在他即將沉睡的時候，有兩個不同的尋常空間波動忽然驚醒了他。那是疾速離去的空間波動，一前一後往同一個地方而去。

風鳴眉頭緊皺，後背的三翅膀一動，原本平均覆蓋整個營地的靈力瞬間變為一條筆直的長線，隨著那波動的空間追尋而去。

空間和意識的速度比人的速度要快太多，風鳴的意識很快就追蹤到了一前一後離開的兩個人。

當他們停下的時候，風鳴把意識放到最輕，隨著空氣中風的波動而波動。

「長話短說。頭領給你的那把黑色匕首呢？你為什麼沒有按照吩咐，把黑色匕首放到該放的地方？你是不想讓你妹妹好過了是嗎？」

聲音在空間中發出了波動。雖然聲音有一些失真，但風鳴還是認出來這是連盼盼的聲音。她說的內容讓風鳴覺得不太好。

下一秒，他就聽到了一個無比熟悉的聲音。

「如果我妹妹在你們那個組織裡出了什麼事，我會不惜一切代價，殺了你們所有人。我幫你們辦事的前提是務必要保住我妹妹的命，不是讓妳來威脅我的。」

連盼盼聽到這番話，冷笑起來：「但你沒有幫我們辦好事情！那個神話系的小子還活得好好的沒死，吸血匕首你也沒有交給我們。」

蔡濤的聲音沒有半點慌張。

「時機不到，不要以妳的智商來評判我的行為。留著那把匕首，是因為我要把它直接刺入風鳴的心口。那把匕首能吸收被攻擊者的血液，難道巫童大人不想要神話系混合靈能者的心頭血？

現在風鳴還沒有完全成長，又是難得的祕境環境，等到混亂起來的時候別說殺了他，要偷偷把他迷暈、綁走也不是不可能。但不管怎麼樣，我都會完成組織交給我的任務，不用妳來操心。」

而後蔡濤的聲音變得非常冰冷：「這不是我跟著妳出來的原因，我要看看我妹妹現在的情況。」

連盼盼被毫不猶豫地嘲諷了智商，心情顯然非常不好，但蔡濤顯然是組織裡非常看好的一個棋子，她不能讓這個棋子失去作用，於是只能不甘不願地拿出自己的手機，然後播放了一段影片。

影片當中，一位十二三歲的娃娃頭小女生面色蒼白地坐在椅子上，看起來狀態不是很好，但至少是活著的。然後她努力地對著影片微笑，似乎想要展現出自己最好的一面，少女開口：

『哥不要擔心我，我在這裡很好，醫生叔叔說我的病也快好了。哥哥你雖然努力工作，但也不要累到自己啊。』

蔡濤看著影片裡的少女嘴唇微微顫抖，他的眼眶有些泛紅，不過最終卻竭盡全力克制著自己轉過頭，不再看她。

連盼盼看到他的樣子，心中升起一種快感。她有一些高傲地揚揚手裡的手機：「組織裡已經研究出可以讓你和你妹妹都活下來的藥劑了，只要你能辦好這件事情，把風鳴的心頭血拿到手，你們兩個就都能得到藥劑。不然的話，像你們這種透過實驗、被強制激發出靈能的人，是絕對活不過三個月的，就像混合靈能者一樣。」

連盼盼幾乎有些惡毒地笑著道：「這樣一想，你也別有什麼罪惡感了。反正風鳴那個小子就算是再怎麼血脈天賦異稟，說到底也是個混血雜種而已，早晚都是要死的。」

蔡濤沒有回答，只是眼神冰冷得就像手中的刀，一同刮在了連盼盼的耳畔。

在連盼盼驚怒交加的呼聲中，蔡濤轉身就走。

如果風鳴是個早晚都要死的雜種，那像連盼盼和黑童組織這種泯滅人性的雜碎，就完全不應該存在在世界上才對。

蔡濤和連盼盼的見面隱祕而簡短，行動幾乎沒有任何人發現，除了被空間波動干擾到睡不著的風鳴。

現在，風鳴已經快適應了空間的波動，卻更加睡不著了。

他睜著眼睛，一直睜到門口的冰塊被輕輕搬動，一個夾雜著冷風卻火熱的身體躺在他的身邊，風鳴不用轉頭就知道那是誰。

在有些無語的同時，心中竟然也莫名安定了一些。

而後，他忽然就聽到黑夜中那個人低沉的聲音：「怎麼了？」

風鳴的心跳亂了一拍。是在問他？他明明剛才就閉上眼睛了。

「你的心跳聲不對，氣息也不對。發生了什麼？」

風鳴聽到這番話睜開了眼睛，然後忍不住轉頭。

「你也有朱信的心靈感應了嗎？」

我的心跳和氣息對不對，你怎麼知道？

在微微的黑暗之中，旁邊的男人輕輕笑了笑。

「還好。不過不是心靈感應，而是鳥心通，這是我的獨門祕技，你不要告訴別人。」

風鳴輕笑起來。

「喔。」

「所以呢？發生什麼事了？」

風鳴想了想：「如果你的朋友因為迫不得已的原因即將背叛傷害你，你會怎麼做？」

「那就要看他到底有沒有背叛傷害我了。」

男人的聲音很低又很穩。

「在他沒有行動之前，我總要給他一個放下屠刀的機會。」然後才能光明正大地反殺砍死他啊。

風鳴閉上眼。

「嗯。」他也是這麼想的。

這世界哪有純粹的黑與白，灰色才是常態。

對待朋友、兄弟他可以等等，但是對待敵人，還是早點讓他們去死吧。

於是，在第二天大家朝中心天池區趕路的時候，連盼盼忽然發現她簡直倒了血霉。

又一次莫名其妙的腳下被絆倒、差點被雪中的冰錐紮破眼珠的時候，連盼盼憤怒了。

「到底是你們之中的誰在故意針對我？我不可能這麼倒楣！已經接連三次差點死了！」

要不是她身邊有兩個追求者及時出手，光是這一個上午的時間她就涼了。

風鳴坐在雪橇上補眠。大翅膀蓋在身上，聖潔得就像是個睡美男。

連盼盼惡毒的眼神盯著他，可惜風鳴沒給半個眼神，然後風勃和俎楊龍就擋在了雪橇的前面。

風勃看著連盼盼道：「真誠勸妳不要再繼續前進了，我觀妳烏雲罩頂、額頭青黑，怕是有血光大災。」

組楊龍在旁邊幫腔：「我都沒畫圈圈詛咒妳，妳就倒楣成這樣了，可見是真的倒楣。還是留下來保平安吧。」

連盼盼一張漂亮的臉蛋氣到扭曲：「有本事直接弄死我！！我偏要去！」

風鳴躺在雪橇上，冷漠地勾了勾嘴角。

三天後，眾人終於穿過了風雪區，到達了長白山祕境的最高處——天池聖地。

這個時候，眾人身上穿著的羽絨衣早就已經被脫了下來，取而代之的是短袖長褲，標準的初夏裝扮。

在一行人走到風雪區的邊緣時，原本漫天飛舞的巴掌大雪花和寒風，就以肉眼可見的速度變小變弱了起來。溫度也從原本的零下幾十度上升到了零下十幾度、最後升到零度。

他們走出風雪區、進入中心區，寒風暴雪就徹底消失了，溫度也驟然升高到了十來度。

在祕境中已經待了八天，這還是眾人第一次能僅憑普通的視力看清楚周圍的環境，一時間都忍不住有些感動興奮。

祕境中的長白山似乎和祕境外的沒有太大的區別，依然是密林山峰林立。不過長白山祕境裡的天池和祕境外的天池又不太相同，在前往天池口的那一段路上，沒有陡峭的山路、沒有攔路的猛獸，有的只是一片平緩、看起來生機盎然的坡地。

坡地之上開滿了鮮花、長滿了綠草，帶著靈氣和水氣的微風吹過，頗有一種野外郊遊的舒適感。這樣的景色讓眾人忍不住驚嘆，還有些懷疑。

他們就要走到長白山天池口了，根據朱信的感應，天池口就是長白山祕境出現變化的最初始也最大的地方，而且這裡的靈氣雖然有些混亂複雜，濃度卻實在高得驚人，幾乎是濃霧區的三倍之多。

在這麼一個地方修煉簡直是事半功倍，為什麼沒有一個異變的猛獸？然而眾人在旁邊走了走，卻沒找出任何異樣。

風鳴看了一眼羅老爺子。

這位人參精爺爺正伸出腳踩一朵堅強不屈的小黃花，小黃花被踩趴又直立起來，再被踩趴再直立起來，看起來很淒慘。

風鳴：「……」

然後，隊伍中就有異能者忍不住：「說不定這就是暴風雨前的寧靜呢？厲害的東西都在天池口那裡，一直在這裡耽誤時間也不是辦法啊。走一步算一步，先往天池口那邊去吧。不騙你們，我有一種強烈的感覺，天池裡一定有什麼特別厲害的寶貝，我體內的靈力和血液都在催促我去那裡！」

第一個異能者開口了，就有其他人附和起來。眼看著巨大的利益就放在他們前方，這時候沒有任何一個人想要退縮。

不就是一片看起來過於平靜的花草坡地嗎？實在不行，加速跑過去就好了，只有五六百公尺的距離。

大家都看著領頭的兩個四方組隊長。后隊長特別心黑地學起了人參精，對一朵白色小花像打地鼠一樣踩踏，一副所有事情和我無關，我才不管你們的大爺模樣。

而胡霸天和布藤、圖長空幾個隊員商量了一下，就點頭：「那我們就往前走吧。不過大家各自小心一點，如果真的發生了什麼意外，我們不一定來得及救援。」

他這句話說完，就有按耐不住的流浪者快步跑向了坡地，後面的眾人看著他平安地跑了幾十公尺的距離還沒發生什麼意外，一個個都安心了一些，開始快速跟上去。不管怎麼說，快點跑到天池口是最佳的行動方案。

學生們跟在玄武組胡霸天他們的身後，跑得也很快。圖途作為一隻喜歡跑跳和草地的兔子精，跑了幾步竟然開心地把自己獸化了，變成一個一公尺高的長腿北極兔在草坡地上高興地奔跑。

兔子在草地上奔跑，其實是滿好看的畫面，但是北極兔就畫風不對了。那畫面實在太過刺眼，風鳴都抽著嘴角，不忍直視。

而旁邊的熊霸和郭小寶也有點蠢蠢欲動。看看這青翠的草坪和可愛的小花，多想上去踩兩腳，打個滾啊！之前的濃霧區和風雪區，環境惡劣到快把人弄死了，現在這種靈氣濃郁、畫風美好的環境才是理想中的祕境聖地啊。

結果北極兔圖途跑著跑著，忽然敏銳地感受到周圍有殺氣。他警覺地豎起耳朵，左右看了看卻沒有看到什麼危險，但他沒有放鬆警惕，蹲在那裡變成一個大兔子球沒動，片刻後，他那腥紅的兔子眼寒光一閃，陡然高高躍起，長長的後腿用力往後一蹬！

吱嘎——

一個尖銳難聽的聲音在圖途的耳邊響起，同時還有已經跑到這片花草地中心的眾多靈能者們的驚呼！

「我靠，怎麼回事！！」

「有什麼東西絆住了我的腳！」

「天啊！快、快往回跑啊！！」

圖途在這一片驚慌聲中轉頭，就看到了一朵高達半公尺的大紅色食人花。花朵中間的花蕊長出了大口，原本看起來可愛的六七片花瓣上也瞬間長滿了倒刺。要不是他剛剛反應快，蹬飛了那朵想要偷襲他的食人花，現在他的兔子屁股恐怕就被啃下來了！

而後，所有人都看見天池周圍的坡地上，那原本可愛無害的花花草草們幾乎是眨眼間長成了比原本體型高出十幾倍的凶殘模樣，一個個就像是猙獰的長蛇怪獸，帶著尖銳難聽的叫聲，瘋狂地攻擊踏入天池聖地的愚蠢人類們。

看著瞬間由小清新郊遊變成了地獄遊覽的畫面，所有人都有點不能接受。

此時因為溫度升高，幾乎所有人都已經脫掉了身上厚厚的羽絨衣和大衣，穿著單衣又沒有防備的靈能者們幾乎是瞬間就被莖葉上長滿尖刺的食人花草們刺破了皮膚。

一旦鮮血從他們的身上流出，那些本就凶殘的植物就會更加瘋狂地攻擊和撕咬靈能者們，整個山坡上密密麻麻的花草晃動叫囂起來，看得頭皮發麻。

「愣著幹什麼？往回跑！組成三角攻擊小隊防禦撤退！不要落單！老胡，先吼一聲！」后熠的聲音在這時帶著靈力響在每個人耳邊，神色冷厲，和剛剛大爺的樣子判若兩人。

胡霸天瞬間咆哮一聲，變為一隻巨大的白色東北虎，口中發出震耳欲聾的虎嘯。

當這聲虎嘯響遍整個山坡的時候，原本還在瘋狂攻擊的食人花草們陡然身形僵直起來，趁著這一段空隙，靈能大賽的學生們瞬間三人或者五人組成一組，向後撤退。

風鳴、風勃、楊伯勞、金逍遙四個有翅膀的沒半點猶豫，就拍著翅膀升空而起。那些食人花草就算是長高變大了很多，一時間也攻擊不到他們，他們四個算是最輕鬆的人了。不過他們飛在天上也沒有無所事事，看到誰需要幫助就會俯衝下去幫一把，或者把人抓著升空。

榕樹異變者戎沐澤一邊用自己的榕樹氣根絞殺那些異變成精的植物，一邊提示周圍的眾人：「大家都小心一點，這些食人花草可以吸收你們的血液和靈力！一定要速戰速決！」

因為他本身也是可以吸取對手靈力的，所以對這一點感應十分明顯。

大家也確實在交戰中感受到了靈力的急速流失。

但這邊通往天池的山坡足足有幾百公尺，他們已經走到了正中心。在山坡上紮根的異變花草數密密麻麻、成千上萬，怕是數都數不清。靈能者們解決掉一個，就有兩三個的食人花草衝上來，想要速戰速決實在非常困難。

紅翎的火系靈能和雷兼明的雷系靈能是最好用的攻擊辦法，但山坡上的這些食人花草比起普通的花草，生命力和防禦力都要強悍許多，哪怕被火燒到葉子、花朵，只要不是立刻就被燒成灰燼，它們就能通過吞吃旁邊的同伴屍體恢復，甚至壯大自己。

雷電也是，只要不是立刻被電死，它們就能恢復，而且恢復得速度還越來越快。

舒聲聲可以發出聲波攻擊，讓食人花草們身形僵直，但同樣的，效果只有一時，甚至這些可怕的食人花草們還越來越能免疫聲波的攻擊，讓舒聲聲的臉都白了。

人群中不斷有人發出咒罵和驚呼，一邊戰鬥一邊往山坡周邊撤退。

到這個時候，大家才明白為什麼進入中心天池區之後，幾乎沒見到這個區域裡的動物們，只怕那些企圖靠近天池的活物都無一例外地，被天池口周圍的上萬食人花草吞食乾淨了。

而且這些食人花草還非常懂得誘敵深入的方法——它們在一開始偽裝成沒有任何異常的靈花靈草，等獵物走到陷阱中央，才露出獠牙。

「啊啊啊，我靠！姊姊的頭髮你們也敢吃！！」常水水發出憤怒的尖叫，同時頭髮像鋼針一樣根根豎起，直接把一朵金黃色漂亮的食人花刺穿了。

這朵金黃色食人花死了，周圍立刻就有三四朵顏色不同的花跑過來，開始吞吃金黃色食人花的屍體，而後身體又壯大一圈，朝常水水攻擊。

常水水整個人都不好了，把自己渾身上下包好頭髮，和隊友一起加速後退。

其他大部分的靈能者狀態比常水水還不如，一個個身上都掛了彩，鬼哭狼嚎地往後退。這其中就包括渾身上下被咬了十幾口，血流如注的連盼盼。

她的靈能是身體柔軟化，能把身體變得像麵團一樣柔軟可塑。因為變化很多，而且可硬可軟，她的戰鬥力也不弱。但在這種周圍都是密密麻麻、數不清的食人花草的戰鬥場中，她的靈能沒有半點優勢！不管她變成什麼形狀、什麼硬度，都會被這些食人花草當做大白饅頭，一口咬下一塊吃掉！

她的身體不能變成石頭、不能變成金屬，就算是最硬的麵團也抵不過這些食人花草的牙口和尖刺。短短時間她就虛弱了下來，心中無比驚恐。

讓她更加憤怒的，是她那兩個追求者明明和她組成了三角防禦小隊，卻一切都以自己的安全為先，甚至現在他們兩人看她受傷太重、流血太多，容易吸引那些瘋狂的食人花草還拖後腿，已經越跑越快，不打算管她了。

明明再跑五十公尺！再跑五十公尺就能跑出這片恐怖的花草坡地了，可連盼盼覺得自己堅持不下去了。

這時候，連盼盼抬頭忽然看到飛在空中的風鳴四人，看到了風鳴身後的大翅膀和好幾個抱著他的腰，被咬得比較重的靈能者學生們。

那些人裡竟然還有蔡濤！！還有那個叛徒蔡濤！！

連盼盼的雙眼頓時紅了，她昂著頭，扯開嗓子對風鳴喊：「風弟弟！風弟弟我受重傷了！我快不行了，你過來幫幫我啊！」

你竟然連那個叛徒蔡濤都幫，為什麼不能救我呢？

風鳴臉上的表情堪比便祕，他的額頭青筋凸起，大翅膀和二翅膀都有點吃力地搧動著，連小翅膀都拍得有點累了。

他聽到了遠處五六公尺外連盼盼的叫喊聲，但沒有任何回應。

連盼盼那個黑童的女人是眼瞎嗎？看不到他已經快墜機了嗎！

此時，下面傳來了郭小寶的驚叫聲：「我靠！鳥人，你飛高一點啊！我剛剛鞋子都快被那凶殘的花咬掉了啊！」

然後就是一串附和聲。

「對對對，哎呀，阿鳴你再飛高一點，我覺得我這個位置不太安全！」

「閉嘴吧你，你比我還高一個位置呢！我這位置，食人花跳一跳就能摘桃子了！」

「我靠，誰在拉我褲子！信不信爺爺一巴掌把你拍下去！鳴子，你再飛高一點啊！」

風鳴終於忍無可忍，爆喝出聲：「都他媽給老子閉嘴！！你們加起來有多重，心裡沒點數嗎？再吵，我就把你們扔下去！！！」

然後，掛在風鳴腰上，像是一串風乾肉條的九個人齊齊閉嘴了。他們也感覺到「飛機」有點不穩，正在晃呢。

然後風勃、楊伯勞、金逍遙各帶著兩個人飛過了風鳴旁邊，對風鳴露出了有些同情，又有一些幸災樂禍的眼神。

金逍遙還特地哈哈兩聲，拍著他的雙手翅膀直笑：「噯，兄弟！能者多勞啊！果然有兩對翅膀就是厲害！」

風鳴：「……再不滾，老子電死你。」

金逍遙就笑著滾了，然後風鳴吃力地帶著一串活人大肉往外飛。

那邊的連盼盼發現風鳴沒理她，聲音陡然尖銳起來：「風鳴！風鳴！！你為什麼不回答我？為什麼不過來看看我？我不是都說了我快不行了嗎？你身上掛了九個人，他們每一個的傷勢都比我輕啊！你放他們下來，過來救我啊！你不是神話系靈能者嗎？你不是全國大賽的第一名嗎？你不是守護天、呃！」

連盼盼的嘶吼沒喊出來，風鳴後背的小翅膀瞬間搧動兩下，連盼盼腳下的空氣就起了波動。

又來了！連盼盼面容扭曲！那種突然被絆一下、被推一下的感覺又來了！！到底是誰！！到底是誰要針對她！！

因為被絆倒，連盼盼的臉上和手臂上又被咬下了一大塊肉，連盼盼終於再也忍不住，抖著手掏出了懷中的一張靈能金卡。

她心中大恨。

這是她最珍貴的一張防禦靈能金卡！她打算等一下到天池那邊保命用，可是風鳴！風鳴那個該死的鳥人見死不救，逼她把這張卡用掉了！！

還有明明在這瘋狂的花草裡很輕鬆的后熠，那個人走在瘋狂的食人花草林裡，竟然沒有任何動作，就只是單純地往前走！那個人的肉體強悍度簡直可怕，食人花草竟然無法咬傷他！他這麼輕鬆，為什麼、為什麼不救她？

連盼盼手中捏著靈能金卡，雙眼赤紅地盯著后熠。

后熠若有所感地在混亂之中轉頭，那雙深邃的眼瞳和她對視了兩秒，忽然露出了幾分邪肆陰沉的笑意，輕輕在脖子上做了個劃破喉嚨的動作。在連盼盼頭皮發麻的瞬間，后熠才若無其事地轉身繼續往前走。

連盼盼的心彷彿沉入冰窟。

剛剛后熠是什麼意思？他要殺她？他發現了什麼嗎？

連盼盼方寸大亂，一時之間疏於防守，後腰又被咬了一大口。

她忍不住尖叫痛呼一聲，再也沒有猶豫，捏碎了手中的靈能金卡。而後一股強大的靈能以她為中心爆開，許多人驚訝地轉頭，就看到被淡灰色的靈力球罩在中央的連盼盼。

許多人眼中都露出了驚訝之色。

連盼盼只是一個剛剛到達A級的普通靈能者，她身上怎麼會有這麼厲害的靈能金卡？

連盼盼的兩個追求者心中更是驚訝又有點生氣，既然連盼盼手上有這麼好的防禦卡，她為什麼不早點用？這樣的話，他們也不至於這麼慘啊！

也不過十多分鐘的時間，剛剛衝向坡地的靈能者們全都回來了。

不過，比起十多分鐘之前大家整整齊齊的樣子，現在基本上每個人身上都有或重或輕的傷口。好在人多，大家各自幫助，又有胡霸天小隊的控制配合，沒有人死亡，連盼盼的傷勢甚至是人群裡最重的那一個。

她低垂著頭，不讓任何一個人看見她的表情，但周身散發出來的陰鬱和暴戾之感讓人都不自覺地遠離。

靈能者們站在這邊隔著坡地，往天池口那邊看去，臉上的表情都不怎麼好。

明明天池口就在眼前了，卻被這一片可怕的食人花草地擋住，是誰都不甘心在這裡放棄。在這個時候，大多數人準備的靈能飛卡已經只剩最後一張，那是用來離開祕境的，誰也不會作死用掉。

就在大家想著要怎麼才能過去的時候，吃著墨子雲提供的靈氣蘑菇的風鳴突然站起來。

他摸了摸鼻子，臉上露出一個微笑。

「那個，大家現在都受傷了，那個坡地看起來很不好過的樣子對吧。大家是決定要留在這裡，等著出祕境嗎？」

頓時多半的人都翻了白眼。

雖然在來到這裡的路上，他們也收穫了不少骷髏骨頭和異變野獸的屍體。但是這些怎麼夠！眼看前方就是勝利，這時候只要不是重傷快死了，誰放棄誰就是傻子！

風鳴又笑了笑。

「所以，大家都不想留在這裡啊。那，要不要做個交易？」

風鳴說話的時候，風勃、楊伯勞、金逍遙三個也走到了他的旁邊，齊齊雙手變翅膀。

「搭車，給錢。」

眾靈能者們：「……」

靠！

看著風鳴和另外三個有翅膀的小子臉上的笑容，好不容易走到這裡的華國靈能者們都特別想狠狠地吐他們一口口水。這簡直是明目張膽的「趁火打劫」，這四個小子也好意思把這說成交易？

可惜形勢比人強，他們真的想去天池那邊看看，最終只能憋著氣，問風鳴帶飛的價錢。

風鳴作為運輸大隊長也很乾脆。

「我帶四個人，他們各帶兩個人，總共十個人。一個人一千萬或者等值的靈食、靈材不講價。名額有限，先到先得。」

當下就有一個體格強壯但個性摳門的男人喊道：「一千萬，你們是搶錢嗎？就只是飛過去四五百公尺而已！還有，為什麼只帶十個人？你們便宜一點，多帶幾次人，不是能賺更多嗎？」

風鳴看了這個壯漢一眼，露出禮貌的微笑：「畢竟我們也不是專業搶錢的，搶一次就夠了。而且剛剛我堂哥說那邊很危險，留在這邊才更安全。」

原本他們四個是打算把這次來參加大賽的夥伴們都帶到天池口那裡，去見見世面的。反正同學朋友之間也不需要計較那麼多，就是順手的事情而已。但風勃卻盯著前面的天池口看了幾分鐘後，猛然倒抽了一口冷氣，捂著額頭呻吟起來。

風鳴被他嚇一跳，以為他突然受到了什麼攻擊，結果就看到他堂哥一臉蒼白地抬起了頭，抖著嘴唇說了一句話：「我不去了，我有非常不祥的預感。」

要是其他時候風勃說這種話，風鳴會翻一個天大的白眼，然後該幹什麼就幹什麼。但現在這個時候，在前方天池確實不確定有什麼樣的狀況下，風鳴就得把他堂哥當成開光的烏鴉嘴，特別靈的那種。

所以風鳴二話不說就點頭：「好，你不去。」然後他想了想：「除了你之外，你還覺得誰不該去？」

風勃就站起來看了一圈身邊的夥伴，伸出他的手指像是數豆子一樣：「蔡濤絕對不能去、俎楊龍不能去、齊織織和唐朗不能去、戎沐澤也不能去……」

然後眾人看著風勃把風鳴之外的小夥伴數了一遍。

蔡濤抿了抿唇，圖途和郭小寶立刻就不爽了。

「烏鴉嘴，你是不是開玩笑的啊？除了風鳴都不能去，就算我打不過阿鳴，但也不至於那麼差啊！要是我非要去呢？」

風勃抬著眼看向圖途，他的雙眼在一瞬間變得如墨般漆黑，嘴角處忽然溢出一絲鮮血，而後啞聲道：「你會死。」

圖途看著他的模樣張大了嘴巴，一時間不知道是該信還是不信。

這時候，一直沒有什麼存在感的羅老爺子也開口了：「小烏鴉說得沒錯，前面那地方是祕境裡最凶險的地方，沒有九條命或者大機緣的孩子就不要找死了。」

有幾個學生還不是很願意，胡霸天卻直接拍板：

「我的建議是不去，不過如果你們非要去，我也不攔著你們。但我話說在前面，如果在天池口發生了什麼意外、凶險的情況，我們會第一時間保全自己的性命，而不是你們的性命。雖然你們是祖國的未來，但我們是國家的現在，我們的命比你們更重要。所以如果你們死了，那也是你們自己的選擇。」

能來到這裡的學生們都不蠢，直接安靜如雞。

雖然他們確實是有極大潛力的靈能者，但這畢竟是他們第一次來到祕境裡，他們還需要時間成長。如果在這裡因為冒險而死亡，那才是最錯誤的做法。而且，胡隊長說得沒錯，他們的命還不一定比西方組的靈能者值錢。

於是學生們全部留了下來，玄武組的皺臉禿鷲圖長空和布藤也留了下來，負責保護這些學生們。

最終他們這一行人，就只有風鳴、后熠、理查、胡霸天和羅老爺子五個人會去天池口。所以風勃、楊伯勞和金逍遙也不過是送一下人、賺點零用錢，順帶看一眼天池口的樣子就會立刻離開，他們三個也是不會去天池那裡的。

風鳴想了想，還是把他們的決定和風勃的預感說了出來。

然而那個壯漢嗤之以鼻。

「富貴險中求，我也是去過三個祕境的老人了，當然知道越往裡面走，就越危險的道理。但就因為這個退縮的話，那我也搏不到如今的等級。」

風鳴看著他喔了一聲：「那你搭車的錢？」

壯漢的嘴角一抽。

他還在猶豫糾結，那邊常水水、朱信、鐵斬風等十個反應快又財大氣粗的人直接掏了錢，或者給了等價的材料。

還沒等壯漢糾結完，十個人的名額已經滿了。

壯漢：「……」

風鳴又對壯漢笑了一下。壯漢覺得那是對他貧窮的嘲諷。

大家又休息了半個小時，才以最佳的狀態往天池口而去。

在休息的時候，風鳴找到了理查。

「等等我們要去做一件事情，那件事情可能非常危險，所以我建議你還是不要跟去了，你能保護我到這裡，我很感謝，但真的不需要你再做更多了。」

我可以偷偷告訴你，我大概能找到同時保留體內血脈的力量而不死亡的方法。這樣的話，你就不用擔心了吧？等這次從祕境出來之後，如果你們國家有什麼需要我幫忙的事情，我承諾會盡我所能地幫助你們。所以，你可以留在這裡。」

然而，理查沒有因為聽到承諾而放棄。

他看著風鳴露出溫和而堅定的笑容：「大人，雖然我是帶著目的來尋找您的，但我守護您的心並不虛假。只要您體內還流著最高貴的血液，我就是您最忠誠的守護者。大人放心，我很強，我能幫到大人。」

風鳴看著一臉堅定的理查，最終有些無奈地嘆口氣。算了，對堅定的騎士說不通，就讓他跟著吧，頂多以後幫忙的時候多出點力。

然而，這時候后熠不知道從哪個角落裡冒了出來，看著理查問：「那要是他體內沒有高貴的血脈了呢？」

理查那雙碧綠的雙眼看向后熠，「沒有那種可能。」

后熠哼了一聲。

所以說，他是真的不喜歡這種腦袋一根筋的傢伙。

他能因為你體內莫名其妙的血脈保護你，自然也能因為你體內莫名奇妙的血脈斬殺你。

一切不看人，只看「血」。

半小時之後，風鳴等十五人到達了天池。

在眾人的想像中，長白山天池應該是平靜而美麗的，它倒映著藍天白雲，閃爍著粼粼的波光、動人心魄。

而此時他們看到的天池，卻不是想像中的那麼美好。

在往天池這邊飛來的時候，眾人能感受到靈氣的濃度近乎瘋狂地增長。這種情況距離天池越近就越明顯，當他們到達天池的時候，這裡的靈氣已經有種濃郁水氣的黏稠感了。

此時在他們眼前，天池的湖面像是燒開了的水一樣，從下方冒出許多泡泡，當這些泡泡浮到湖面轟然炸開的時候，就有龐大而雜亂的靈氣四散開來。

在天池的湖邊土地上，風鳴又看到了看起來很無害，實際上一個比一個難纏的食人花草。但和土坡上的那些食人花草不同，這些食人花草又大了不少，且似乎是像守護者一樣的存在。在它們的中間有散發著沁人心脾香味的靈草靈藥，甚至還有顏色各不相同又亮晶晶的靈石。

「我的老天爺！那是不是傳說中的九葉紫芝！！還有那個！那是七色雪蓮嗎？發財了！發財了啊！！」

一個靈能者雙眼放光地看著那些靈石和靈草靈藥，簡直恨不得當場就衝過去把這些寶貝拿到手。

果然，他選擇搏一搏選對了！只要拿到兩三個生長在天池旁的各種靈草靈藥，就夠他輕輕鬆鬆地修煉了，更別說還有那麼大塊的靈石啊！

於是他迫不及待地走向一個最少食人花草圍著的紅色靈石，邊走邊對風鳴幾人道：「來到這裡，我們就各自分散了啊，我們不管你們做什麼，你們也別阻撓我！我們誰拿到多少東西都全憑本事，這顆火系靈石我就笑納……」

這個靈能者是穿山甲異變靈能者，最為自豪的便是自己的防禦力。哪怕在之前山坡上被那些變異的食人花草圍攻，他靠著一身鐵甲，幾乎硬扛住了那些食人花草的攻擊，最終也不過是受了點輕傷而已。

如果不是那些食人花草的面積太廣、他一個人穿過土坡可能會被圍攻到完全無法行動，他甚至可以靠著肉體的強度走過土坡，以至於他雖然掏了一千萬，但心裡還是有些不高興。

但現在他特別高興。他覺得他要一夜暴富了！這些食人花草的攻擊對他來說完全不夠看，哪怕是被食人花草咬上幾口，他也完全不會受重傷……

這個靈能者臉上得意的笑容還沒消失，忽然就感覺到伸出來的右手一痛。他聽到了什麼東西斷裂的聲音，片刻之後疼痛襲遍全身，他嘶吼起來。

「啊啊啊啊！！我的手，我的手！！」

他只喊了兩聲，那紅色靈石周圍的異變食人花草接二連三地拔根而起，凶殘地纏繞啃咬上了這個靈能者。

幾個呼吸、眨眼的時間，剛剛滿心愉悅的靈能者就已經被那一帶的食人花草吞噬乾淨了。

然後最大的那個食人花在它的花盤中發出了咀嚼的聲音，好一會兒之後，吐出了屬於那個靈能者的半截袖子。

最後，它又吐出了那顆紅色的結晶靈石，繼續放在它們中間，再變成十分無害的一朵小白花，繼續隨風搖曳。

風鳴突然覺得發毛，他發現此時天池周圍的土地上，那些花花草草們幾乎都搖曳了起來，但很驚人的是，它們搖曳的方向全都是朝著他們。

甚至連搖曳的幅度都是一樣的，就像成千上萬個沒有臉的小人，晃動著身子，渴望地看著你。

風鳴心臟一跳，下意識地用大翅膀裹住了自己。這場面看起來實在是有點嚇人。

而來到這裡的常水水、朱信等人臉色也不太好看。這擺明是另一種陷阱，但那些靈石和靈花靈草又非常珍貴，他們得好好想想要如何得到這些寶物了。

這裡的食人花草顯然比山坡的食人花草更加狡猾凶悍，好在他們現在不著急，還有時間，總能想到辦法的。

常水水還轉頭想問問風鳴他們要不要一起行動，結果風鳴和后熠、理查、胡霸天都跟在羅老爺子的身後，往一個方向而去。

常水水撇了撇嘴最終沒說話，確定和朱信幾個合作。

羅老爺子來到天池之後，整個人的情緒就似乎不太穩定。他的表情時而咬牙切齒，時而痛心疾首，一路上嘀嘀咕咕地說著什麼，像是在抱怨又像是在擔心。

很快，他就帶著幾人來到天池西邊的一處地方，然後指著那處一直間歇不斷地冒著水泡的地方，看向風嗚：「就是這裡，跳下去吧。」

風嗚一愣。

「跳下去？」

羅老爺子坐下點頭。

「他們兩個就是打著打著，打進這座湖裡了。這湖面上有我們共同設置的禁制，除了這個地方，從天池的任何方向都沒有辦法進入湖裡。」

羅老爺子的表情變得有些氣：「這是那個傻子騙我，讓我設下的禁制。原本是用來困住那個突然從湖裡冒出來的醜八怪凶獸的，結果那傻子實力不夠，把那個醜八怪打進去的時候，自己也被拖進去了。

……嘖，原本這個禁制是死結，借助了整個祕境的力量，啟動了就無法破除。但是那個傻子以為我不知道他打什麼主意嗎？想騙老子，門都沒有！！想和那個醜八怪同歸於盡更是想都別想！」

羅老爺子邊說邊跳腳，指著那個冒著泡的地方開口：

「這裡就是我特地留的活口！再加上你的帝江和鯤鵬之力，就能直接從活口進去！你進去之後，我就能順著你的軌跡解除禁制。你只要在水下撐夠半小時，哪怕是幫不上忙，就撐著保命，等爺爺我破解掉整個湖面的禁制，就算完成任務了！

到時候，等那個醜八怪和傻子出來，你們岸上的人就合力把他們兩個一個打死一個打殘，事成之後，爺爺我就把鬍子全剃給你們！怎麼樣？」

風鳴看了一眼羅老爺子這幾天越發濃密的白鬍子，二話不說，就往冒著泡泡的禁制活口跳了進去，速度快到后隊長都來不及跟他的小鳥兒說幾句話，理查和胡霸天更是一個焦急一個發愣。

反而是羅老爺子笑了一聲：「小子夠乾脆！」

風鳴跳入天池的時候，就感覺到了天池中蘊含著的複雜靈氣在往自己體內衝。

作為整個祕境變化的始發地，天池中的水，靈氣才是最多、最足也最狂暴的。

風鳴一路上也能感覺到靈氣變得濃郁和狂躁，但那種狂躁是可以控制和忍受的，至少在進入到天池之前，他覺得那不是什麼大問題，甚至他後背的小翅膀還在開心地吸收著這些並不純淨的狂暴靈氣，用來擴大他腦袋後面的那個棺材空間。

然而現在，在天池充斥著狂暴靈氣的湖水中，風鳴第一次感受到了狂暴靈氣的可怕——它們爭先恐後地湧進自己的身體，激發自己體內血脈的力量，刺激他的血液沸騰、狂躁、渴望發洩什麼。

風鳴深深地吸了一口氣，想要壓抑住那種類似於靈能暴動的感覺。然而，即便他能在水中呼吸，吸收的也是狂躁的靈氣，他根本就沒有辦法平復自己的狀態。

身後的大翅膀和二翅膀陡然顯現，就連它們也受到了影響，忍不住不停地搧動著。

風鳴抬起手，一口咬在自己的手腕上，疼痛讓他清醒了不少。

他運起羅老爺子教的吐納術，讓靈力在體內迴圈，同時把實在無法迴圈的靈力全部給了三翅膀。三翅膀似乎有些嫌棄，但還是全盤接收了。

直到這個時候，風鳴才覺得舒服了一點。

然後，他低下頭打量著湖內的情況。還沒找到他想找的目標，他前方幾百公尺的地方便發生了劇烈的撞擊，伴隨著撞擊的力量，整個天池的湖水都被攪動，如果不是風鳴的二翅膀穩穩地保持著他在水中的平衡和力量，他恐怕會被這可怕的撞擊力量直接沖出去。

風鳴看向那個地方，收起了大翅膀。在水中幾乎變得透明的二翅膀輕輕一搧，他就像最快的飛魚一樣衝向了那個地方。

與此同時，撞擊還在繼續，天池的水依然在劇烈波動著。因為這股波動帶起湖底的泥沙，風鳴幾乎看不清前面的情況，但這難不倒他。

在一塊湖底的大石旁邊，風鳴安靜地藏在那裡。此時的他，距離那兩個正在飛快攻擊著對方的目標已經非常近了。

他閉上雙眼，開始感受這湖底的空間。

三翅膀又開始微微動起來，這次它的頻率和水的波動一致。當那些冗雜的波動全部被遮罩之後，意識視野瞬間變清晰！

他看到了對戰的兩個人！

準確的說，是兩隻強悍的凶獸。

其中一隻渾身漆黑、帶著金色的花紋，像是一隻黑色的巨虎。另一隻則是長了兩個腦袋、六條腿，兩個腦袋還完全不同的怪獸。

哪怕羅老爺子忘記告訴他要幫的人是什麼樣子或是什麼原型，但看到那兩個傢伙的第一時間，風鳴就知道誰是傻子、誰是醜八怪了。

真是完全看臉的區分方法啊，還真有效。

就在這時，風鳴敏銳地發覺那隻巨虎似乎受了不輕的傷，看起來有些虛弱。而他對面的那個醜八怪雖然也受傷了，卻像完全不知疼一樣地更加狂躁起來。

在他們兩個的對峙時，醜八怪的身後忽然又長出了一條尖細、帶著倒刺的長尾巴，那尾巴正隨著水流的波動，無聲無息地繞到了黑色巨虎的身後，陡然刺出！！

風鳴瞪大雙眼，情急之下大翅膀一閃，如圓月一般的雷霆之力就從他周身順著水流爆發出來。

然後，把他自己和那個醜八怪以及黑色巨虎都被電了個爽。

風鳴：「……」

片刻之後，反應過來的黑色巨虎和醜八怪怪獸齊齊轉頭看向了他。

風鳴：「……」

物理害我。

風鳴只是情急之下想幫個忙，不讓那個有六條腿、兩個腦袋的醜八怪成功偷襲那隻黑色的巨虎。但他萬萬沒想到，他確實是阻止了醜八怪偷襲傻子，卻不小心把仇恨全部拉到自己這邊了。

風鳴此時莫名地想到圖途總是吐槽他的話——

你一個有翅膀的遠端法師，為什麼總是想不開，把自己變成24K黃金坦克？你這仇恨有必要拉得這麼足嗎？

風鳴那時候還十分不屑圖途的話，他才不是24K黃金坦，他只是該出手時就出手，並且喜歡實話實說而已。但現在他突然覺得自己的底氣不是那麼足了，可是，這一定不是他的錯。

那隻黑色巨虎的金色雙瞳，和雙頭怪的四顆猩紅眼珠都直直地盯著他。風鳴極為小心地往左邊移動了一下，兩隻巨獸就同時往左邊轉了一下眼珠。

風鳴：「……」他果然被鎖定了。

風鳴正在思考要如何化解這尷尬又有點危險的氣氛時，那隻雙頭怪獸就猛地怒吼一聲，掀起巨大的水波對他攻擊而來。

風鳴迅速搧動二翅膀在湖底維持平穩，同時躲開了夾雜在水波中，一絲絲如鋼針一般的毛髮。

雙頭怪獸發現這個長著翅膀的小東西竟然輕鬆地躲開了牠的攻擊，原本只把他當做一個小螞蟻，並不在意的猩紅雙眼微微瞇了起來。

當牠瞇眼看向自己的時候，風鳴後背發寒。

那頭黑色巨虎忽然轉頭對他咆哮：「快閃開！」

風鳴沒閃開，因為他驚覺自己周身的池水變得沉重且凝實，就像他不是在水裡，而是突然跑到了沼澤泥沙地裡一樣。他的速度都被大幅度限制住了，而那個雙頭怪獸卻像閃電一般衝向他，黑色巨虎雖然緊隨其後，但估計救不了他。

風鳴緊張起來，體內的靈力瞬間聚集在大翅膀上，而後又一波雷霆高壓電從他的大翅膀被釋放出來。這次雷電的釋放方向正對著衝著他而來的雙頭怪獸。

那隻怪獸沒想到小螞蟻竟然還能放電，根本就躲閃不了，又被電了個爽。

然後同樣在水裡的風鳴，和追過來準備獸口救人的黑色巨虎也被電了個爽。

黑色巨虎：「……」我他媽的就不該跟過來。

雙頭巨獸：「！！」

風鳴雖然被電了，但大翅膀可以吸收周圍的電力，那些電流對他來說就相當於有些酸爽的小型按摩。趁那隻雙頭怪獸被電到麻痹不能動，連帶著原本變得沉重的湖水也恢復正常了的機會，風鳴的二翅膀一搧，咻地一下就「游」遠了。

雙頭巨獸眼看著能被他一擊斃命的小螞蟻又跑了一次，徹底被激怒。連身後的黑色巨虎都不想管了，就想直接踩死那隻小螞蟻，嗷嗷地跟著風鳴在天池裡你追我趕。

黑色巨虎和這個雙頭怪獸在天池下面間歇不斷地戰鬥了三天三夜，因為環境的限制，身體已經快到極限了。他原本已經抱著同歸於盡的想法，一定要把這個從祕境裂縫裡跑出來的怪獸消滅掉，並且堵上祕境裂縫，結果在他還來不及行動時，那個長著翅膀的人類就進來了。

一開始他並不確定這個人類是敵是友，但當風鳴躲避那隻雙頭怪的追趕，從懷裡掏出一根他熟悉到不能再熟悉的小蘿蔔乾吃掉的時候，墨嘯的心中升起一股狂喜。

那是阿參的參鬚！！

他也曾設想過或許阿參會找人來幫他，但他覺得這種可能性太小，只在心底存著微弱的希望而已。

當這希望變成了現實，哪怕阿參找的這個幫手看起來實在很不可靠，卻也給了墨嘯巨大的力量！阿參還在上面想辦法等他，他也說過要一生都守著阿參，他絕對不能死在這裡！！

這時候，風鳴已經快放電放到麻木了，同時也深刻地感受到在後面追著他的雙頭怪獸的可怕。他吃了三根萬年靈參鬚補充靈力，發出的雷霆之力甚至能電翻幾百個熊霸了，但這隻雙頭怪卻只是僵直片刻就繼續跟了上來。

竟然對他的雷電之力完全不怕的樣子，而且好像慢慢還有了免疫力。

再繼續下去，他恐怕就要撐不住了。

好在他邊跑還邊算著時間呢。距離半小時的時間就剩下十分鐘了，穩住，他能贏！

在風鳴打算再吃一個蘿蔔乾，跟那隻雙頭怪獸耗下去的時候，那隻似乎已經休息完畢，並且反應過來的黑色巨虎猛地發出一陣長嘯，撲向了雙頭怪獸。

此時，那隻雙頭怪獸才忽然發現牠的對手並不是那個一直對他放電的小螞蟻，而是那個黑色的大貓，把踩不到螞蟻還被電的憤怒全都發洩到黑色巨虎的身上。

但牠很快又發現巨虎的狀態和之前不太一樣，明明牠已經快要把這隻巨虎耗死了！

兩隻巨大的怪獸又昏天暗地地打了起來，攪渾了天池的水，連帶著天池表面的禁制也在劇烈震動著，彷彿隨時都有可能被他們打碎一般。

風鳴抱著大翅膀，偷偷摸摸地游到安全的地方繼續苟活，然後忽然發現後背的小翅膀似乎不怎麼安分。

他閉上雙眼感受著空間的波動，很快就找到了那引起小翅膀注意的地方，然後風鳴輕輕抽了口氣——

那是一個灰色，不停冒著氣泡的大裂縫，足足有三公尺長，半公尺寬。

越靠近這個裂縫，濃郁的混亂靈氣就越多，甚至當風鳴控制自己走到裂縫旁邊的時候，他感覺自己就像是一個被充氣過頭的氣球，體內的靈氣就要炸掉了。

風鳴瞪著這個大裂縫，本能地知道這個裂縫就是引起整個長白山祕境變化的源頭。

從那裂縫中一直不停冒出混亂的靈氣，但比這更驚人的是，在裂縫的周圍已經形成了一片灰色、蘊含著巨大靈力的靈石，最小的都有拳頭大小，最大的比足球還大。

風鳴明白小翅膀為什麼會這麼激動了，因為這些東西隨便拿一塊出去，都能換來讓普通人一輩子也花不完的財富。對於靈能者們，也是相當可怕的財富了。

小翅膀已經開始飛快地搧動了起來，風鳴看到裂縫周圍的幾塊拳頭大小的靈石突然就不見了，一把抓住自己後背的小翅膀：「別亂拿東西！萬一引發什麼……我靠！」

他話還沒說完，就看到巨大的裂縫裡忽然透出了一隻和雙頭怪一樣的猩紅眼睛，那眼睛裡全都是暴虐凶殘的殺意，陡然變紅變大，裂縫也跟著劇烈震動起來！

「我靠我靠我靠我靠！」

風鳴連喊幾聲，快速後退，大翅膀都差點炸毛。

那是什麼東西？這裂縫的後面有什麼？

他甚至感受到了整個空間都隱隱不穩起來。

要命了，總覺得非常非常危險。

然而，比起風鳴想要趕緊離開的想法，裂縫後面的猩紅雙眼卻像是發現了什麼，竟然開始再次撞擊裂縫。

憑著肉眼，風鳴看不出裂縫的變化，但當他閉上雙眼，用意識和靈力感知整個空間時，他驚呆了。

在他的意識空間畫面裡，那巨大的裂縫並不是裂縫的樣子。它比風鳴看到的要小很多，大概只有一人高的裂縫，卻有如爆裂的水管，有靈氣從裡面噴湧而出。

然後，這裂縫時不時震動著，邊緣開始有蜘蛛網般的碎裂痕跡，並且有一個尖角正從那裡面緩緩出來。

風鳴：「……」

我雖然不知道這是什麼，但我知道絕對不能讓那個角出來！！

風鳴心中著急，卻不知道該怎麼堵住裂縫。他試圖用自己的靈力去攻擊那個尖角，但他的靈力很快就被灰色的靈氣沖散。

他伸手想要去堵那道裂縫，但完全無濟於事。自己體內的靈氣反而更多了一些，沖得他腦子都有點暈。

風鳴撐不住這混亂靈氣的衝擊，準備離開，再和大家商量的時候，整個天池底忽然發生了劇烈的震動，同時湖面上方金光大作，風鳴好像聽到了什麼碎裂的聲音。

他下意識抬頭，便看到那打得昏天暗地的兩個巨獸直接衝出了湖面，從他所在的湖底往上看去，似乎有一道金燦燦的靈光滑過湖面上空，帶著巨獸憤怒的吼叫。

風鳴嘿了一聲，肯定是那個亂射的箭人。

他正要跟著衝出水面，無意識地回頭看了一眼那道縫隙，卻陡然停住了身形。

那道縫隙竟然被堵住了一點點。

或許是剛剛湖底振動得太過劇烈，圍繞在裂縫周圍的那些灰色靈石也被波及，其中有幾塊鬆動之後，不小心掉在了縫隙的邊緣，然後不知連通什麼地方的裂縫竟然被堵住了一點。

風鳴轉過了身子，想了想，咬牙撿起一塊灰色靈石，放到他用意識靈力看到的空間縫隙最下面的裂縫處。

如果用眼睛來看，風鳴只是伸手把灰色的靈石放進了裂縫裡。但當他這麼做之後，那原本三公尺高的裂縫最下方竟然真的被堵住了一些，變得只有兩百九十公分的樣子了。

風鳴睜開眼，看著那變成兩百九十公分的裂縫，摸了摸下巴。

「……所以，我真的是救世主？」

此時，他又聽到了湖面上方傳來可怕的嘶吼之聲，看了一眼這裂縫，他決定先上去再跟大家商量怎麼做。

如果把這個裂縫堵上就能解決長白山祕境的問題，那估計羅老爺子會願意把頭髮都剪掉一截，送給他吧？

風鳴越想越高興，覺得上面的戰鬥應該也到了尾聲。

畢竟后熠、胡霸天和理查加上黑色巨虎，四個厲害的高手打一個雙頭怪獸，就算那隻雙頭怪獸有六條腿也應該被打到吐血了才對！

於是風鳴搧動二翅膀，從湖底飛快地向上游，那速度越來越快、越來越快，然後陡然躍出水面，一飛沖天！

嘩啦——

如鏡的湖面被忽然碎裂，浴水而出的少年彷佛人間精靈。

然而精靈剛飛到半空中就慌了，臉色瞬間變得難看至極！

風鳴想像的，六條腿的雙頭怪獸被打到吐血了的畫面雖然出現了，但更麻煩的畫面也跟著出現。

之前他在風雪區高空處看到的那一隊疑似黑童的黑衣人，此時竟然出現在了天池口，他們站在后熠他們的對面，後面綁著八個人質。

風鳴一眼就看到了那八個人質裡的蔡濤、風勃和俎楊龍，以及瑟瑟發抖的連盼盼。

正因為這八個人質的存在，明明已經把雙頭六隻腿的怪獸打到吐血、一箭就能解決牠的后熠和胡霸天不得不停下手裡的動作，冷著臉和對面的黑衣人僵持。

風鳴的出現打破了這種僵持，卻也讓氣氛變得更加緊張了起來。

后熠雙眼盯著對面的那十一個黑童組織的人，卻喊風鳴：「你怎麼到現在才出來？快過來別亂跑。」

風鳴五秒看清形勢，停頓三秒後飛向后熠。

而黑童組織裡的四個孩童之一卻忽然動了起來，他咧著嘴，眼中冒出猩紅的光，身體的速度猶如鬼魅。

竟然是一個速度系，甚至有可能是瞬移靈能的靈能者！

他幾乎是一眨眼就衝到了風鳴面前，擋住了風鳴的去路，並且對風鳴齜了齜牙：

「看看是你快？還是我的瞬移快？」

他大笑了起來，身體開始出現、消失在風鳴周圍的各個方向。那是只有極致的速度才能達到的程度，是真正的瞬移。

下方的组楊龍抬頭看著天空，有點神經兮兮地咬了咬指甲：「怎麼辦怎麼辦怎麼辦？風鳴就算再快，也快不過瞬移啊！」

要知道，他們三個人就是這樣被瞬移的小子抓到的，連玄武組的高手都來不及救他們就被帶過來了。

風勃卻看著天空冷笑了一聲，開了金口。

「我看那熊孩子會接受社會的毒打，有血光之災。」

他這句話剛說完，在風鳴周圍像蒼蠅一樣亂晃的少年笑聲就戛然而止。

風鳴癱著臉，一巴掌就甩到了他的臉上。

帶著雷電之力的巴掌一下子就把那小子打飛出去，風鳴卻拍著翅膀，如影隨形地追著他，然後一巴掌接一巴掌地打在了他的臉上。

可怕的巴掌聲讓黑童隊伍裡的另外三個孩童都齊齊後退了一小步。

這個大人也、也太凶殘了吧！

「來，你再給我瞬移一個看看？」風鳴冷著一張臉，拎著那小子的衣領說。

那小子看著風鳴的雙眼，一句話都不敢再說了。

風鳴乾脆俐落地收拾了那個叫囂、炫耀自己厲害的瞬移男孩，並且幾巴掌就把他打得完全

不敢說話。

當風鳴提著那個男孩，就像提著一個破布麻袋一樣，在半空中居高臨下地看著黑童組織那些人的時候，黑童組織領頭的兩男一女表情也變得有些驚訝。

他們沒想到風鳴竟然能這麼快解決掉阿飛。

要知道，即便是在黑童的組織內部，阿飛也是那種性格非常暴烈、極為不聽話又會鬧的屁孩之一。

在組織裡，除了三位首領和負責訓練、研究他的教練和醫生，這個屁孩是誰的話都不會聽的，他甚至脾氣一上來，可以連傷十幾個人洩憤。在組織中，阿飛也是被標為極為不穩定、不可控的成功試驗品之一。

所以風鳴這麼快就降服了阿飛，實在很出乎他們的意料。在他們的想法中，就算是阿飛被風鳴抓住了，他也不會乖乖就範，而是會想盡一切辦法逃離或者反抗的。

事實上，阿飛也確實是這樣做了。但他很快就發現自己引以為傲的瞬移速度在這個眼神冰冷的少年面前，完全無法發揮任何作用。

他被這個少年抓住衣領就再也無法掙脫。明明他的速度那麼快，明明他可以憑著速度逃脫所有抓捕，他甚至很有自信，即便是傳說中的后熠隊長的射日箭都不可能射到他，但就在這個少年的手中，他完全動不了了。

就像是……就像是周圍的空氣都變成了囚禁他的囚籠。

而且，這個少年是真的在打他。他並不愚蠢，能夠敏銳地感覺到如果自己不老老實實地聽話，這個鳥人是真的會直接甩他巴掌到死。

他看著自己的眼神，非常冰冷，和看其他人的眼神完全不同。

阿飛抿了抿唇沒再說話。他是瘋狂，但十歲的孩子也不希望自己死亡。

這時候，他聽到這個抓著他的鳥人開口：「一個人換一個人，我用他換俎楊龍。」

那個小子的戰鬥力最弱，而且在敵方很容易反奶敵方，還是先撈回來再說，到時候詛咒一下黑童組織也好。

然而，卻聽到黑童組織的中年男人冷笑了一聲：「反正那小子也是快該死的人了，你願意接收這個累贅就接收吧。從來只有我們黑童威脅別人，我們是不會接受任何威脅的。這小子對我們黑童來說，也不過就是一個可以複製的工具人而已，而且他只剩下最後三天的壽命了，你想用他來換人？想都不要想。」

風鳴和其他非黑童組織的人聽到這番話，都忍不住皺眉，即便是早已聽過混亂組織沒有道德、沒有底線，為了他們的目的，可以無所不用其極的說法，但真正見到他們如此行事，也實在讓人難以接受。

反倒是那個被風鳴掐住脖子的阿飛，聽到這番話連臉色都沒有變一下，他只是小聲地呿了一聲，似乎就是對自己即將死亡的命運感想了。

風鳴斷定，所有黑童組織裡的人腦子都有病。

不過這樣一來，手裡這個瞬移的阿飛就成了一個燙手山芋。

風鳴不想接收這個明顯腦子和心裡都有病的屁孩，但也不想把他還給黑童或者直接扔到湖裡溺死，既然這樣的話……

風鳴嘆了口氣，原本抓著阿飛衣領的手忽然鬆開，然後掐住他的脖子。在阿飛微微震驚和驚恐的眼神中，強烈的電流從風鳴的手中傳出，直接把這小子電暈過去了。

風鳴這才滿意地點點頭。

剛才在湖水裡電了那個雙頭怪獸那麼多次都沒把牠電暈，實在讓他有點挫敗感。現在看來果然不是他的雷電不夠厲害，而是那個雙頭怪獸的殼太厚了才對。

風鳴這一手，讓黑童組織的那三個領頭者眼神暗了暗。

他們在進入長白山祕境之前就已經聽三首領說過，一定要多注意那個新覺醒的神話系靈能者。他覺醒的力量非常強大，如果再成為四方警衛隊的人，必然會為組織帶來不利的後果。

就連組織中的「預言家」也對他們叮囑「拿到洗靈果，可能的話就把那小子招攬過來，招攬不成就找機會殺了他。我第一次在靈網上看到這小子的時候，就能感覺到他對組織的威脅，更別說陳碩三個人還是因他而死」。

不過「預言家」還沒有對風鳴進行占卜，對於風鳴的命令也不算強制。他們原本還沒有把這小子當成一回事，但現在看他確實是有些麻煩。

擁有兩對翅膀、能控制雷電和水，如果讓他成長起來、成為組織的敵人，那確實是很麻煩的事情。但好在這小子是混合系的靈能者，只要找不到洗靈果，他就必死無疑。

這個祕境是他唯一能找到洗靈果的機會。讓這個男人覺得興奮和天助他也的，是即便在天池湖畔長了那麼多天材地寶、靈材靈物，卻唯獨沒有洗靈果樹。

這裡沒有洗靈果樹，其他地方就更不會有了。

領頭的那個男人臉上帶著幾分得意的笑：

「我們再說一遍，想要這些人質也行，把你們手上抓著的那隻雙頭幽冥蠍交給我們！我們並不想和你們直接為敵，如果我們雙方真的打起來，必然是兩敗俱傷的結局。想來，后隊長你們也不會眼睜睜地看著祖國未來的花朵，和這些優秀的靈能者被我們殺掉吧？」

他說完，人質中的連盼盼就低低地哭了起來，並且大聲叫嚷著：「后隊長、胡隊長，你們一定要救救我們啊！我還不想死嗚嗚嗚！」

黑童領頭的男人鄧重生就又笑了起來，等待后熠的決定，同時轉頭看向空中的風鳴。

「想必你就是第三屆全國靈能者大賽高中部的總冠軍，最新覺醒的神話系靈能者風鳴先生了？」他對風鳴點點頭：「我們組織的三位頭領都非常欣賞風先生的實力，看好風先生未來的發展。所以我來的時候，組織特意交代，讓我邀請風鳴先生加入黑童組織，為人類和靈能者更美好的未來而共同努力。請相信我們，我們組織能給你的東西，比你能想像到的東西還多得多。」

風鳴看著對他侃侃而談的中年男人，彷彿看到了無所不用其極，拉人入傳銷的犯罪分子。

然後他直接打斷了鄧重生還要繼續開口的話。

「你看我像個傻子嗎？」

鄧重生臉上的笑容微微一僵。

「或者我看起來很好騙，像我手上提著的這個屁孩一樣沒腦子？？」

鄧重生收起了臉上的笑容，冷漠地看著風鳴。

「我放著好好的國家頂級公務員不幹，跟著你這個在網路上被追殺的犯罪分子、走到哪裡都被人人喊打的混亂組織一起混，我圖什麼啊？難不成圖你和你的同伴們長得好看？」

風鳴滿臉嫌棄：

「你認真照照鏡子看看你自己，再轉頭看看你周圍的老弱病殘，這麼一隊人出來閒晃，你不覺得丟臉嗎？相比之下，我們國家公務員隊裡的帥哥美女不香嗎？是后隊不夠帥還是池隊不夠美？四方組的帥哥們隨便拉一個出來都吊打你們的顏值，我是有多想不開，才去跟你們做同事啊？

而且，反派組織見不得光的資金來歷不明，肯定不會發工資，就更別說五險一金和住房優惠了吧？就這種破待遇，你還想讓我跟著你們混？」

風鳴這一番話如槍炮一般，突突突地從嘴巴裡射了出來，直接把對面黑童組織的每一個人都說得臉色漆黑。

風勃蹲在人質群裡翻白眼，就說他這個堂弟非得把自己弄成黃金坦克，這嘲諷的技能必然是滿級啊。

鄧重生在組織裡也是排名前十的超強靈能者之一，本身還是第七行動小隊的隊長，何時受過這種侮辱和嘲諷，當下就在心中把對他如此說話的小子大卸八塊了。

不過，他是個沉得住氣的人，他壓下了自己的怒氣後，冷笑著從懷裡掏出了一顆帶著淡淡銀色的果子，而後才陰森森地開口：「如果我手裡有洗靈果呢？」

風鳴看著他手中銀色的果子揚了揚眉毛。

「風鳴，今天已經是五月十二號了。你從第一對翅膀覺醒到現在，已經將近三個月了吧？你是雙系的混合靈能者，最近你難道沒有感受到體內無時無刻都在衝突的靈能暴動嗎？之前在靈能者大賽上，你也靈能暴動了吧？那種快要把體內的每一根經絡衝破、連自己的意識都無法保持清醒的滋味很不好受吧？你還能繼續堅持下去嗎？混合系靈能者沒有一個能逃過三個月必死的結局。你已經暴動過一次了，再次暴動，必然會死得非常慘烈。你來長白山祕境不就是為了找到洗靈果，洗掉自己體內的一個血脈，然後活下去嗎？」

鄧崇生說著，臉上惡意的笑容越濃。

「我已經看過了，整個長白山祕境裡都沒有洗靈果的存在，只能說你的運氣非常不好。你看，明明天池旁邊有這麼多的天材地寶，可就是沒有洗靈果啊，你就要死了呢。風鳴，你才十八歲，還這麼年輕，還覺醒了那麼厲害的神話系血脈，如果在這個時候死去，你不會覺得不甘心嗎？你還有大好的人生啊！」

鄧重生忽然變得語重心長起來：「我手裡的就是洗靈果。只要你願意跟著我們離開，這顆洗靈果，就給你了。哪怕你最終不願意加入組織，只要你跟我們一起去組織看一看，我手上的這顆洗靈果就給你。畢竟，這個是唯一能拯救你性命的——」

鄧重生的話沒說完，就看到在天池上飛著的少年對他翻了個白眼，然後用沒有抓著阿飛的那隻手從自己的口袋裡掏了掏。就那麼隨隨便便，像是掏出兩塊錢的梨子一樣，掏出了一顆比他手上的洗靈果還大一圈的洗靈果。

喀嚓一聲，脆甜。

鄧重生：「……」

風鳴吃了一口，就把洗靈果重新放回口袋裡，然後道：「還有什麼想說的嗎？」

鄧重生：「……」

他什麼都不想說，他想殺人！！

在鄧重生周身的氣息變得無比狂暴陰鷙的時候，在旁邊圍觀自家小鳥兒嗆人的后隊長終於開口了：「不要多費口舌了，交換人質吧。我們同意把這傢伙給你們。」

鄧重生的仇恨和理智終於被后熠拉回來了一點。

他沒再去看空中的風鳴，對后熠他們露出了一個虛偽的笑容：

「后隊長果然做了最正確的選擇。既然這樣，那我們就同時交換人質吧。」然後他說：

「希望后隊長不要在交換人質的時候做什麼手腳。」

后熠抱著雙臂揚眉：「你當我和你一樣嗎？」

鄧重生的臉皮抽了抽。他真是太想殺人了！

不過沒關係，他可以再忍忍！只要他忍過這最後的十幾分鐘，他就能讓這群人體會到什麼是後悔莫及！只要把那雙頭幽冥蠍拿到手，這群人就一個都不用留了！！別說是救人質，就算是四方組的隊長也別想活著從這裡走出去！

鄧重生在心中冷笑著，對身後的一男一女使了眼色。然後跟在他們身後的四個老年靈能者和剩下三個靈能者孩童就老老實實地聽令，一人抓著一個人質，往兩方人的中心區域走去。

因為阿飛被風鳴抓著，鄧重生的那個女手下林水晶就代替阿飛抓著蔡濤，往中間走。

與此同時，后熠和胡霸天則拖著那個雙頭幽冥蠍往中間走去，羅老爺子想了想，也跟了過去，他身邊有一個有黑色長髮、眉眼凌厲的男人也皺眉想跟上，卻被他阻止了。

風鳴在這時快速飛到黑色長髮男子和理查的旁邊，把阿飛扔過去之後，追上了后熠和胡霸天的步伐。

他打算親自接手蔡濤。

風鳴一動，理查就跟著動了。這位騎士毫不猶豫地把阿飛扔給了黑髮男人，跟到了風鳴身後。

墨嘯：「……」

他洩憤似的踢了一腳昏迷的阿飛。

遠處的鄧重生看到風鳴這邊的幾個人幾乎全都上前了，眼底溢出極為陰毒的光芒。

很快，兩波人馬互相面對面，八個人質都被結結實實地綁了上身，腿卻沒有被綁。而那個雙頭幽冥蠍現在只能趴在地上喘氣，眼看著就要重傷，活不成了。

「一手交人一手交貨。」

抓著蔡濤的林水晶開口，那四個老人和三個孩童就把手中的人質往后熠他們那邊推。

在他們把這八個人推過來的時候，一個綁著雙馬尾的女童突然快步跑向那個雙頭幽冥蠍，在她的雙手觸及巨大蠍子的瞬間，體型比鯨魚還大上一倍的巨獸竟然就那麼消失不見了。與此同時，林水晶一把抱起那個女孩開始往回跑，屬於鄧重生的狂笑響了起來。

「一群愚蠢固執的傢伙，都給我去死吧！！」

然後，那四個靈能者老人中有兩個突然張開了自己的嘴巴。

他們的嘴巴張得極大，從他們乾癟的身軀裡忽然飛出了數以萬計的黑色小點，那些小點們見風就漲，很快就變成了風鳴見過的，看到就覺得手臂疼的棕黃色蝗蟲！

另外兩個老年靈能者則一個變成了一枝黑色藤蔓，把后熠他們都纏繞起來，另外一個老人的身體則像是氣球一樣開始膨脹。剩下兩個沒有離開的一男一女孩童則是手牽著手，同時從身體中散發出紫色的致命毒霧。

后熠的眼神在瞬間變得淩厲至極，手中浮現一支金色小箭，然後手握緊再張開，那把金色小箭就變成了更為細小銳利、像是金針一般的箭矢，往朝他們撲來的凶殘蝗蟲射去。

早就知道黑童為了目的會不擇手段，但用人當工具和武器也實在太過分了。

他可以擋下蝗蟲，但那老人的自爆和這兩個孩童的毒霧都讓人防不勝防，只怕除了他和胡霸天兩個人或許還能抵抗，那八個人質誰也撐不住。

風鳴二話不說，直接搧動翅膀帶起一陣颶風，吹散了要聚集起來的毒霧，但他更在意的是那個裝走了雙頭幽冥蠍的女童。

此時，羅老爺子冷笑著跺了跺腳：「在爺爺的地盤上還敢用藤蔓捆著爺爺，真是大膽！」

隨著他的話落，他周身爆發出耀眼刺目的綠色光芒，綠色光芒所到之處讓原本捆著他們的毒藤就像是看到了什麼可怕的東西，驚惶地後退，卻被羅老爺子直接踩住了一根藤條，動彈不得。

在那個老人即將爆炸的瞬間，理查將長劍豎在胸前，一聲輕喝：「神聖守護！」

銀白色的光芒罩住了包括八個人質在內的所有人。

砰的一聲！

外面那個老人自爆，帶起了一陣極為可怕的靈能波動。

就在這個時候，早已偷偷解開繩子的連盼盼眼底閃過一絲陰鷙，她的右手不知什麼時候，多了一把和蔡濤持有的那把黑色匕首極為相似的匕首，裝作受到了驚嚇，尖叫地往風鳴那邊靠近。

近了！

更近了！！

當風鳴毫無防備的後背出現在連盼盼的眼前時，連盼盼終於露出了猙獰的笑容，她驟然舉起手中的黑色匕首刺向風鳴的後心，同時終於像是發洩一般地大聲尖笑起來：「你去死吧！哈哈哈哈！！去死——」

叮的一聲。

黑色的匕首沒有刺入風鳴的後心，卻被另一把黑色匕首擋了下來。

連盼盼臉上的笑容陡然僵硬，而後笑容扭曲，變成了極致的憤怒：「蔡濤！！蔡濤——你在做什麼？你在做什麼！你不管你自己和你妹妹的死活了嗎！」

蔡濤也是假裝被綁著的人，比起連盼盼，他是更能接近風鳴，並且給他最重一擊的人，而且他也比連盼盼更早站到風鳴的身邊。他離風鳴太近了，近到只需要一個轉身，就能輕易攻擊到身邊的那個少年。

連盼盼以為他到現在還沒有動手不過是因為恐懼和糾結，但她無論如何都想不到，這個少年站在風鳴的旁邊根本不是為了殺他，而是為了保護他！這怎麼能忍，怎麼能忍！

連盼盼的精神從下了山坡之後，就非常緊繃且混亂。她引以為傲的美麗容顏被那些食人花草毀了大半，她最珍貴的防禦靈能卡也被她用掉了，就連她的追求者對她也沒有了之前的殷勤諂媚！她非常憤怒，又非常害怕。

她必須做點什麼為組織立功，這樣她才能得到獎勵，讓頭領幫她恢復容貌。她同樣也必須做點什麼發洩心中的怒氣，這樣她才不會被自己的情緒逼得發瘋。

無論哪一點，殺掉風鳴都是最好的選擇！既然蔡濤動不了手，那就把這個功勞讓給她吧！反正現在的情況這麼混亂，風鳴一個剛覺醒、沒有什麼實戰經驗的人肯定不會注意到背後，這是個絕佳的機會！殺掉風鳴的絕佳機會！

然而現在，這個機會被蔡濤破壞掉了。

連盼盼再也控制不住自己的情緒，瘋狂攻擊著蔡濤：「蔡濤！蔡濤！你這該死的背叛者！你竟然敢背叛組織！你會後悔的！你會為今天所做的一切付出代價！你會死無葬身之地！而你的妹妹也會因為你受到最殘酷的對待！你這個背叛者——」

連盼盼尖利的咒罵嘶吼並沒有持續多久，因為蔡濤手中的那把黑色匕首戛然而止。帶著淡紅色靈光的黑色匕首輕易地穿透了連盼盼的胸膛，在她的後背露出滴血的刀尖。

而後，蔡濤扔下了匕首，對轉過身看著他的風鳴淡然道：「我活不過幾天了，想求你一件事。」

風鳴深深地看了他一眼，轉過身去，再次以後背面向他。

「等出去再說。現在，我要毆打反派。」

——下集待續

高寶書版集團
gobooks.com.tw

FH 019
靈能覺醒 —傻了吧，爺會飛— 02

作　　者　打殭屍
插　　畫　HIBIKI-響
責任編輯　陳凱筠
設　　計　林　檎
內頁排版　賴姵均
企　　劃　方慧娟

發 行 人　朱凱蕾
出　　版　朧月書版股份有限公司
　　　　　Hazy Moon Publishing Co., Ltd
地　　址　台北市內湖區洲子街88號3樓
網　　址　gobooks.com.tw
電　　話　(02) 27992788
電　　郵　readers@gobooks.com.tw（讀者服務部）
傳　　真　出版部(02) 27990909　行銷部 (02) 27993088
郵政劃撥　19394552
戶　　名　朧月書版股份有限公司
發　　行　朧月書版股份有限公司
初　　版　2022年1月

本著作物《傻了吧,爺會飛!》，作者：打僵尸，由北京晉江原創網絡科技有限公司授權出版。

國家圖書館出版品預行編目(CIP)資料

靈能覺醒：傻了吧,爺會飛/打殭屍著. -- 初版. --
臺北市：朧月書版股份有限公司, 2022.01-
　冊；　公分
ISBN 978-626-95424-6-8(第2冊：平裝). --
ISBN 978-626-95424-7-5(第3冊：平裝)

857.7　　110019097